욜라 즐거운 육아
미세스k와 세 아이들의 집

욜라 즐거운 육아

미세스 K와
세 아이들의 집

김혜율 지음

초록비 책공방

어느 한적한 시골 마을. 네비게이션이 가리키는 안내에 의구심을 품으면서(설마 이렇게 까지 깊숙이 들어와야 되는 건가…) 오다 보면 빨간 지붕에 하얀 울타리가 쳐진 집이 마침내 보일 것이다. 동화 속의 집인가 싶어 가까이 다가가 보면 할머니가 방문을 벌컥 열고 내다볼 것만 같은 오래된 시골집이다. 낮은 울타리 너머로 마당 안이 훤히 보인다. 양철지붕을 얹은 본채는 초가 삼간을 개조한 것으로 단출하다. 좌로는 외양간이, 우로는 광이 딸린 별채가 있는데 외양간에 소가 살지 않은 지 꽤 된 만큼 별채 아궁이가 막힌 지도 그만큼 되었다고. 시멘트를 걷어내 올 누드인 흙마당은 빗물이 고여 군데군데 진창인데 아니나다를까 마당에서 현관으로 이어지는 계단이 온통 신발 밑창에 들러붙었다 떨어진 흙 발자국으로 어지럽다.

바로 거기, 어쩐 일인지 한때 모던한 도시여자였던 미세스 K가 3년째 살고 있다. 미세스 K는 삼십대 후반이지만 마을 서열은 기껏해야 '애송이'로(마을 평균 연령이 70세인 걸 감안하면) 남편과 세 명의 '요정들'(미취학 연령은 사람이전 등급이다)과 함께이다. 그녀는 여기서 무얼 하고 있는가? 살림솜씨야 전혀 내세울 것 없고 농사짓기나 텃밭가꾸기는 더욱 볼 게 없는 그녀가 맡은 주된 임무는 **세 요정 길들이기**이다. 한마디로 애 낳고 키우면서 하루하루 살고 있다는 것인데, 그런 그녀에겐 무장한 여전사, 수퍼우먼, 수퍼맘과는 동떨어진 독보적인 분위기가 있다. 뭐든지 딱 부러지게 할 것만 같은 외모와 다르게 어.설.프.고 착실한 인상과는 달리 불.성.실.하.다.

미세스 K는 만나기도 쉽지 않다. 그녀를 꼭 만났으면 하고 바라는 상대가 있더라도 그녀는 "음, 당장은 어렵겠어요. 언젠가는 볼 수 있다고 해도 그게 언제인진 저도 모른답니다."라고 말할 테니까. 이게 다 사람인지 요정인지 하는 아이들 때문이라고 하는데, 그녀가 입버릇처럼 말하는 "아, 나의 오늘 하루를 생중계 할 수 있다면!" 하는 말도 괜히 하는 소리가 아니다. 그 뒤에 생략된 말은 "전 세계인이 눈물콧물 쏙 뺄 텐데!"라니.

그런 그녀에게 세 요정들을 단숨에 제압할 특별한 능력 하나쯤은 있지 않을까? 그런데 어쩌나. 그런 것 없.단.다. 그런 특별한 능력일랑 혹시나 싶어 지금껏 찾아 헤매는 대마법사의 잃어버린 지팡이 같은 게 아니냐고 한다. 그리

고 그녀는 그걸 다름아닌 돌멩이와 풀이 발에 채이는 마당가에서, 별이 가득
해서 고개가 아파오는 밤하늘에서, 벼와 수수가 자라고 고구마가 실하게 크
는 논밭에서 찾고 있다. 여기라면 너무 많은 것으로 빽빽해져 버린 도시에서
보다 좀 더 눈에 잘 띌 것이라 믿기 때문이라고….

　미세스 K는 오늘도 일명 '요정'인 세 아이들을 길들이는 중이다. 그런 그
들의 평범하고도 치열한 일상을 책으로나마 일부 공개한다니 다행이다. 어
찌됐건 이거라도 보면서 많은 이들이 눈물콧물 짜준다면 미세스 K는 결코
외롭지 않을 테니까. 생업으로 바쁜 와중이겠지만 미세스 K과 세 아이들의 집
에 잠깐 놀러 가보자. 미세스 K는 '나도 가도 될까?' 하며 울타리밖에서 머뭇
대는 당신을 특별히 초대할 것이다.

　당신의 손을 잡아끌면서 이렇게 말할 것이다.

　"들어오세요. 앉을 자리 마련해놓았어요. 진흙구덩이에 발이 빠질지 모르
는데 버려도 좋을 구두를 신고 오셨나요? 아무래도 상관없어요. 어서 와서
좀 거들어요. 쟤들 하는 것 좀 보라구요!"

몰라 즐거운 육아, 미세스K와 세 아이들의 집

미세스 k와 함께 사는 사람들

메리

똑똑한 듯 허당이고 평범한 듯 비범한 일곱 살 여자아이. 부모 양가 집안에 익히 이런 아이가 없었음. 하고 싶은 것, 갖고 싶은 것이 넘치는 욕심쟁이이며 말싸움 솜씨가 수준급. 집에서는 반항의 아이콘, 유치원에서는 모범생으로 집과 유치원에서의 생활이 180도 다른 이중적 생활을 한다. 동네 탐험하기, 슈퍼가기, 공부하기가 취미.

욜라

다섯 살 남자아이. 이 세상 어떤 말썽쟁이 캐릭터보다 엄마 말을 안 듣는 악동. 지구를 지키는 영웅들을 동경하나 의외로 눈물 많은 여린 감성의 소유자. 은근슬쩍 남을 배려하는 상남자 캐릭터로 여성들에게 특히 인기가 많다. 오징어처럼 몸을 흐느적거리며 손으로 남의 머리카락을 공격하는 나쁜 습관이 있다. 하늘의 구름을 먹어보는 게 소원이란다.

로

두 살 남자아기. 손가락을 잡아끌어 엄마를 조종하는 것이
특기이고 세발자전거 뒷좌석에 앉아 동네 멍멍개와 꼬꼬닭
보러 가는 것이 취미이다. 형 율라가 방심하고 있을 때 기습
공격을 하고 바락바락 대드는 겁 없는 아기깡패. 동네 할머니
들한테는 늘 90도 각도로 정중히 인사하는 예의바른 아기로 통한다.

미세스 K

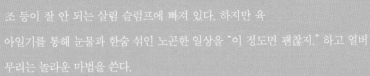

세 아이의 엄마. 타샤 튜터를 꿈꾸며 시골에 와서 산
지 2년이 넘었지만 텃밭에 나가는 것을 귀찮아하
고 마당에서 잡초를 키운다. 오랜 육아휴직 탓으로
본의 아니게 현모양처 지위에 이르렀지만, 실상은
몇 해째 정리정돈, 가계부 쓰기, 밥 차리기, 남편 내
조 등이 잘 안 되는 살림 슬럼프에 빠져 있다. 하지만 육
아일기를 통해 눈물과 한숨 섞인 노곤한 일상을 "이 정도면 괜찮지." 하고 얼버
무리는 놀라운 마법을 쓴다.

미세스 K의 남편

세 아이의 아빠. 50년도 더 된 낡은 시골집을 손수 고치고 꾸
몄다. 상당수 제작한 집안 가구는 문짝이 안 닫히거나 손잡
이가 없는 등 엉성한 솜씨가 개성만점. 1인 기업가로 살고
있기 때문에 범상치 않게 바쁘면서도 자칫 놀고 먹는 것처럼
보인다. 수첩과 필기류를 손에서 놓지 않으며 칠봉 턱걸이 연습에 매진하는 문무
를 겸비한 재원. 농사를 지어 자급자족하리라는 야무진 꿈을 꾸고 있다.

차 례

프롤로그 004
미세스 K와 함께 사는 사람들 008

나는
이렇게
엄마가
되었다

지쳐버린 엄마가 침술명의를 만난 날 017
육아지변에 곤죽된 스파게티 025
옆집 할아버지의 신선 비결 탐구 032
마음을 다독이는 바람 엄마 039
마법의 증조할머니표 육아비법 047
천 기저귀 육아 053
육아에서 만나는 뫼비우스 띠 059
나의 주말엔 눈물, 콧물, 그리고 내 머리에 별 066
막둥이와의 첫 만남 073
별일 없어서 감사해 079

♣ 미세스 K, 도와주세요 ♣

아이를 보기 위한 체력관리 어떻게 하세요? 023 / 아이를 돌보면서 점심으로 스파게티를 해먹을 수 있나요? 030 / 시골에서 아이를 키우는 거 어때요? 038 / 징글징글하게 말 안 듣는 아이, 체벌해도 될까요? 045 / 대책 없이 떼쓰는 아이 어떻게 할까요? 052 / 천기저귀를 사용해보고 싶은 엄마를 위한 조언 058 / 아이와 도서관에서 할 수 있는 것은 무엇인가요? 065 / 아이와 함께 갈 나들이 장소를 추천해주세요 072 / 태교는 어떻게 하면 좋을까요? 077 / 엄마들이 알고 싶어 하는 의학 정보 몇 가지 082

**육아의
쓴맛,
신맛,
달콤한 맛**

외계인 욜라와 친구하기 087
메리의 체육수업, 사람 잡는 금요일 093
산타마을에서 온 불량 크리스마스 선물 100
형님 메리 vs 청개구리 욜라 107
그 남자, 그 여자의 패션(정확히는 행색) 112
이까잇거, 그까잇거, 결혼기념일 122

♠ 미세스 K, 도와주세요 ♠

아직은 어린 아이, 어린이집에 보내도 될까요? 092 / 좋은 엄마란 뭐죠? 어떤 엄마가 돼야 할까요? 099 / 아이들 선물 고르는 노하우 좀 알려주세요 106 / 새해를 맞아 제시하는 형님 십계명 예시(6세용) 111 / 애 키우기도 바쁜데 남편까지 신경써야 할까요? 119 / 아이를 책과 친해지게 하는 방법이 있나요? 120 / 남편을 육아에 동참하게 하는 좋은 방법 128

고투더 셋째 육아

막둥이를 기다리며 133
효자로 태어난 셋째 139
나는 '15호 산모님' 143
모유수유 밀당에서 이기는 엄마의 자세 149
어둡고도 환한, 엄마가 된다는 것 154
집단항의단 멤버가 된 엄마 동지들 160
최선의 산후조리, 그 이후 169
난 매일 찍는다 휴먼 드라마 177
포대기 투혼! 엄마 밥 먹어야 해 184
욜라야, 세계여행 가자 192

♣ 미세스 K, 도와주세요 ♣

아이 낳기 직전, 막달 산모의 라이프 137 / 아이를 순산하는 비결이 있나요? 142 / 산후조리원, 꼭 가야 하나요? 148 / 모유수유 성공하는 방법 좀 알려주세요 152 / 산후우울증 어떻게 극복해야 하나요? 158 / 내 아이 효자 만들기 167 / 작은 아이 출산 후, 큰 아이를 만나는 자세 176 / 아이에게 '안 돼', '하지마' 어떻게 전달해야 할까요? 183 / 자식 입에 밥 들어가면 진짜 배가 부른가요? 191 / 아이와 함께 가는 여행은 꿈도 못꾸겠어요 198

오!
마이
칠드런

악동들! 글로벌로 통하다 201

길고 긴 메리의 여름방학 208

모유수유아 선발대회 출전기 215

욜라는 외갓집에 224

메리는 메뉴얼 영재? 234

욜라의 유치원 적응기 1 241

욜라의 유치원 적응기 2 247

디어 마이 칠드런 로 254

나이 한 살 더 먹기, 그래도 촛불 엔딩 261

♣ 미세스 K, 도와주세요 ♣

아이들 먹을거리 어떻게 선택하세요? 207 / 아이들 빨리 뻗게 만드는 놀이 없을까요? 213 / 어린 아이랑 놀아주는 게 너무 힘들어요 222 / 어른들과의 육아충돌, 어떻게 해야 할까요? 232 / 조기교육에 대한 생각 240 / 아이가 어린이집에 적응하도록 돕는 방법 245 / 자녀교육서는 육아에 얼마나 도움이 되나요? 253 / 셋째가 그렇게 예쁘다면서요? 260 / 엄마가 되고서도 아줌마 소리 안 듣는 방법 있을까요? 267

에필로그 269

지쳐버린 엄마가
침술명의를 만난 날

　고등학교 시절 내게는 **지치지 않는 소녀**라는 별명이 있었다. 이래
저래 잠이 모자란 학창시절 쉬는 시간엔 흔히 '전멸'이라고 부르는
잠 대열이 전쟁터에서 폭격 맞은 군부대의 풍경처럼 펼쳐지기 마련
이다. 쉬는 시간이면 아이들은 다음 수업시간이 될 때까지 책상에 엎
드려 코 박고 죽었다가 살아나기를 반복했다. 하지만 난 '지치지 않는
소녀'답게 쉬는 시간에도 (이전 시간 복습과 다음 시간 예습을 하는 일은 없
었지만) 늘 깨어 있었다. 주로 앞머리 볼륨을 체크하거나 매점 방문, 오
목 연구 등에 할애했지만 말이다.

　이후 나는 **지치지 않는 청년**이 되어 이십대를 보내게 된다. 고시 공
부를 한 적이 있었는데 공부가 잘 안 되는 날이면(거의 그랬다) 밥을 먹
고 소화도 시킬 겸 조금씩 걸었다. 나중엔 두 시간이고 세 시간이고
걸어도 힘이 들지 않았고, 세상 끝까지라도 걸어갈 수 있을 것 같은

힘이 솟아나곤 했다. (아마도 공부가 하기 싫었나 보다.)

마음만 먹었다면 내가 걸었던 그 지역만큼은 현대판 대동여지도를 그리고도 남았으리라. 또 조금 더 마음을 먹었다면 슈퍼울트라 마라톤 대회 완주라는 승리의 월계관을 썼거나 땅끝마을에서 판문점까지 국토대장정을 마쳤을지도 모르겠다.

하지만 그 후 남편과 자동차 타고 다니는 연애를 하면서 급격히 걷는 일이 줄어들었다. 그러다 결혼을 하고 애를 낳고 키우면서 분명 내게 존재했던 강철 체력은 전설로만 남게 되었다. 그 기간은 대략 10년. 율라 업고 동네 크게 한 바퀴 돌고 나면 무릎은 욱신욱신, 허리는 끊어질 듯 쑤시고, 숨은 턱밑까지 차올랐다.

결국 난 동네 한의원에 왔고 '아픈 데를 체크하시오' 하는 질문지에 목, 어깨, 팔꿈치, 손목, 허리, 엉치, 무릎, 발목까지 올 체크를 하고 간호사를 보며 멋쩍게 웃고 말았다. 육아와 살림, 두 마리 토끼를 잡느라 만성 뻐근함을 호소하는 인체 주요 8대 관절은 차치하고라도 어깻죽지에 도진 급성 담만이라도 해결하고 싶었다.

이 한의원은 침술이 뛰어나기로 유명하다고 했다. 똥 싼 율라의 극심한 발버둥을 피해가며 힘겹게 엉덩이를 씻겨주다가 허리를 삐끗했던 남편이 와 보았었고, 앞서 한 동네에 사시는 은사님께서 발목을 심하게 다쳤을 때 침 한 번으로 말짱하게 걷게 되었다고 '강추!'한 곳이다. 그러나 무엇보다 침 맞고 재활치료 이것저것 받는 데 총 두 시간이 걸린다는 부분이 가장 마음에 들었다. 무려 두 시간이나 쉴 수 있겠네 싶었던 것.

차례를 기다리고 있는데 원장실에서 머리 벗겨진 중년 아저씨가 나왔다가 휘 둘러보고 다시 들어간다. 손님이 왜 나가려다 말지 싶었는데, 아하! 남편이 말한 한의사가 바로 저분이었구나. 한의사가 꼭 방앗간 주인같이 생겼다는…. 어쩌면 방앗간도 운영하면서 침도 놔 주고 하는 것인지도 모르지. 하지만 가래떡을 뽑아내고 달려왔건 참기름을 짜고 달려왔건 실력으로 승부하는 침술의 세계에서 그깟 분위기가 무슨 상관이랴 하며 침 맞는 침대에 누웠다.

결론부터 말하자면 그 한의사는 급성 담을 5분만에 싹 낫게(?) 만드는 '명의 중에 명의'였다. 지금부터 그 긴박하고 극적이었던 치료 전과정을 공개한다.

한의사가 침이 가득 든 봉지 하나를 개봉했다. 먼저 가볍게 다리와 손목, 손등 부위에 침을 꽂았다.

"어때요?"

"네? 담 걸린 거요? (아니, 겨우 이 정도로 나을 리가.) 아픈데요."

한의사는 고개를 끄덕하며 팔과 손등에 침을 서너 개 더 꽂는다.

"이젠 어때요? 아픈 데를 움직여보세요."

"(움직여보나 마나 이 침 맞고 담 풀리면 한의사님이 허준이십니다) **아까랑 똑같아요.** "

한의사는 이번엔 아까 꽂은 침들을 돌돌돌 돌려가며 더 깊게 꽂는다. 차마 볼 수가 없다.

"자~ 봅시다. 지금도 아파요?"
"(아픈 건 아픈 거니까) 네…. 그래도 아픈데요."

한의사는 호기 있게 이번엔 침을 종아리부터 발가락까지 대여섯 개를 마구 놓는다.

"이젠 어때요?"
"(… 뭐지? 안 아플 때까지 계속 맞는 건가?) 음, 음, 잘 모르겠어요."

점점 고슴도치화되어가고 있는 내 양 팔과 손등, 종아리와 발등, 발가락을 내려다보며 어깨에 내린 담의 고통은 이젠 저만치 달아나고 있었다. 침을 맞은 부위가 의식이 되어서 힘도 줄 수 없고 움직이지도 못하겠다.

한의사는 은은한 미소를 띤 채 침을 내 다리 빈 곳에 서너 개 더 꽂고 이젠 어떠냐는 그 질문을 또 한다.

"(안 되겠다. 그냥 빨리 끝내자.) **아하하, 좀 덜 아픈 것 같아요!**"

하지만 우리의 방앗간집 한의사는 매우 확실한 사람이다. 기어이 침 봉지에 든 마지막 침을 내 두 번째 발가락 옆 부분에 찔러넣었다. 윽, 이건 너무 아프다.

"자아~ 이제는 어때요?"

"(아아, 저 완치를 기대하는 얼굴. 또 아프다고 하면 새 봉지를 뜯을 거야. 안 아파야만 해. 제발 안 아파라. 으...) 어? 이제 안 아파요! 다 나은 것 같은데요? 와! 근육이 부드러워졌어요."

그러면서 시키지도 않았는데 어깨와 목을 마구 돌려 보였다.

"네~ 좋아요. 됐습니다!"

한의사는 거봐란 듯 만족스럽게 웃으며 손을 탁탁 털고 나가버렸다. 침 수십 방을 온 만신에 꽂은 나는 오도카니 앉아서 원적외선을 쐬며 마음을 추슬렀다. 집에 빨리 가고 싶어서 재활치료는 생략했다.

그런데 놀라운 것은 내가 **"안 아프다! 다 나았다!"**를 외친 이후로 묵직하게 결리던 어깨근육이 급속도로 호전된 것이다. 한의원을 걸어 나올 땐 정말 보통 사람이 다 되어 있었다. 원체 만성이던 관절들은 잘 모르겠지만 담은 확실히 뿌리가 뽑힌 느낌이 들었다. 오호, 이쯤 되면 정말 침술 명의가 아닌가?!

하지만 우리 곁에 수많은 명의가 있다고 해도 안 아픈 게 제일이다. 특히 엄마 되는 사람은 제대로 '아플 수도 없는' 날들을 보내야만 하니…. 그나저나 체력 저하의 원흉인 운동 부족을 해결할 어떤 대책을 세워야 할 텐데….

저 건너 집 할머니 말마따나 욜라 업고 메리 앞장세워 뻔질나게 동네 마실이라도 댕겨야 되는지 모르겠다.

물라 즐거운 육아, 미세스K와 세 아이들의 집

아이를 보기 위한 체력관리 어떻게 하세요?

제가 알고 있기론 운동만 한 게 없습니다. '운동이라뇨? 운동할 시간이 없어요! 하루종일 애 보고 살림하는 게 운동보다 더 힘든데 무슨 운동을 또 해요? 너무 지쳐버려 운동할 힘도 없고, 아무것도 새로 시작할 의욕이 안 난다구요. 비현실적인 조언이나 하고 완전 실망이네요'라고 생각하시는 분, 혹시 당신인가요?

그렇다면 저랑 똑같으신데요? 저도 그렇게 외면하고 툴툴대며 몇 해를 버텼답니다. 물론 영양이 풍부한 식사를 규칙적으로 하고 충분한 휴식을 취하고 있으며, 스트레스로부터 자유롭고, 각종 영양보조제를 꾸준히 섭취하고 계신 분들에게는 운동, 이렇게 권하지 않습니다. 하지만 저처럼 밥 먹는 데 소홀하고, 수면부족으로 만성 피로를 호소하며, 육아우울증 내지 주부우울증이 내 이야기 같고, 남편과 자식 먼저 챙기느라 비타민 챙겨먹는 것도 어렵다면, 이제 남은 건 운동이 아니고 뭐겠어요. 그래서 저, 운동을 시작했습니다!

'이대로라면 내 갑상선도 못 버틸 거야. 병 걸려 죽으면 큰일이다! 이것 참 억울하다!'라는 생각을 막 할 무렵이었죠. 남편이 헬스장 등록을 권했고 전 너무 하기 싫었는데 딱히 핑계거리가 생각나지 않아 헬스클럽에 일단 한 달을 등록하게 됩니다. 그런데 그 헬스클럽은 매월 자동이체로 회비가 출금되는 시스템이었고, 등록해지를 하려면 이체일 5일 전에 고지를 해야 한대요. 뭐든 귀찮아하는 제가 그런 걸 고지할 리가 없죠.

어쩔 수 없이 계속 연장되어온 지 3개월째! 게다가 그 헬스회원권은 가격이 저렴한 편은 아닌 것 같아요. 그래서 울며겨자먹기로 운동을 3개월째 하고 있는 저에게

일어난 변화를 말씀드릴게요.

첫째, 언젠가부터 목에 담이 안 내려요.

둘째, 열 발자국 이상 걷는 것도 무리였는데, 가끔 뛰어서 갈 만큼 몸이 가벼워졌어요.

셋째, 몸은 피곤한데 잠은 오지 않아 새벽 두세 시까지 인터넷서핑을 하던 제가 줄려서 12시를 못 넘겨요.

넷째, 아직 몸무게는 변화가 없지만 몸의 군살이 조금씩 정리되는 것 같아요.

다섯째, 운동을 하는 시간, 운동 끝내고 집에 오는 시간은 저 혼자만의 시간이네요.

어떤가요? 드라마틱한 건 없지만 이건 모두 사실이고, 제 입장에선 반가운 변화랍니다. 아아, 한 가지 더! 운동을 하고부터는 확실히 전보다 아이들과 남편에게 더 자주 웃고 덜 화내게 된 것 같아요. 그래서 여러분도 운동을 하게 되셨으면 좋겠어요. '지금 당장은 좀…' 하고 머뭇거릴 거 다 알아요. 다만 '나도 언젠간 운동을 하게 될 것 같다'라고 마음 정리를 해두고 넘어가세요. 그래야 어느날 갑자기 남편이 헬스장 등록을 권하고, 하필 자동이체로 회비가 결제되는 헬스장을 만나게 되죠. 그때는 '아유, 진짜 하기 싫은데, 뭐야~' 하면서 못 이기는 척 운동을 시작하는 겁니다.

육아지변에 곤죽된 스파게티

☆ 주의사항 ☆ 아기 똥에 면역력이 안 생긴 미혼 남녀와 식사 전후의 일반
인들은 글을 읽지 않으시길 권해드립니다. 저는 똥을 똥이라 하지, 응가라고
하지 않는 사람이거든요. 그리고 각종 똥 테러를 빼고서는 제대로 된 일상을
보여 드릴 수가 없기에….

스파게티 면을 삶고 있었다. 면 안에 심이 있지만 거의 드러나지 않
을 정도인 미디움 '알단테'까지 삶는 것에 모든 감각과 초능력을 동원
하면서 제이미 올리버(영국 스타 요리사)에 빙의되어 있었다.

'스파게티 면은 그날의 공기 중 습도나 면을 삶는 물의 양에 의해서도
  미세하게 맛의 차이가 나는 법.
  하지만 오늘은 불의 세기와 삶는 시간만으로 최상의 면발을 만들어보겠어.'

보글보글한 지 7분이 지나면서부터는 냄비 옆에 붙어 서서 10초 단위로 익힘 정도를 점검한다. 면 하나를 건져 뚝 하고 끊어보는 1차 육안 식별에 이어, 이빨로 한 번 잘근 하고 씹어보며 느끼는 2차 식감 테스트까지 신속하고도 정밀하게 진행한다.

'좋아, 지금이야. 3초 뒤에 불을 끄는 거야! 하나, 두울....'

셋을 세려는 찰나, 기특하게도 무려 1분간이나 문제를 일으키지 않고 잠잠하던 욜라가 소리를 질렀다.
"우어어어! 어! 어!"
다급하고도 불길한 외침이었다.
'아, 뭐야' 하면서 돌아보았더니 히엑! 우리 집의 최고가 건축내장재 모로칸화이트색 마룻바닥에 방금 싸놓아 김이 모락모락하는 똥한 덩이가 덩그러니 놓여있다. 욜라는 벌써 멀찌감치 도망가 이쪽의 동태를 주시하며 제 엉덩이에 반사적으로 손을… 손을! 갖다 대려 하고 있다!

"아악, 안 돼! 만지지 마, 만지지 마~
욜라야 이리 온, 이리와, 어서,
자아~ 똥은 잠시 그대로 두고
우리 엉덩이 씻으러 갈까…
야! 야! 만지지 말라고 했잖아아. 으아악! "

나는 이렇게 엄마가 되었나

욜라가 제 엉덩이에 묻은 물질을 기어이 손으로 확인하고 있는 사이 요란하게 울리는 핸드폰 벨소리! 내일 만나기로 해놓고 아직 구체적 약속을 정하지 않아 이제나저제나 기다리던 친구의 전화였다.

욜라의 어차피 베린 손, 이왕 이렇게 된 거 이따가 목욕시키면 되고, 약속 장소와 시간 정하는 데 1분이면 될 테니 이것부터 해결하는 거다. 다만 이미 싼 똥으로의 접근은 막아야 돼. 그건 또 다른 재앙을 초래하는 일이니까.

그래도 바닥에 쌌으니 양반이지. 저번처럼 원목교구 모자이크 퍼즐 위에 쌌으면 어쩔 뻔했어, 휴.

"어, 쏠메야~ 응? 응. 괜찮아~ 별일 없어. 전화 받을 수 있어.

내일 우리 어디서 만날까? 음? 응. 거기 좋지~

시간은 10시 괜찮은데? 응, 아니야~ 나 새벽같이 일어날 수 있어.

그래, 그래."

시종일관 험상궂은 표정으로 욜라와 똥을 번갈아보며 손을 세차게 **휘이휘이** 저으며 온몸으로 방어막을 치고는 있었으나 예상보다 길어지는 통화와 새로운 화젯거리의 등장으로 나는 점점 초조해지기 시작했다. 그러던 찰나, 아뿔싸! 스파게티 면이 아직도 남실남실 신나게 끓고 있는 것이 눈에 들어왔다.

오, 지저스지저스 크라이스트! 내 알단테! 내 섬세한 스파게티니!

"어, 저저저, 쏠메야,
사실 내가 지금 똥에... 냄비에 스파게티...
암튼 끊을게."

전화를 끊고 욜라의 몸부림으로 인한 2차 오염에 주의하며 똥을 처리한 다음에서야 난 스파게티 면을 수습할 수 있었다. 그날 나만의 호화로운 점심 메뉴로 선보인 새우와 버섯을 풍성히 넣은 '감베로 풍기 뽀모도로 스파게티'여, 그 안의 면발이여, 너는 죄가 없다. 다만 육아지변으로 인해 곤죽이 됐을 뿐.

기어코 다 먹지 못한 스파게티를 밀쳐내며 제아무리 최고의 요리사라도 아까 같으면 면의 알단테를 지켜낼 수 있었을까 반문했다. 물론 제이미 올리버라면 내게 요리 전 욜라의 기저귀부터 단단히 채우라고 당부했을지 모르는 일이지만.

아이를 돌보면서 스파게티를 해먹을 수 있나요?

네, 물론입니다. 매일 밥만 먹을 순 없잖아요. 그래서 라면 끓여 드시는 분도 계실 테지만, 라면만큼 간단한 스파게티 레시피가 이미 인터넷과 요리책에 넘쳐나고 있는 걸요. 전 스파게티를 먹고 나면 스스로에게 대접을 한 느낌이 들어요. 물론 '나는 라면을 먹으면 내면이 충만해지고 자존감이 높아지더라' 하는 경우도 있을 거예요. 누구에게나 소울푸드는 다른 법이니까요. 저에게는 스파게티가 그런 것뿐입니다. 아주 빠른 스파게티 요리법 하나 알려드릴게요.

1. 냄비에 물을 넉넉히 넣고 끓인다. (이때 굵은 소금 한 스푼! - 면의 식감을 위해)
2. 그동안 냉동실과 냉장실을 뒤져 그럴싸한 재료를 찾는다(냉장실에선 버섯류, 양파, 파프리카, 브로콜리를, 냉동실에선 새우, 분쇄 소고기를 찾아서 두세 개 정도 조합한다).
3. 끓는 물에 스파게티 면을 넣고 타이머를 맞춰놓고 끓이는 동안,
4. 아까의 재료를 손질해 올리브유를 두른 팬에서 볶다가 소스를 부워 끓인다(시판 소스는 굉장히 다양하니 이것저것 시도해보세요).
5. 취향껏 익은 면을 채로 건져 그릇에 담고 4의 소스를 붓는다.
6. 파마산치즈가루나 파슬리가루를 뿌리는 등 꾸며서 먹는다.

이 정도면 10분 스파게티가 완성됩니다. 밥통에서 밥 뜨고, 국 데우고, 냉장고에서 반찬통 꺼내어 뚜껑 여는 시간과 큰 차이가 나지 않습니다. 할 만하다는 거죠. 누군가가 "오늘 점심 뭐 먹었어?" 하고 물을 때 "밥, 잡채, 불고기에 디저트로 수정과 한

잔 마셨어."라고 답할 거 아니면 "간단히 스파게티."라고 해보세요.

비록 현실의 나는 종일 쩔쩔매고 여유라곤 없지만, 그럼 어때요? 난 그 와중에도 무려 스파게티를 만들어 먹었는 걸요!

참, 위에 레시피를 다시 한번 봐주세요. 5번 순서의 스파게티를 담는 그릇에 별표를 합니다. 이때의 그릇은 늘 사용하던 밥그릇, 국그릇이 아니죠. 그것은 내가 가진 그릇 중 하얀색의 (혹은 무늬가 없는 단색의) 아주 큼지막한 것이어야 해요. 그것이 바로 보통의 아줌마가 만든 10분짜리 스파게티를 나를 위로하고 대접해주는 힐링푸드로 만드는 비법이랍니다.

옆집 할아버지의
신선 비결 탐구

옆집 할아버지는 과연 사람인가 신선인가. 새하얘진 머리는 검은 머리의 최후이거나 나이듦의 서글픈 상징이 아니라 오랜 시간 벼려 얻은 연장처럼 새롭고 강해 보인다. 아침 논일 끝내고 낮잠 주무시러 서푼 오시는 걸음걸이는 멀리서부터 내 안의 비트박스를 켜게 하는 리듬이 있다. 발로 땅을 살풋 디디실 적마다 반동으로 몸이 약간 허공에 둥실 떠오르는데 그때마다 햇볕에 머리가 은빛으로 반짝인다. 나에게 초고속 카메라가 있다면 중력을 무시한 듯한 흔들리듯 통통 튀는 할아버지 걸음의 비밀을 밝혀내고 말 텐데, 지금으로선 케냐의 마사이 족 걸음걸이와 비슷하지 않을까 하고 추측할 뿐이다.

할아버지가 나를 알아보실 수 있을 만큼의 거리가 되면 나는 "안녕하세요?" 하고 인사를 한다. 그럼 할아버지는 걸음의 리듬은 흩뜨리지 않은 채로 굽이굽이 넘실넘실 걸어오시며 한 박자하고 반 박자쯤 뒤에 "허어이! 어~! 이뻐, 이이~뻐" 하신다. 물론 내가 예쁘다는 게 아니라 내 옆에 메리, 욜라, 로가 예쁘다는 말씀이시다.

나는 내 앞의 할아버지가 옆집에 사는 할아버지가 분명한데 어쩐지 신선같다는 생각을 2년째 계속하고 있는 까닭에 할아버지 앞에선 '이 금도끼가 네 것이냐' 하여도 '아닙니다. 저의 것은 쇠도끼입니다.'라고 말하려고 노력한다. 예를 들면 "애기 엄마가 참 아기들을 예쁘게 잘 키우네." 하시면 **"아, 아니, 아니에요!.... 아하하핫"** 하고 뒤통수를 벅벅 긁으며 허리를 굽혔다 폈다 하거나 손을 모았다 저었다 하면서 붉으락푸르락한다. 그 사이 할아버지는 '구름에 달 가듯이' 내 곁을 유유히 지나가신다.

나는 '이대로라면(이런 신선 같은 자태라면) 할아버지는 백 살은 거뜬히 사실 것이다!'라는 확신을 하고 할아버지가 백 살일 때 내 나이와 아이들의 나이를 셈해 보곤 한다. 그러면 백 살 할아버지 옆집에서 환갑이 거의 다 된 내가 군에 간 욜라가 보내준 '이등병의 편지'를 읽고 있는 장면이 떠오른다. 그러고는 '거참. 나이 먹는 거 순식간이네. 그렇다면 쏜살같은 세월 뒷꽁무니나 쫓을 게 아니라 옆집 할아버지를 멘토로 삼아 제대로 늙어야겠다.' 는 생각에 이르는 것이다.

옆집 할아버지는 무엇을 먹고 사시는가? '산과 들에서 나는 온갖 진귀한 약초를 잡수고 계실 것이다'라는 가설 하에 옆집 할머니의 반

나는 이렇게 엄마가 되었다

찬을 연구해보았다. 할머니가 주시는 김치며 반찬을 꾸준히 얻어먹어본 결과, 할아버지는 각종 나물과 채소를 바탕으로 화학조미료로 맛을 내고 설탕과 기름을 애용하시는 할머니 반찬을 드시고 계셨다. 내가 예상했던 '신선 되기 레시피'와는 일치하지 않았다.

뒤이어 속속들이 밝혀지는 할아버지의 먹거리! 슈퍼를 운영하는 막내 따님이 보내주는 과자를 간식으로 드시는데, 너무 아껴 드시느라 항상 유통기한이 임박했거나 상당 기간 넘긴 것을 한두 번 본 것이 아니다. 나는 그 부분을 알려드릴까도 했지만 감히 따님이 준 효도의 정이 서린 과자를 욕되게 하고 싶지 않아 '이것 먹고 죽진 않는다'라는 마음으로 입을 다물고 있다. (실제로 비상 간식이기 때문에 자주 드시지는 않으셨다.)

그리고 나는 할머니가 유통기한이 지난 과자를 주실 때마다 사양하지 않고 '죽지 않는' 선에서 먹었다. 나의 노령 멘토 신선 할아버지도 드시는 걸 나만 좀 더 오래 살겠다고 거부할 수는 없었다. (다행히 요새는 과자를 덜 주신다.) 이렇게 살신성인과도 같은 관찰과 분석, 임상시험 결과 신선이 되는 것은 먹는 것과 필연적 연관이 없다는 결론을 내렸다.

나는 '신선 되기' 두 번째 비결로 부부금실을 지목했다! 할머니의 살뜰한 내조가 오늘날 할아버지를 신선의 경지로 이르게 했다고 직감하고 할머니와 할아버지의 잉꼬부부 지수를 내 맘대로 높게 매겨보았다. 왜냐하면 할머니의 내조를 실상 확인할 길이 없었기 때문이다.

논일 가신 할아버지가 들어오시면 잡수시라고 철철이 계절 반찬을 만드시는 할머니의 바쁜 모습을 여러 번 목격하면서 '내조설'에 더욱 힘이 실렸다.

그런데 남편이 말하길 마당에서 할머니가 할아버지를 '구박'하는 소리가 심심찮게 들려온다고 했다. 나는 그럴 리 없다고 했다. 귀가 어두우신 할아버지가 잘 못 들으시니 할머니가 큰 소리로 말하는 것이려니 했다. 그런데 남편이 이제는 할머니가 할아버지를 구박하시며 '짜증'까지 내신다고 일러바치는 게 아닌가. 그것은 할아버지의 **'신선 비결 탐구'**에 혼선을 주는 제보였지만 나도 얼핏 할머니가 할아버지에게 고함치는 소리를 들은 것 같다. 결국 소크라테스의 철학도 부부금실과 비례하지 않았는데 신선의 경지도 그러한가 보다 하고 넘어가기로 한다.

철학이라는 말이 나왔으니 자고로 신선은 '한 개인의 수행이나 철학에서 비롯되는 것'이라는 마지막 가설을 세워보았다. 할아버지의 온화하며 깨끗한 풍모와 세상사에 초연한 듯한 아우라의 비결은 바로 신선을 닮고자 자신을 갈고 닦고 신선같이 생각하는 데 있다고 말이다. 흙과 함께 흙에 투신하여 여든 살이 넘도록 농사일을 하며 살아오신 할아버지를 남편이 인터뷰를 하였다.

초보 농사꾼인 남편이 고수 농사꾼인 할아버지의 농삿일에 대해 이런저런 고견을 듣는 자리였다. 시골로 오기 전까지 농사의 '농'자도 모르던 남편은 어디서 보고 들은 것은 있어서 텃밭 농사에 화학

비료와 제초제를 일절 사용하지 않고 오직 아이들 똥과 오줌을 땅에 파묻으며 옥토를 일궈보려 하다가 별 볼 일 없이 한 해 농사를 망치고, 흙과 식물의 복지를 생각하여 작물 재배에 비닐을 사용하지 않고 오로지 어린 모종이 알아서 커 주길 두 손 모으고 기원만 하다가 빼곡한 잡초 속에 작물이 사라지는 진귀한 광경을 연출하기도 하면서, 이제 비로소 '책으로 농사를 기초부터 배우고' 있는 초보 중의 상초보 농사꾼이다.

남편이 고수 농사꾼인 할아버지께 농사법에 대해 이것저것 여쭈었다. 역시 할아버지는 우리가 추구하는 유기농이라든가 자연농법에는 관심이 없다 못해 비관적이셨고 오로지 비료와 풀약(제초제)을 쓸 것을 강조하셨다. 그런 할아버지가 갑자기 한숨을 돌리시더니 먼 산을 보며 인터뷰를 마무리하는 어조로 운을 떼셨다고 한다. "농사는…"이라고 말이다.

'아, 드디어 농사에 대한 할아버지의 신념과 철학이 나오나 보다! 농사는… 농사는… 과연 뭘까? 인간과 자연과의 교감?' 두 눈을 반짝이며 답을 기다리는 남편에게 할아버지가 말씀하셨다. 천천히 그리고 간결하게.

"농사는… 돈이 안 돼."

실로 아쉽고 충격적이지만 반박하기 어려운 '60년 농사인생의 단한 줄'이었다. 농사에 대한 신념과 철학마저 앗아가는 현재 우리 농

촌의 실태가 그렇다는 것이다. 이로써 옆집 할아버지의 신선 비결은 명쾌하게 밝혀지지 않았다. 그래도 좋은 음식을 더 많이, 나쁜 음식을 덜 드시며 서로를 위하여 반백년 넘게 부부로 지내시고, 언제나 흙이 하는 말을 들으며 흙이 주는 대로 받으며 사시는 할아버지는 '사람보다 신선에 가깝다'고 결론을 내렸다.

그리고 나도 옆집 할아버지처럼 나이 들고 싶다고 생각했다. 나이가 들면서 가진 것이 많든 적든, 아는 것이 많든 적든, 내가 사랑한 것, 또 내가 미워한 것을 얼굴에 나타내려 하기보다는 마치 태어날 때부터 여든 살을 향해 살아온 것처럼 현재의 늙은 모습으로만 존재하고자 하는 꿈을 꾸었다. 그나저나 할아버지의 걸음걸이만 마스터하면 나도 고무공처럼 통통 튀기듯 걸을 수 있을 텐데. 그리고 은빛 머리칼이 햇볕에 반짝이도록 집 주변을 왔다 갔다 할 텐데. 그러다 늙음이 주는 신선함과 가벼움을 알게 된 옆집 젊은이가 나를 자신의 '늙은이 멘토'로 삼아준다면 더할 나위 없이 '제대로 늙은 인생'이 될 것 같은데….

시골에서 아이 키우는 거 어때요?

사실 저는 깔끔하고 편리한 도시의 삶을 좋아합니다. 내가 시골행을 택한 이유는 동경해왔던 전원생활을 지금 아니면 실현시키기 어려울 것 같다고 판단했던 것이 첫째요, 아이가 어릴수록 도시보다는 시골에서 자라는 것이 '자연스럽다'는 생각이 그 두 번째였어요. 역시 전원생활의 로망은 시골에서 얼마 살지 않아 곧 깨어지고 말았지만(알고 보니 내가 생각하는 전원생활은 있는 그대로의 자연을 엄청난 시간과 노력, 혹은 돈을 들여야 얻어지는 것이었기에 게으른 데다 돈까지 없는 나는 늘 현실과 이상의 괴리를 맛보는 것이죠.), 아이의 삶터로 시골을 선택한 것은 매우 잘한 일이라고 생각해요.

시골에는 거의 모든 것들이 어린 아이도 콘트롤할 수 있는 낮은 곳에 존재해요. 가장 높은 것은 산이고, 가장 넓은 것은 논이나 바다고, 밤에 가장 빛나는 건 하늘의 달과 별입니다. 흙, 물, 바람, 햇살, 돌멩이 같은 자연이 천지사방에 가득하고, 구부러졌다 펴졌다 살짝 숨었다 다시 튀어나오는 동네 길은 고개를 빼면 멀리까지 보입니다. 깜깜한 어둠과 고요함 속에서 풀벌레 소리와 아랫집 개 짓는 소리가 들리고, 새벽이면 닭 우는 소리와 새소리가 들리지요.

시골에는 없는 것도 많은데, 그중에서 특히 '아이가 뛰면 안 되는 곳'이 없습니다. '아이가 소리 지르면 안 되는 곳'도 없어요. '아이가 다닐 만한 학원'도 없지요. 한가지 더! 시골에는 부모가 아이에게 하는 '하지 마라'라는 소리, '어떻게 해라'라는 소리가 (비교적) 없습니다. 뭐 여기까지만 하더라도 시골은 아이들이 살기에 꽤 괜찮은 곳임에 분명해 보이지요? 너무 이상적인 형태의 시골살이를 꿈꾸지만 않는다면 '시골에서 아이키우기'는 어떠한 형태로든 실현될 수 있는 꿈이라고 말하고 싶어요.

마음을 다독이는
바람 엄마

오늘은 바람이 참 이상도 하지. 마치 나를 위로해주기 위해 부는 것 같아. 알게 모르게 다치고 지친 내 마음에 '괜찮다. 다 괜찮아. 어른이 돼서, 엄마가 되어서 힘들지? 내가 안다, 다 안다. 넌 아직도 예전에 내가 만났던 아이, 눈물 많고 구름과 별을 자주 쳐다보던 아이인 걸 알지. 난 너를 만나러 왔어' 이렇게 말해주는 거 같다.

애들을 재우고 난 늦은 저녁, 방을 쓸다가 작은 벌레를 발견했다. 안면은 있지만 이름 모를 착해 보이는 벌레였지만 그렇다고 같이 살긴 싫어 쓰레받기에 담아 마당으로 나갔다. 나간 김에 현관 밖에 아무렇게나 벗어놓은 식구들 신발을 정리한다고 허리를 굽혔다 펴는데 생각지도 않은 이 바람을 만난 것이다. 수평선 너머에서부터 물결을 이끌고 해안가까지 와서는 부서지는 파도의 포말과 함께 고요히 모래사장에 녹아들고 마는 그런 순한 바람이었다. 아니, 난데없이 바닷가에서 불어오는 바람이라니! 우리 집 앞엔 소나무산이 있고, 고구마순들이 아옹다옹 자라는 이장님 댁 비닐하우스가 있을 뿐인데, 어찌하여 멀리서 파도 밀려오는 소리가 들리는 것 같을까. 비닐하우스의 비닐 옷이 바람에 호드르르 떨리는 소린인가, 뒤뜰에서 베어내 마당에다 부려놓은 대나무 잎이 바람에 우루루루 구르는 소리인가. 나는 잔잔한 바람 한가운데서 지난 시간을 돌아본다. 마치 휘몰아치는 광풍과도 같았던.

아이들이 계주 선수들마냥 이어서 아팠다. 먼저 욜라가 오랫동안 잔기침을 하더니 기관지염을 거쳐 폐렴에 걸려 굵고 깊은 기침을 해댔다. 되도록 자연요법으로 낫게 하고 싶어서 기침 초기부터 도라지 배 엑기스부터 개복숭아 효소, 고함량 유산균에 프로폴리스까지 먹여보았지만 차도가 있는 것 같다가 도로 나빠지기만 하였다. 결국 병원에서 타온 항생제 3일치를 먹고 나서야 급격히 호전되었는데, 아마도 평소에 면역력 관리를 좀 더 철저히 했어야 했나 보다. 병이 깊숙이 침범하고 난 후에는 자연요법만으로 병마의 기세를 떨어뜨리기에 역부족이었다.

욜라 뒤를 바통 터치해서 이번엔 메리가 편도선염에 걸렸다. 유치원에 결석하고 밤에는 자다 울고, 또 자다 울고, 낮에는 자기 이불 깔고 누워서 약만 받아먹었다. 그래도 오늘 오전부터는 기운을 차리고 나를 재촉해서 **화산폭발놀이**를 무한 반복하기에 이제야 병수발 끝인 가 했더니….

☆ 여기서 잠깐 ☆ (엄마와 함께하는) 화산폭발놀이란? ☆

배를 타고 화산섬으로 간다
방석을 깔고 앉아 미친 듯 노를 저으며
화산섬인 침대까지 발발걸음으로 이동

분화구 가까이 가기 위해 방화복으로
무장한다
불에 타지 않는 내복바지와 두꺼운 웃옷,
모자 혹은 스카프로 머리 감싸고, 털장갑 착용

화산섬을 오르다 화산재에 미끄러진다
놀이의 하이라이트 장면으로 침대에 오르다가
'팍' 소리를 지르면서 오버액션으로
방바닥으로 나뒹굴며 발을 바둥바둥거림

다시 분화구까지 올라 용암이 바다로 흘
러가도록 길을 만든다
괭이질 흉내내기

길 다 만들자 마자 화산 폭발
'퍼엉'하는 소리를 내면서
이불(이게 용암)을 침대 아래로 떨어뜨린다.

피날레
'와 우리가 해냈어! 만세~'를 외치며 끝!

처음엔 과장된 몸짓과 애드립으로 실감나게 연기를 하나 화산폭발이 10번째 쯤에 이르게 되면 어질어질하고 다리가 풀리고, 함박 하품으로 눈물이 줄줄 흐르게 되어 '제발 이제 그만~ 다른 거 하자'를 간절히 염원하게 되는 **체력고갈 베스트 3** 안에 드는 마의 놀이다.

메리와 화산폭발놀이를 한 12번쯤 하고 있는데, 낮잠 자던 욜라가 깼다. 그런데 볼이 발그레해서는 내 무릎에 쓰러져 눈만 껌벅껌벅한다. 열을 쟀더니 39도 가까이 펄펄 끓는다. (아침부터 몸이 따끈따끈해서 불안했는데, 왜~ 슬픈 예감은 틀린 적이 없는지~) 그래도 아프다고 징징대지 않고 남 탓도 안 하는 모양으로 참 얌전하다. "물 마실래?" 하면 "응." "많이 아파?" 물어도 "응." 아플 때 착해지는 욜라지만 못되게 굴어도 안 아픈 게 낫다.

시골로 오고 난 뒤 병원가는 길은 만만치 않다. 병원까지 차로 1시간이 넘는 거리. 그래도 자가용 덕분에 아픈 아이를 업고 산고개를 넘지 않아도 되서 다행이라 생각한다. 아이 하나가 병으로 고생하다 나을만 하니까 다른 아이가 병에 걸리고, 그 아이가 이제 좀 낫나보다 했더니 먼저 아팠던 아이가 또 다른 병에 걸리고… 이대로라면 엄마인 나도 네 번째 타자가 되어 몸져 누울 판이다. (사실이 또 그렇다.) 욜라 업어주다 오른쪽 팔꿈치에 엘보우가 와서 물걸레질은 가당찮고, 병뚜껑 돌려 따는 것도 버거우며, 뜨겁고 매운 것을 먹을 때마다 입 안을 불로 에이는 듯한 구순구각염에 시달리고, 욜라가 줄창 잡아끈 손가락 마디마디는 근 2주가 넘도록 욱신욱신하는 중이다. 하지만 아이들이 아프면 자신의 아픔은 후순위로 밀쳐놓는 엄마라는 사람.

그런데 그런 엄마의 처지도 몰라주고 메리는 '오늘은 밥을 안 먹겠다'며 입을 닫고 버텼다. 지가 잘못해서 넘어져 놓고 고집을 부리고, 만지지 말라는 건 기어이 만지고, 하지 말라면 반드시 하고, 앉으라고 하면 죽어라 뛰어다녔다. 저녁나절 내내 반항 모드인 메리 기분도 풀어줄 겸 온가족이 신비의 약수가 나온다는 성당에 물을 뜨러 갔다.

하지만 물을 받는 중에도 메리의 투정은 조금도 나아지지 않았고 결국 인내심이 바닥난 나는 신비의 약수물을 팽개치며 고함을 버럭 질렀다.

"그만해! 대체 몇 시간째 이러는 거야? 엉?
지금! 여기! 성당에까지 와서 울고 짜증내고
너무하잖아. 너 정말 맞아야 엄마 말 들을 거야? 음?

불같이 화를 내는 나를 본 메리, "아니, 잘못했어. 용서해줘."라고 말해버린다. 그리고 억울하다는 듯 더 크게 운다. 자존심이라면 둘째 가라 서러운 아이, 타협이나 굴복이란 말은 자기 사전에 없는 아이, 하기 싫은 건 목에 땅콩 쿠키가 들어와도 하지 않는 메리의 갑작스러운 고분함에 나는 당황했다. 황송하기도 했고. 하지만 그것이 어떤 결의 실수였든, 부끄러운 고백이든 간에 나는 메리를 곧바로 용서해주었다. 저어기 예수님 서 계시니까. 예수님이 우리를 일곱 번을, 아니 일흔 번을 용서하셨는데 엄마가 너 용서 못 할 거 뭐 있냐라고 덧붙이면서.

생각해보니 그때도 부드럽고 포근한 봄바람이 우리를 감싸고 있었던 것 같다. 오늘은 이래서 성난 마음, 저래서 울고픈 마음, 이래저래 서러운 마음 모두 다독여주는 바람이 불었나 보다. 모든 것을 살피시는 신께 감사하는 마음을 가지지 않을 수 없는 계절이 이렇게도 따뜻하게 지나간다.

징글징글하게 말 안 듣는 아이, 체벌해도 될까요?

어린 시절 엄마한테 빗자루 몽댕이로 맞았던 기억이 나네요. 그래도 전 싸리 빗자루였는데 남편은 저런… 나무막대 빗자루였다네요.

분노의 딱콩이라도 맞아본 분들이라면 그때의 심정 기억나시죠? 맞는 건 너무 힘들었어요. 반성이고 뭐고 그저 무섭고… 서럽고… 아팠죠. 그런데 우리는 자라서 제법 착한(?) 어른이 되었습니다. 하지만 우리가 이나마 착한 어른이 된 것은 결코 우리가 부모님에게 '맞았기 때문'이 아닙니다. '맞았음에도 불구하고' 자식을 사랑하는 부모님의 마음을 보았기 때문이지요.

엄밀히 말해 엄마가 아이를 때리는 것은 자기보다 약한 아이를 상대로 화풀이하는 게 대부분입니다. 매질의 순기능도 분명 있다고요? 아이가 맞은 후 행동교정이 되었다구요? 아마도 그 아이는 자신의 못다 전한 메시지(말을 안 듣는 이유)를 다른 행동으로 표현하려고 들 거예요. 당장은 아니더라도 분명 아이의 인생 어느 순간에 아주 고약한 방식으로 튀어나올지도 모르고요.

아이를 때린 엄마도 마음이 안 좋아요. 잠든 아이 얼굴을 보며 '천사 같은 이 아이에게 내가 무슨 짓을 한 거지?' 하면서 후회하지요. 하지만 욱할 때 때리는 것만큼 쉬운 게 어딨겠어요. 때리는 건 쉽고 참는 건 어려워요. 어제 후회한 엄마지만 당장 오늘 화가 나 아이를 또 때려버려요. 매질이 습관이 될 수 있다니 무섭지 않나요? 그러지 않으려면 어떤 경우에도 아이를 때리지 않겠다고 결심해야 합니다. 그리고 부글부글 끓어오르는 그 순간, 아이에게 달려들기 전에 할 만한 '딴 짓'을 찾아야 합니다. 폭발하기 전 제동을 거는 거지요.

제 경우는 세수를 하거나 머리를 빗거나 달콤한 간식을 먹는 것도 괜찮았어요. 그렇게 한 템포 쉬고 난 뒤, 아이에게 갑니다. 엄마 눈치 보면서 저쪽에 앉아 씨근덕거리는 아이를 보면 왜? 라는 의문이 튀어나오죠. 그럼 아이에게 물어보세요. 모든 행동에는 이유가 있다는 전제로 '어디 네 입장도 한번 들어보자.' 하고요. 엄마가 들으려고만 한다면 아이는 다 말해줘요. 아이가 말하는 자신의 입장, 그 온갖 요상하고 귀여운 핑계를 들어보세요. 분명 화가 났는데, 등짝이라도 후려 패고 싶을 만큼 화가 났었는데, 기가 막히거나 실없는 웃음이 터져 나올지 몰라요. 때리지 않고 듣길 참 잘했다 싶을 거예요.

마법의 증조할머니표
육아비법

메리는 쉬운 아이가 아니다. 하지만 처음부터 그랬던 건 아니었다. 태어나서 돌까지는 상위 0.1퍼센트에 드는 신이 내린 선물 같은 아이였다. 2개월여부터 밤잠을 7시간씩 내리 잤고, 낮잠도 서너 시간씩 중간에 깨는 법 없이 두 번씩 잤다(엄마들 인터넷 카페에 들어가 애를 억지로 깨워야 하는지에 대해 심각하게 상담을 했던 그 시절의 나에게 혼구녕을 내주고 싶다). 아파서 병원에 간 적도 없었으며(7개월여 수족구병 증상이 나타났지만 가볍게 자연치유되었다는 사실을 돌 지나서 우연히 알게 되기도 했다), 이유식은 무엇이든 다른 아가들보다 두세 배를 먹어치웠고, 젖은 돌 지나고 3일째 되던 날 자기 스스로 강단 있게 끊었던 편안하고 건강하며 스마트한 아기였던 것이다. 하지만 이 모든 상황은 내가 직장에 복귀하고 메리가 어린이집에 가게 된 이후 정반대로 펼쳐지게 된다.

어린이집 수첩엔 아이가 오늘도 잘 놀았다고 적혀 있었지만 나는 알 수 있었다. 메리가 힘들어하고 있다는 사실을. 그러나 당시 둘째를 임신하고 있던 중으로 아이 출산 전까지만 일을 하면서 버티면 된다고 생각하였다. 나는 메리에게 지금은 어쩔 수 없지만 이것이 영원히 지속되지 않을 거라고 이야기해주면서 상황이 나아지기를 기다려보기로 했다.

하지만 메리는 여전히 어린이집을 힘겨워했고, 나는 어린이집 6개월차 수첩에서 '적응이 필요하다'는 메모를 읽게 되었다. 그러다 어린이집에 간 메리가 구석에 앉아 소리 없이 눈물만 줄줄 흘리고 있다는 전화를 받은 날, 나는 결국 꺼이꺼이 울고야 말았다.

20년 경력의 어린이집 원장도 메리의 마음을 온전히 열게 하지 못한 걸 보면 메리는 유난스러운 구석이 있는 아이였던 것 같다. 아니, 조금 특별한 아이, 좀 더 많이 사랑이 필요한 아이였다.

'당장에 너를 데려오리. 네 상처를 치유해주리.'

그 후 욜라를 낳고 한 달간 산후조리를 마치자마자 메리를 어린이집에서 빼내 오게 된다. 8개월만이었다. 그리고 메리에게 최대한 집중했다. 그 당시 내 정신 할당도는 메리에게 80, 욜라에게 15, 살림 5 정도였다. 무엇보다 메리에게 엄마의 강하고 지속적인 사랑을 표현하는 것이 절실하다고 생각했다(욜라에겐 미안한 시절이었다). 상대적인 후순위가 되어 주로 누워만 있던 탓에 욜라의 뒤통수는 5개월이 지나면서 서서히 납작해지는 양상을 보였다. 부랴부랴 아기머리 교정

—**48**—
욜라 즐거운 육아, 미세스K와 세 아이들의 집

베개에 눕혀 보았지만 이미 돌이킬 수 없었다는 안타까운 이야기는 현재 욜라의 뒤통수에 흔적으로 남아있다.

한편, 어린이집에서 나온 후 일년이라는 시간 동안 메리는 서서히 안정을 되찾았고 급기야 유치원에 보내달라 졸라대기에 이르렀다. 하지만 유치원에 가게 되면서부터 메리의 까다로움과 예민함은 날이 갈수록 극에 달하고 있다. 욜라에게 무자비한 폭행을 일삼고, 엄마 아빠의 어떤 말도 듣는 법이 없으며, 서슬 퍼런 고집은 두렵기까지 하다.

시골의 마당 있는 집에서 뛰놀며 건강하게 자라기를 바랐더니 이건 뭐 맨날 마당에 앉아서 고래고래 악이나 쓰는 천하의 개망나니가 되었다. 유치원 생활에 문제가 있을까? 하지만 줄곧 물어도 유치원은 곧 죽어도 가겠다고 하고, 이렇게 집에서 엉망일 거면 유치원에 뭐하러 다니느냐, 다니지 말라고 하면 발악하듯 유치원 가겠다고 울고 야단이다.

그러던 중에 오늘은 메리가 왜 그러는지에 대한 힌트를 얻게 된 유튜브 동영상을 보게 되었다. 내용을 요약하면 이렇다.

연세대 세브란스병원 천근아 소아정신과 교수는 기질상 100의 80은 순한 아이고 10 정도는 까다로운 아이인데, 순한 아이는 90만큼의 만족도를 가지고 태어나서 엄마가 10만 주어도 100이 되는데 반해, 까다로운 아이는 10을 가지고 있어서 엄마가 90을 해줘야 비로소 100이 된다고 한다. 하지만 아이러니하게도 90을 가지고 있는 아이는 반응이 좋다 보니 엄마가 90을 해줘서 180이 되는 데 반해, 10

을 가진 아이는 엄마가 90을 해주어야 함에도 아이의 까다로움에 힘겨워하다가 10밖에 해주지 못해 겨우 20이라는 결과가 나온다는 것이다. 엄마의 사랑이 아이에게 '빈익빈 부익부'가 될 수 있다는 거다.

까다로운 아이를 '엄마가 힘겨워하는 순간!'

이게 중요하다. 내가 바로 그 시점을 지나고 있고, 지칠 대로 지친 나머지 아이가 받아야 할 사랑을 점점 더 적게 주고 있다는 자각이 들었다. 천근아 교수의 진단은 명쾌했고 내게 큰 위안이 되었다. 하지만 '그래서 어떻게 해야 하는지'에 대한 구체적인 방법은 찾지 못한 채 오늘도 동네가 떠나가라 마당에서 울고불고 있는 메리 옆에서 우왕좌왕하고 있을 때였다.

우리집 앞을 지나가시던 옆집 할머니가 들어오셔서 메리에게로 다가갔다. 옆집 할머니는 82세로 메리에게 할머니라기보다는 증조할머니뻘인데, 육아박사라도 못 달랠 것 같던 메리의 난동을 순식간에 '뚝' 그치게 하시는 게 아닌가! 그건 지금까지 욜라의 울음을 그치게 한 방식 그대로였다. 그것은 바로 내가 찾고 있던 '방법'이기도 했다. 지금까지 수차례 보았지만 미처 깨닫지 못하다 이제야 알게 된 증조할머니표 육아! 그 비법 두 가지를 공개한다.

비법 1_ '호랭이곶감'을 줘라

할머니는 과자, 사탕 같은 먹을 것을 꼭 우는 아이 손에 쥐여주신다. 그냥 말로만 달래시는 법이 없다. 호랑이가 와서 잡아간다는 협박으로도 안 달래지는 울음엔 달콤한 곶감만 한 게 없다는 것은 단순한 옛날이야기만은 아닌가 보다.

비법 2_ 세상에 둘도 없는 착한 아이로 만들어라

할머니는 우는 아이에게 "왜 울어? 왜 그래?"라고 절대 다그쳐 안 물으신다. 그저 아이를 안고 "아이구, 우리 착한 메리(율라)가 울어? 에구구, 이리 이쁘고 순하고 착한 아기가 어째서 울어? 울지마, 우리 아가. 우리 착한 아가." 하고 등을 토닥이신다.

그럼 나는 옆에서 '착하고 예쁘다니… 할머니가 몰라도 정말 너무 모르시네요. 이 아이는 그런 (착한) 아이가 아니라니까요.' 하며 콧방귀를 뀌었더랬다. 그러나 놀랍게도 그치지 않을 것처럼 울던 아이는 '호랭이곶감'을 손에 들고 '나는 착하고 예쁜 아이구나' 하는 얼굴로 곧 울음을 멈추었다. 그런 마법은 아주 순식간에 이루어졌다. 증조할머니표 육아 경험자로서 나는 엄마들에게 '비법1, 2'를 동시에 쓸 것을 강하게 추천한다. 물론 비법2를 쓸 때는 내면에 거센 저항이 일겠지만 증손자를 달래는 할머니처럼 아이를 품에 안아줄 수만 있다면, 〈우리 아이가 달라졌어요-초고집쟁이 아이편〉에 나가야 하는 건 아닌지 더이상 고민하지 않아도 될 것이다.

나는 이렇게 엄마가 되었다

대책 없이 떼쓰는 아이 어떻게 할까요?

아이가 바닥에 등을 대고 누워 360도를 회전하면서 발을 버둥대며 울 때 어떻게 할까요? 저는 그냥 내버려둡니다. '그래, 해볼 테면 해봐라.' 하는 식으로요. 그러고는 안 그래도 바쁜 내 일을 찾아합니다. 아이 쪽을 보지 않고 내 일을 해치우는 데 집중합니다.

'이때가 기회다' 하고 미뤄둔 설거지, 요리, 빨래, 방 쓸기 같은 살림을 하거나 '이때 아니면 먹을 시간 없겠지' 하고 밥이나 간식을 챙겨 먹고 '이때 아니면 언제 씻을까' 세수하고 머리 감고 이를 닦아요. 그러다 보면 집은 정리가 되고, 배는 불러지고, 내 얼굴은 싱그러워지지요. 물론 아이로 인해 받은 열기도 좀 식어 있고요.

아이는 아이대로 자기에게 관심을 두지 않고 다른 일을 바쁘게 하는 엄마를 보면서 떼쓰기 집중력이 점점 흐려집니다. 이때 아이에게 깜짝 놀란 얼굴로 말을 걸어보세요. 예를 들면 이렇게요.

"엇! 잠깐만! 방금 무슨 소리 안 들렸어? 밖에서 덜컹덜컹 하는 소리. 누구지? 망태 아저씬가? 아! 맞다. 택배가 왔나 봐! 우리 같이 나가보자!"

그러면 백이면 백, 아이는 자리 털고 일어납니다. 의미없는 떼쓰기에 싫증이 난 참에 잘 됐다 하는 거죠. (이때 현관문을 열어보고 실망하는 엄마 얼굴이 중요해요.)

그렇습니다. 제 경우 아이의 대책 없는 떼쓰기에는 그냥 못본 체하는 것. 엄마 할 일 하는 것이 가장 좋은 방법이었어요. 마지막으로 따뜻한 얼굴로 아이 엉덩이 툭툭 털어주며 일으켜주는 것 잊지말고요. 아이는 지금까지 내가 쓸데없이 떼를 썼구나 하는 얼굴로 사랑스럽게 엄마 품에 안기고 말 거예요. .

천기저귀 육아

"애 키우는 거 힘들지?"

하고 누가 물으면 나도 모르게 눈가가 촉촉해지면서 슬픈 표정으로 "응, 난 아무래도... 애 보는 거 체질에 안 맞나봐."라고 대답하곤 했다. 그러면 대화는 한동안 중단되었다 이어졌는데, 지금 생각하니 그건 내 잘못인 것 같다.

내가 해야 했던 센스있는 예상 답변은 "아니, 괜찮아. 애 키우는 게 다 그렇지." 정도가 아니었을까. 하지만 보는 이 말문 막히게 하는 나의 그렁그렁 하는 눈물을 쏙 들어가게 만든 분이 계셨으니 그이는 우리 부부의 대학 스승님이시다.

단지 스승님 가까운 곳이라는 이유만으로 우리는 아무런 연고 없는 산골 마을의 빈집을 구해 살게 되었고, 그러면서도 한 치의 걱정도 불안함도 없이 새로운 삶터를 꾸려갈 수 있었다. 그리고 세월이 갈수록 스승님의 한 마디 말씀을 다른 이의 백 마디 말보다 때론 백 권의 책보다 값지게 생각하며 살아가는 것을 축복이라 여겼다. 그런데 그런 스승님이 내게 이렇게 말씀하셨다.

"이 애가 태어나고 싶어서 태어난 거냐?
체질에 안 맞으면 체질개선을 해!"

아, 체질개선. 나는 체질을 어떻게 바꿀 수 있을까 고민하며 지난날 나의 육아행적을 더듬어 보기에 이르렀다. 매사 서툴고 부족하지만 그래도 잘한 것이 아예 없지는 않겠지 기대하면서. 하지만 잘한 것이 좀체 떠오르지 않아 의기소침하고 있던 중 친구로부터 들은 "넌 정말 육아체질인 것 같아."라는 말은 기적과도 같았다. 친구는 내가 육아체질인 이유로 천기저귀를 쓴다는 점을 지목했다. 나는 현재 욜라에게 천기저귀와 종이기저귀를 함께 쓰는 '혼합기저귀 육아' 중이지만 메리 때만 하더라도 '올 천기저귀 육아'를 했던 장본인이다.

나의 **천기저귀 육아**는 강렬한 두 가지 기억의 영향 아래 이루어졌다. 하나는 내가 초등학교 4학년 때 태어난 동생, 우리 집 늦둥이의 기저귀에 대한 기억 때문이다. 베란다 빨랫줄에서 햇볕을 받으며 하얗고 바삭하게 말라가던 천기저귀의 자태를 가슴속에 각인시켜버렸던 것. 깨끗이 세탁된 기저귀 천을 빨랫줄에 탁탁 털어 널고 다 마른 기저귀를 각 맞춰 차곡차곡 개어놓는 일은 주로 어머니의 일이었지만 점차 내 담당이 되었다. 그때 나는 천기저귀를 개는 행위는 아이를 키우는 데서 오는 고단함을 상쇄시키는 의식과도 같다고 생각했다. 실로 잘 마른 천기저귀에는 무엇과도 비교할 수 없는 상쾌함과 새로움이 있었다.

또 하나는 대학 시절, 내가 과외공부를 봐주었던 초등학교 3학년짜리 남자 꼬맹이에 관한 기억이다. 아이의 공부를 봐주면서 전반적 생활습관 클리닉을 의뢰할 만큼 나를 반듯한 처자로 봐주신 어머니의 기대와 다르게 과외의 말로는 개구쟁이 꼬맹이랑 맨날 쎄쎄쎄만하고 놀다가 두 달 만에 잘리고 만다. 아무튼 그 꼬마는 늘 나와 쎄쎄쎄를 하면서 팬티도 아니고 반바지도 아닌 요상한 걸 입고 있었는데, 굳이 이름을 붙이자면… 제 할머니가 손수 지으셨다는 반바지형 비단 빤스라는 것이었다!

단순한 디자인이었지만, 빤스치고는 화려한 색상과 광택이 돋보였다. 필시 그 빤스는 비단 한복을 짓는 값비싼 옷감으로 만든 것이리라. 그런 호사스러운 걸 걸치고 있는 꼬맹이와 쎄쎄쎄를 하는 내내 나는 생각했다. 맨살에 닿는 비단빤스의 부드러운 느낌과 배와 가랑이가 조이지 않도록 손바느질로 넉넉하게 마감한 고무줄 밴드 처리야말로 어머니(할머니)의 사랑이다! 이런 빤스를 입고 자란 꼬맹이는 절대로 삐뚤게 자랄 수가 없을 거다! 아이가 훌륭하게 잘 자란다면 그건 분명 할머니의 '비단빤스'가 한몫했기 때문이고, 나는 먼 훗날 내가 아이를 낳아 키울 때 내 아이에게도 빤스만큼은 아무거나 입히지 않겠다고 다짐하게 되었다.

🐾 🐾 🐾

세월이 흐른 후 아이의 기저귀를 선택해야 될 때가 되자 나는 젊은 날의 기억들을 자연스레 떠올렸다. 그것은 동경이었다. 하여 종이 기저귀로는 도저히 만족할 수 없었던 나는 별 수 없이 천기저귀 세계를 기웃거리게 된다.

천기저귀 입문 시절, 블랙홀 같은 기저귀 세상에 뛰어든 난 끓는 열정으로 허구헌날 기저귀 연구에 수많은 시간을 바쳤고, 다양한 천기저귀를 사는 데 많은 돈을 썼다. 국내뿐 아니라 해외의 명품 기저귀까지 위시리스트에 올려두며 비용 절감을 위해 중고거래 사이트에 몇 날이고 매복해 있기도 하였다. 그 당시 누군가 나에게 가장 갖고 싶은 게 뭐냐고 물었다면 주저 없이 말했을 것이다.

"키살럽☆ 기저귀 아장아장 세트 하나 하고요.
스와들 팬티형 기저귀 럭셔리 세트요."

☆ 키살럽은 급변하는 천기저귀 시장으로 인해 현재는 찾아보기 힘든 브랜드이다.

그땐 기저귀 관련 논문도 쓸 수 있을 것 같았다. 주제는 〈기저귀 통풍 및 흡습성과 건조 속도의 상관관계로 본 최적의 기저귀 모델〉이나 〈국

몰라 즐거운 육아, 미세스K와 세 아이들의 집

내외 천기저귀 시장의 흐름과 가치 분석〉혹은 〈팬티형 기저귀 스냅의 위치와 크기가 사용자의 손목에 미치는 영향〉정도가 되었을 것이다.

그랬다. 메리 데리고 잠깐 외출할 때도 천기저귀 보따리가 한 짐이었고, 1박 이상 여행 시엔 여행용 캐리어에 기저귀만 가득 싣고 떠나야 했다. 용감해진 나는 심지어 아이 밤잠 재울 때도 천기저귀를 썼다(이건 정말 고수가 아니면 힘든 단계임).

그렇다면 이런 천기저귀 육아를 통해 나의 체질이 좀 바뀐 것이냐, 혹은 내가 나도 모르는 육아체질이었음을 뒤늦게 깨달았느냐 하면 그런 것 같지는 않다. 그저 오늘도 나는 바람에 펄럭이는 천기저귀를 감상하면서 그렁했던 눈물 꼭 짜내고 조금 웃어보기로 한다. 햇볕 아래 놓인 천기저귀가 그러한 것처럼 내 마음의 물기도 바삭하게 잘 마를 것이다.

천기저귀를 사용해보고 싶은 엄마를 위한 조언

천기저귀냐 종이기저귀냐 하는 것은 취향의 문제입니다. 가치관의 차이에서 비롯한 선택의 결과이기도 하지만 기저귀를 고르는 것을 두고 누가 옳고 그르고, 누가 극성맞거나 생각이 없다고 감히 말할 수 없다고 생각해요.

엄마들이 천기저귀를 사용하는 까닭은 무엇일까요? 자연소재로 만들어져서 인체에 해가 없고, 통풍이 잘 되어 아이 피부를 건강하게 지켜주니까? 기저귀 뭉치를 배출하지 않음으로써 환경에 기여를 할 수 있으니까? 그렇다면 종이기저귀를 쓰는 엄마들은 아이 엉덩이 피부를 지키는 일에 소홀하며, 기저귀 쓰레기로 지구가 덮이든지 말든지 상관없다고 생각하는 사람들인가요? 한마디로 말하면 그것은 속임수지요. 저는 기저귀를 갈 때마다 천기저귀가 아이의 피부에 미치는 긍정적 영향과 환경보호에 대해 생각하지 않았어요(생각할 겨를도 없구요). 대신 기저귀를 빨고 말려서 개어놓는 일련의 과정들을 즐길 뿐이었죠. 천기저귀 특유의 깨끗한 느낌과 천기저귀를 착용한 아기의 귀여운 엉덩이 맵시에 반했었고요. 저는 천기저귀에 매혹당한 것이었어요!

자신이 '천기저귀파'인지 '종이기저귀파'인지 알 수 있는 방법이 있어요. 천기저귀와 기저귀 발진, 천기저귀와 지구환경과 같은 주제는 잠시 밀쳐두고 천기저귀의 색감과 디자인, 그 기저귀를 찬 아기의 뒷태를 먼저 감상해보기를 바랄게요. 그리고 딱 일주일간 천기저귀를 빨아(애벌빨래는 손으로 하지만 본빨래는 세탁기에 맡기면 되요.) 널고 말리고 개보세요. 그 과정이 즐겁고 더 나아가 특정 디자인의 천기저귀가 갖고 싶어 마음이 설렌다면 당신은 '천기저귀파'가 틀림없어요.

육아에서 만나는
뫼비우스 띠

누가 나에게 집에서 애 보는 것과 밖에서 보는 것 중 어느 것이 더 힘든지 묻는다면?

나는 끝없이 엎치락 뒤치락 돌고 돌지만 결국 그 처음을 알 수 없고 그 마지막에 이르지 못하는 낮잠 속 악몽같은 뫼비우스의 띠를 떠올린다. 집에 있으면 '밖에 나가지 않고서는 도저히 안 되겠다' 싶어 나갈 기회만 엿보는데 막상 밖에 나가면 '집만 한 데가 없군' 하고 집에 들어오고 싶어 안달하는 육아맘의 치명적인 생활 패턴. 이름하야 육아의 뫼비우스 띠에 걸려들고 만 것이다.

그런 연유로 며칠 간 집에서 놀다 오늘은 집 밖 도서관에 갔다. 동네 도서관이라 해도 차를 타고 15분은 하염없이 가야 한다.

아이를 데리고 가는 도서관에서는 분업이 효율적이다. 남편이 욜라의 바지춤을 잡고 있는 사이 재빠르게 읽을 책을 골라야 한다. 오늘은 마루야마 겐지의 《시골은 그런 것이 아니다》와 프랑스 육아계의 대모라 불리는 안느 바커스의 《프랑스 엄마 수업》과 판타지 장편소설 《서유기》를 골랐다. 아마도 원숭이와 돼지와 사오정이 삼장법사와 함께 펼치는 모험과 환상에 현실을 잠시 잊고 싶었던 것 같다.

아이들 옷자락과 손을 바통터치로 넘겨받을 시간이다. 남편이 책을 고르는 사이 아이들을 데리고 어린이 열람실로 향했다. 메리는 어릴 때부터 공공장소 예절에 대해 따로 말할 필요가 없을 정도로 도서관에서 작은 소동조차 일으키지 않던 문화인이었으나, 욜라는 단단히 주의를 주어도 아무 소용없고 오히려 부작용이 심해지는 (하지 말라고 하면 보란 듯이 더하는) 야만인이다.

메리가 책을 보다 오줌을 누고 싶다고 했다. 그런데 욜라 보고 밖에서 기다리라고 한들 말귀도 못 알아듣고 어디로 튈지 몰라서 화장실 한 칸에 셋이 같이 들어간 것이 화근이었다.

메리가 볼일을 보는 사이 내가 화장실 문짝에 붙은 글귀 "길가에 꽃이 향기로 말을 건네듯 우리 사람들도 그처럼 말없이 향기로운 인품으로…"를 소리내어 읽던 중 갑자기 메리의 비명 소리가 들렸다! 변기에 빠졌나 싶어 돌아보니 욜라가 비데기 버튼을 눌러 쏘아대는 물줄기에 무방비 상태의 메리의 엉덩이와 옷이 다 젖고 있었다. 물이 **줄줄** 흐르는 메리의 몰골을 수습하기에 바쁜 와중에도 정신을 놓을 수 없는 것이 욜라의 계속되는 버튼 공격!

난 계속해서 총구처럼 튀어나오는 비데기 호스를 진정시켜야만 했다. 사람이 변기에 앉지도 않았는데 센서가 작동되는 이 위험천만한 구식 비데기에 욕을 하며 정지 버튼을 연속으로 눌렀다.

욜라는 제발 그만하라는 내 목소리는 전혀 들리지 않는 듯 정지 버튼의 이중 기능인(버튼을 길게 한 번 더 누르면 작동되는 걸로 사료되는) 쾌변 기능을 마구 누르는 데 여념이 없다. 마지막으로 누른 게 정지인지 쾌변인지 너무 헷갈렸지만 호스가 대충 기어들어가는 것을 보고 얼른 나오려는데 애들이 어기적거린다. 아이들을 앞서 내보내고 따라나서는 등 뒤가 쭈뼛거렸지만 뒤돌아보진 않았다.

그때였다. 쾌변 물줄기가 맹렬한 기세로 나의 등판을 때렸다.

으아아악! 굵고도 힘찬 물줄기가 포물선을 그리며 나를 쫓아왔고 나는 머리와 등 뒤로 물을 뚝뚝 흘리며 다급히 화장실 문을 닫았다. 옆 칸에서 나온 도서관 사서가 우리를 지나쳐 황망히 나가는 것을 보고 곧 조치가 취해지겠거니 하고 문을 잡고 버텨보기로 했다. 그전에 이 물난리가 멈추면 좋겠는데 화장실 문짝을 때리는 물줄기는 잦아들 기미가 안 보인다. 아마 수동으로 정지 버튼을 누르기 전까지는 계속될 모양이다. 그런데 이대로라면 도서관이 물에 잠겨버리지 않을까? 내 비록 지금까지 비데기 쾌변 물줄기에 수해가 났다는 소리는 못 들어봤지만 상대는 지금 폭주하는 구식 비데기다! 무엇이든 처음은 있는 법이지만 내가 그 첫 사건에 연루된 사람이고 싶진 않았다. 그 순간 바닥에 작은 강이 되어 흐르는 물이 눈에 들어왔고 그 물이 내 신발에 와 닿자 이제는 결단을 내려야 할 시간임을 알았다. 나는 심호흡을 크게 하고 화장실 문을 열어 쾌변 물줄기와 정면으로 맞섰다. 눈을 뜰 수 없이 참담한 쾌변 대란 속에서 정지 버튼을 찾았고, 그리고 해냈다. 무자비하게 물을 쏘아대던 호스가 곧바로 약점 잡힌 악당처럼 뒷걸음질치며 도망쳤음은 물론이다.

한편 곧 전문가를 대동하고 우릴 구원해주러 올 것 같던 도서관 사서는 그길로 다시 돌아오지 않았다. 말하자면 튄 것이다.

옷의 물을 대충 짜내고 마를 때까지 등이 안 보이게 조심하면서 도서관 복도 의자에 앉아 쉬는 중이었다. 욜라가 도서관 복도에 누워 한참 기지개를 펴다가 정수기 쪽으로 간다.

그러더니 정수기 냉수 레버를 잡아당겨 물을 **콸콸** 흐르게 하며 옷을 적시더니 좋다고 웃는다. 도서관 바닥에도 물이 흐른다. 아, 개를 산책시키는 애견인은 비닐봉지를, 욜라를 도서관에 데리고 가는 문화시민은 봉걸레를!

나는 (아까 그) 화장실에서 찾아낸 봉걸레로 도서관 바닥을 한참 청소했다. 내가 이러려고 도서관에 왔나 자괴감이 들었다. 마침 도서관 복도 의자에 앉아 핸드폰을 하고 있는 고등학생 쯤으로 보이는 학생을 본 나는 발끈해서 그 학생에게만큼은 내가 자식 교육에 소홀하지 않은 '정신이 제대로 박힌 사람'이라는 걸 보여줘야겠다고 생각했다.

그리하여 나는 온몸을 내동댕이치며 반항하는 욜라를 다시 복도 의자에 누이는 데 성공하고 만다. 그 과정에서 다소간의 소동이 있었지만. 어린이 열람실 앞이니 자비가 주어지려니 하며 복화술을 쓰듯 욜라를 달래고 있는데 도서관 직원이 붉으락푸르락하는 얼굴로 뛰어나왔다.

"저기 어머니, 여기서 이러지 마시고 아이를 도서관 밖으로 데리고
나가세요. 지금 민원이 들어왔어요."

옆에 있던 메리가 냉큼 물었다. "민원이 뭐야?"
부끄러워진 나는 버럭 소리를 질렀다.

**"민원? 우리 도서관에서 쫓겨나는 거야.
시끄럽다고 사람들이 나가라는 거라고?
엄마가 말했지? 계속 이러면 쫓겨난다고! 가자, 가!
어서 밖으로 나가자고!"**

급한 마음에 엘리베이터를 기다리지도 못하고 아이들을 계단으로
이끌었다. 계단을 거의 다 내려왔나 싶었는데 뒤를 돌아보니, 아뿔싸.
욜라가 맨 윗 층계에서 자기 손을 잡아주지 않으면 한 발짝도 움직이
지 않겠단다. 그러거나 말거나 계단을 돌아 아래층으로 내려가는데
욜라가 고함을 지르며 울기 시작한다. 어디선가 튀어나올 얼굴 벌건
사서와 폭주하는 민원 걱정에 더없이 마음이 약해진 나는 결국 욜라
를 보쌈하듯 들쳐메고 나왔다. 그러곤 '쫓겨났다'는 나의 문자메시지
를 받고 급히 내려온 남편과 함께 온 가족이 도서관 마당 벤치에 모

였다. 가을 햇살 속 우리는 선선한 바람을 맞으며 한참 앉아 있었다. 집으로 오면서 남편이 물었다. "역시 집에 있는 게 편하지? 아니… 그래도 밖이 더 나을라나?"

나는 말했다.

**"집에서 고생이나 밖에서 고생이나,
둘 다 힘들지, 뭐 그런 거지."**

어느새 내 등짝의 축축함도 가시고 욜라도 세상에서 가장 귀여운 아이로 돌아와주었다. 나는 이렇게 오늘도 내일도 끝나지 않는 뫼비우스의 계단을 올라가고 있는 것일까? 천사같이 자는 메리와 욜라를 보면 이 아이들이 다 커서 어른이 된다는 걸 상상할 수가 없다. 아주 먼 이야기 같은데 누구나 말하는 금방인 세월. 나는 그저 끝이 있는 내리막 도로를 달리고 있는 중일지도. 그리고 어쩌면 속도가 계속 빨라지는 것이 두려워 때때로 브레이크를 걸고 싶어질지도 모를 일이다.

아이와 도서관에서 할 수 있는 것은 무엇인가요?

저는 그저 책을 보러 도서관에 가는 편이지만, 도서관에는 1년 내내 영화 상영이나 다양한 분야의 강좌, 교육 프로그램, 특별 이벤트가 가득하지요. 어린이 자료실과 유아 열람실이 따로 마련된 도서관이라면 어린 아이를 데리고 가서 충분히 시간을 보낼 수 있어요. 또래 아이들도 많고 아이들에게 책을 읽어주는 엄마들도 많아서 웅성웅성 같이 책을 보고 놀기도 합니다. 내 아이가 책과 친해지길 바라는 부모라면 아이에게 도서관 회원증을 만들어주세요.

제가 사는 곳 시립도서관에서는 5세부터 도서관 회원증을 만들 수 있어요. 빌릴 책을 고르고, 읽고, 반납하는 과정 자체가 아이에게 특별한 독서 경험이 될 수 있을 것 같아요. 게다가 도서관은 타인에 대한 배려를 배울 수 있는 장소이지요. 여러 사람이 다함께 돌려보는 책이기에 조심히 책을 보다 보면 물건을 소중히 다루는 법도 알게 되고요. 아이 책을 빌렸으면 엄마 책도 빌려보세요. 일반 자료실은 어린이 자료실과 달리 정숙한 분위기를 지켜야 하므로 아이를 데리고 간 엄마는 우물쭈물하지 말고 가장 관심 있는 분야의 책장으로 곧장 가세요. 그리고 아이가 난동을 부리기 전에 지체하지 말고 책을 골라야 합니다.

그렇게 빌린 책을 매번 끝까지 읽지 못하고, 때로는 제목만 읽고 반납하더라도 엄마가 설레는 기분으로 책을 빌려본다면 그것 또한 뜻 깊지 않을까요. 나중에 아이가 자라서 기억하는 '어린 시절 엄마의 모습'이 '나를 데리고 도서관에 가던 엄마', '늘 책을 읽던 엄마'라면 행복할 것입니다. 저 같은 경우는 '나와 함께 도서관에서 쫓겨난 엄마'가 되지 않을까 걱정이 됩니다만.

나의 주말엔 눈물, 콧물,
그리고 내 머리에 별

주말이 코앞으로 다가왔다. 요즘 젊은이들이 불금이라 부르는 저녁에 나는 뜬금없이 성스러워진다. 성부와 성자와 성령께 부디 주말을 잘 보내게 해달라고 십자성호를 그으며 신의 자비와 은총에 대해 묵상한다.

메리는 유치원에 느지막이 가서 오후 2시도 채 못 되어 집에 오는 형편이고, 욜라는 집에서 놀고 먹는 중이라 평일에도 충분히 아이들과 부대낀다고는 해도, 주말은 어쩐지 더 골치 아프다. 주말 아침이 밝으면 심호흡을 하며 집 안을 둘러본다. 지피지기면 백전백승이라고 했으니.

☆ 주말 체크 리스트 ☆

- 주말 나들이 일정 체크! (없음. 어디라도 한 군데 추가하지 않으면 집에서 자폭할 수 있다.)

- 냉장고 식료품 상태 체크! (재료가 동이 났거나 일부는 썩고 있음. 고구마나 감자 등 구황작물로 한 끼는 버틴다고 해도...)

- 나의 체력상태 체크! (몇 년째 만성피로 중)

- 아이들 컨디션 체크! (국토대장정이라도 할 기세, 추호도 낮잠 따위 잘 생각 없어 보임)

- 남편 컨디션 체크! (배가 나온 것 말고는 나보다는 체력 우위. 그러나 낮잠을 꼭 자집야 하는 치명적 단점 보유)

- 집안 일거리 지수 체크! (굴러다니는 먼지뭉치, 설거짓거리 높이, 잡동사니 지수 모두 최고 레벨.)

아무리 상대를 알아도 지는 싸움은 있는 법. 대체로 전망은 어둡다. 대체 주말 동안 어떻게 시간을 보내고, 무엇을 먹으며, 얼마나 사이좋게 보낼 수 있단 말인가! 창의력 문제이기도 하고 체력 문제이기도 하다. 그리고 결국은 심리전이다.

토요일과 일요일 이틀을 꼬박 아이들과 함께 시간을 보내야 하는 것은 그림 못 그리는 내가 유치원 미술시간에 백지를 앞에 두고 느꼈던 막막함을 떠올리게 한다. 하지만 그때의 나에겐 비장의 매뉴얼이 있었다.

일단 도화지 하단에 길게 가로선을 그리고 상부와 하부를 나눈다. 아래쪽은 땅이다. 그러면 위쪽에만 그림을 그리면 돼 심리적인 부담감이 그만큼 줄어든다. 내가 그리는 것은 정해져 있었다. 집 하나, 나무 한 그루, 그리고 꽃 몇 송이. 하늘엔 해님과 구름을 그린다. 사람까지 그렸다면 다 그린 거다.

나는 이렇게 엄마가 되었다

그렇게 순식간에 그림을 그린 나는 홀가분한 마음으로 다른 아이들이 그리는 것을 구경하곤 했다. 다행히 부모님과 선생님들은 나의 창의성에 대해 관심이 없으셨고 결국 나는 똑같은 그림을 수십 장 그리고도 유치원을 무사히 졸업할 수 있었다.

하지만 아이들과 놀아준다는 것은 매뉴얼이 없다. 항상 변수가 따른다. 《아이와 성공적으로 놀아주기 위한 완벽한 해법》이란 책을 엮기로 마음 먹었다면 나이 80살이 되어도 탈고를 마치지 못하거나 매년 개정판을 내야 할 만큼 지난한 작업이 될 것이다.

마침 가을이라 소풍을 가기에 좋은 날씨가 이어지고 있다. 보리차 한 병과 간식거리를 조금 싸들고 동네를 한 바퀴 돈다. 햇살은 따뜻하고 바람은 쌀쌀하지만 청량하다. 내친김에 산 위에 있는 흙집, 은사님 댁까지 올라가기로 한다. 그 길에서 숨을 쉬면 흙냄새, 풀냄새를 잔뜩 맡을 수 있다. 발 밑에서 낙엽이 바삭하고 부서지고 개울물이 흘러간다. 운이 좋으면 나무 뒤에서 부스럭하고 튀어나오는 노루와 마주치거나 청솔모 꼬리를 볼 수도 있다. 혹자는 이런 자연환경이 아이들에게 좋은 공부가 되겠다고 말하지만, 나는 특별히 이걸 '공부'라고 여긴 적이 없다. 그저 즐거운 '소풍'을 나온 것뿐이라고 생각한다. 안 그래도 나는 별로 아는 것이 없다.

"엄마, 이 벌레 뭐야?"라고 메리가 물을 때마다

"응? 과연 뭘까?"라고 같이 궁금해하고

"엄마, 이거 사마귀야?"라고 물으면

"아니, 사마귀가 절대 아니라는 것만은 확실하단다."라고 얘기해주
  는 정도이다.

    주말인데 남편에게 일이 있어서 새벽부터 밤까지 온전히 내가 아
이들을 돌보는 날도 가끔 있다. 에너지를 적절히 분배한다고는 하지
만, 밤 열 시가 넘어가면서부터는 점점 지친 나머지 이성의 끈을 놓
기가 일쑤다. 지난 주말에도 우여곡절 끝에 아이들을 겨우 재우고 마
음을 다잡으려 육아서를 읽었다. 그런데 어찌나 부아가 치미는지! 책
의 저자는 아이를 영재로 키운 아빠인데 초지일관 부처님 반 토막 같
은 말만 하고 있다. 책을 못마땅하게 노려보다가 내동댕이치고 싶었
지만 도서관에서 빌린 책이라 참고 읽었다. 주말동안 남편 도움 없이
혼자서 애들과 지냈다고 용을 썼지만, 책 속의 멋진 부모상과는 다르
게 지지리 못나고 부족한 내 모습이 부끄러워 울기 시작했다. 울다
보니 아이를 키우는 것뿐 아니라 무엇 하나 제대로 돌아가는 게 없는
것 같아 더 크게 울었다. 실컷 울었더니 코가 막혔다. 코를 풀면서 계
속 울었다. 때마침 출장 갔던 남편이 귀가하였다.

나는 이렇게 엄마가 되었다

"오늘 고생 많았지? 별일 없었어?"

"응. (컹)"

"어, 코 막혔네?"

"(하도 울다 코가 다 막힌 거라구) **쿨쩍**."

"감기 걸렸나?"

"**아니!**"

"쌍화차 데워줄까?"

"(쌍화차 같은 소리한다) **아니!**"

"에이구, 진짜 코 많이 막혔네. 감기 걸렸나 보다."

"(이익. 고개를 들어야 보일라나 보다) **아니! 감기 아니라고!**"

　　하면서 수북이 쌓인 콧물 휴지 뭉치를 쓰레기통에 버리러 자리를 박차고 일어나는 순간

빡！

　　남편이 가끔 척추 늘리기나 턱걸이를 하는 '치핑디핑'이라는 운동 기구에 굉장한 소리를 내며 이마를 부딪치고 만 것이다. 그 순간 번쩍하고 빛나는 별을 본 것 같다. 이마가 패이지 않았는지 걱정도 되었다.

　　그러나 심각함이 고조되고 있는 이 상황에서 갑자기 슬랩스틱 코미디는 아니 될 말이다. 내면의 슬픔에 비하면 이까짓 아픔은 별것 아니라는 듯 고개를 들었다. 하지만 눈, 코뿐만 아니라 이마마저 빨갛

게 부은 나를 보고 남편이 웃어야 할지 울어야 할지 몰라 하길래 나는 좀전에 운 이유를 장황하게 늘어놓았다. 내가 운 것은 한두 개의 하찮은 이유 때문이 아니라 존재론적이고 복합적인 이유 때문이라고 (결론은 혼자서 주말에 애 둘 보기가 너무 벅찼다는 거였지만).

남편은 아닌 밤중에 홍두깨 같은 예상치 못한 나의 박치기 쇼에 정신이 아찔한지 관자놀이를 꾹꾹 눌러대고 있었다. 아마도 다음번 주말에는 무리를 해서라도 마누라와 애들을 달고 가야겠다 마음먹고 있는 것 같았다.

휴우. 가을은 그렇다 쳐도 겨울엔 어떡하지? 창의력, 체력, 요리 실력, 담력, 인내심도 없는 한 엄마는 겨우 가을바람에도 어깨를 움츠리고 떨고만 있다.

아이와 함께 갈 나들이 장소를 추천해주세요

집 근처 놀이터, 집 근처 공원, 집 근처 골목길, 집 근처 할머니댁, 집 근처 슈퍼를 추천합니다. 시골이라면 집 근처 논밭을 추가합니다. 차 타고 멀리 가서 각종 관람과 체험을 하는 것도 좋지만, 부모도 아이도 만족하는 나들이는 의외로 가까운 장소로도 충분하답니다.

집에서 멀리 떨어진 곳으로 나들이를 간다고 생각해보세요. 운전하며 가는 차 안에서부터 아이와의 크고 작은 소동이 벌어집니다. 운전하는 사람도, 옆에서 아이를 돌보는 사람도, 차에 오랫동안 갇혀가는 아이도, 이미 반은 지칠 거예요. 좋다는 장소에 도착해서 힘을 내어 놀아보려고 하지만, 아이는 결정적인 순간에 잠을 자 관람의 반은 놓치고, 아이의 눈높이에 맞춰온 엄마 아빠는 별 재미없이 시간을 보냅니다. 배가 고파 인터넷을 검색해서 찾아간 맛집은 거의 실망하기 일쑤고 이미 돈과 체력을 많이 쓴 부모는 빨리 집에 가고픈 생각뿐인데, 한숨 자고 일어난 아이는 이제부터 놀자고 힘이 넘칩니다.

이렇게 아이는 부모와 실랑이를 하고, 지친 엄마 아빠는 부부싸움을 합니다. 집에 돌아오는 길, 모두 말이 없어지죠. 아이를 위하는 의욕이 지나친 육아 초기에는 이런 비슷한 일을 자주 겪게 돼요.

하지만 나들이 장소를 잘 선택하면 그런 역설적인 상황이 많이 해결됩니다. 아이가 어릴수록, 게다가 두 명 이상, 다수일수록 집 가까운 곳으로 놀러나가는 게 최고더라고요.

막둥이와의 첫 만남

때는 바야흐로 만물이 자신의 생명력을 무섭도록 꽃피우고 열매에 단물을 집어넣느라 바빴던 여름. 매미소리마저 늘어지는 여름의 끝자락에 나는 내 몸에 심장 두 개가 뛰고 있다는 걸 눈치챘다. 그것은 실로 뜻하지 않던 바였다. 그리고 그건 "이제 됐다, 고마해라. 마이 키웠다 아이가."라고 하는 것만 같은 지인들의, 아니 무엇보다 내 내면의 목소리가 동굴 메아리로 확대되어 오던 때의 일이었다. 솔직히 '애 둘, 누구의 도움도 없이 1년 휴직도 눈칫밥인 직장에서 간 크게 3년 넘게 휴직을 이어가며 온갖 불이익을 감수, 욜라를 두 돌에 이르기까지 집에서 지지고 볶고 했으니 할 만큼 했다'고 생각하고 있었다.

그리고 복직과 함께 곧 **내 인생을, 내 굽은 척추를, 내 미간을 다시 펴 보리라** 고대하고 있었는데….

꼬박 한 달 동안을 고민했다. 난 가톨릭 신자이고, 가톨릭교회에서 공식적으로 낙태를 금하고 있음도 알고 있다. 그렇다. 지옥불에 떨어질 각오까지 하였다. 받아들일 것인가. 거부할 것인가. '지금도 힘들어 죽겠는데, 죽어서도 지옥에 가는 건 너무 억울하다'고 생각했다가 '애 셋 낳고 힘들어서 죽는 것보다 차라리 현세의 행복을 택하겠다'고 결심했다가 다시 이쪽 저쪽으로 흔들리는 걸 반복!

우리 엄마는 나이 사십에 막내를 낳으셨다. 그렇게 딸만 넷을 키우신 우리 엄마는 지금도 고3 막내 밥 차려줄 때가 되면 밖에 나와서도 **쩔쩔** 매신다. 당신 친구들이 애 다 키워서 새처럼 **훨훨** 날려 보낸 지가 언젠데 우리 엄마는 이제껏 둥지에 먹이 물어다 주는 걸 놓지 못하고 계신다. 애를 먹이는 자식이든 안 먹이는 자식이든 자식 하나하나가 얼마나 꾸준하게 부모의 등골을 빼먹는지 나는 보아왔고, 그런 엄마가 안쓰럽고, 특출나게 뛰어나 부모 호강시켜드리지 못하는 내 처지가 죄송스러웠다. 호강은 무슨…. 사실 우리 엄마는 내가 제일 걱정이라고 하셨다.

예전부터 엄마가 내게 하신 말씀이 있다. "딸이든 아들이든 하나만 낳아서 야무지게 키우거라. 네 인생 즐기면서 애한테 매이지 말고 자기 일 하면서 살아라."

그때 "네, 그러겠어요. 엄마." 분명 그리 말했건만…. 둘째 소식만으로도 엄마는 걱정만 하시다가 나중엔 자포자기하여 내 용기가 가상

하다고 한탄을 하신 바 있다. 그리고 지금껏 내가 애 키우는 모습을 보시면서도 역시나 내 딸이 애 키우면서 아주 진이 다 빠지고 있구나 하시며 가슴 아파하시는데, 셋째 이야길 들으시면 그날로 머리 싸매고 누우실 게 분명했다.

그런데 직장에는 뭐라고 하지? 애 하나 더 추가할 테니 휴직 일 년 더 쓰겠다고 해야 하나? 내 인사기록 카드에는 보이지 않는 빨간 줄이 쳐질 것이 분명하다. 대체 난 언제 직장에 복귀할 수 있는 거지? 직장 동료가 백일 갓 지난 둘째 아이를 어린이집에 맡기고 복직해서 승진의 월계관을 썼다는 소식을 들으면서 그 모든 것이 정지된 나의 사회활동, 아니 점점 퇴보하고 있는 나의 사회활동을 생각 안 해볼 수가 없다.

'그래, 도저히 안 되겠어. 백프로 안 되겠어. 하느님 미안.

나 미워하시고 실망하실 테죠.'

고민하는 사이 시간이 꽤 흘렀다. 아이는 예상보다 많이 자라 있었고, 무엇보다 나는 그 심장소리를 듣고야 말았다. 앗, 서둘러 눈을 질끈 감았지만 돌이킬 수 없었다. 의사가 내게 "이 아이는 태어날 운명입니다."라고 할 때 왈칵 울음이 나왔다. 이 의사는 다름 아닌 산부인과의 신의 손이라 불리는 이.

그 예전 메리를 임신했을 때 기형아 검사 결과 다운증후군 수치가 위험군으로 나왔더랬다. 그때 양수검사를 권하던 의사에게 결과가 안 좋게 나오면 어찌하느냐고 물었더니 의사는 가차 없이 '임신을 종결한다'고 대답했었다. 그 말에 놀라 바꾼 병원의 수석 원장이

이 분이시다.

그때 불안에 떠는 나를 안심시키며 출산의 그날까지 아이가 건강하게 잘 크고 있다고 세심하게 진찰해주었던 의사. 메리를 낳을 때 나는 보았다. 하얀 가운을 펄럭이며 들어오는 의사의 몸에 둘러쳐진 아우라를. 평소엔 평범하게만 보였는데, 대체 이 카리스마는 뭘까? 고통 속에서도 믿음이 들었고, 마음이 놓였다. 사람들이 그를 두고 괜히 '신의 손'이라 칭하는 게 아니었다. 과연 그는 어린 생명을 세상에 보내는 신의 손을 대신하는 이였다.

나는 그 앞에서 그간의 망설임과 고민을 눈물, 콧물로 씻어낸 후로 무척 홀가분해졌다. 내 굽은 척추뼈도, 메리, 욜라의 고성 난동도, 우리 엄마의 한숨과 걱정도, 머나먼 쏭바강 같은 직장도, 다 아무려면 어때 하는 생각이 들었다. 낳을 수밖에 없게 되어서 감사하였다. 그리고 한때나마 생명을 온전히 받아들이지 못한 나의 부족함을 반성하였다.

앞으로 고민이라면 남들이 충분히 해줄 테니, 나는 그저 내 앞의 삶을 살아내면 되는 것이다. 내게 온 세 번째 아이, 그 아이의 삶을 열어줘야 할 운명도 내 앞에 있었다.

예전 덕수궁 돌담길에서 만났던 점쟁이 할머니의 예언이 차가운 가을바람 결에 스치는 밤이다. 할머니는 내게 "애가 넷이구만." 하셨다. 아니 잠깐만! 넷? 셋도 아니고 넷이라고? 가혹한 할망구. 누굴 죽이려고.

태교는 어떻게 하면 좋을까요?

스트레스만 안 받으면 일단은 좋은 태교라고 저는 생각해요. 편안한 태교를 하는 것, 저도 늘 그것을 지향했지만 쉬운 일은 아니었어요.

아이를 가진 임산부는 육체적으로 극심한 트러블을 계속해서 겪을 뿐 아니라 심리적으로도 두려움, 우울감 등 감정기복이 널을 뛰며, 그야말로 제정신이 아닙니다. 하지만 다행이라고 할까요, 조금은 슬프다고 할까요. 요즘에는 일하는 여성들이 많고, 아이를 가졌다고 바로 일을 그만두는 경우가 드물어, 자신의 몸과 마음에 일어나는 폭풍과도 같은 변화를 받아들일 여력이 채 없는 것 같더라고요. 태교는 뒤로 밀리다 못해 사치로 여겨질 정도이니 말이에요.

하지만 한편에선 숲 태교, 음악 태교, 바느질 태교, 여행 태교 등을 매우 열심히 하시는 분들도 많지요. 일각에선 우리 아이 수포자(수학포기자)되지 말라고 수학문제를 푸는 수학 태교를 하고, 글로벌 시대의 리더로 키우기 위해 뱃속 아기에게 영어로 말을 건네고 영단어 카드를 반복해서 읽어주는 영어태교도 한다네요.

저 같은 경우는 첫아이 땐 태교의 기본인 태담(뱃속 아기에게 말을 건네는 것)조차도 제대로 하지 못했어요. 배를 쓰다듬으며 "안녕? 아가야. 엄마야."라고 해놓고 '엄마'라는 호칭이 너무 낯설고 간지러워서 몸을 배배꼬며 웃는 걸 지나가는 사람들이 이상하게 쳐다보곤 했지요.

둘째 때는 직장일이 특히 마음을 쓰이게 해 마음껏 태교를 하지 못했고, 셋째 때는 큰애들 돌보기 바빠서 태교에 신경을 쓸 겨를이 없었던 거 같아요. 가끔은 숲으로 들로 산책도 가고, 음악도 듣고, 좋은 것을 아기와 함께 느끼려고 했지만 힘든 상황과 불안한 감정에 휘청대기도 했어요.

하지만 그럴 때마다 '그래도 난 엄마니까' 하며 마음을 다잡았지요. 때로는 용서하며 품어주고, 때로는 분노하여 돌파하고, 때로는 그저 견뎌내려 했지요. 그것을 굳이 태교법으로 이름 붙이면 '희노애락 태교' '고군분투 태교' '정면돌파 태교' 정도가 될까요? 태교에 대해서 책도 수십 권 읽고 각종 태교법을 기웃거리며 '나도 한 번 해볼까' 했던 사람의 현실의 태교가 이 정도였죠.

되돌아보면 왜 그 시간을 더 잘 보내지 못했을까 하는 아쉬움이 남습니다. 하지만 이내 머리를 흔들며, 이기적으로 굴려 하는 내 마음을, 끊임없이 내 처지를 남들과 비교하며 흔들리는 마음을, 또 태교만으로 아이를 세상에 둘도 없는 영재로 만들어보려던 위험한 욕심을 지웁니다.

결국은 가장 평화로운 마음을 가지려 하는 것, 아이와 만날 날을 손꼽아 기다리며 엄마가 될 준비를 하는 것, 사랑하고 감사하는 마음의 폭을 넓히려 노력하는 시간만이 남네요. 지금 뱃속에 아기를 품고 있는 세상의 모든 엄마들에게 선배 엄마로서 꼭 전하고 싶은 태교는 바로 그런 거랍니다.

별일 없어서 감사해

"별일 없지? 애들은 잘 놀고?" 하는 지인의 전화 안부에 굳이 별일을 만들고 싶지도 않고 이런저런 별일을 이야기하기도 귀찮아 늘 대답은 '별일 없이 잘 살고 있다'고 한다. 하루하루를 들여다보자면 신파드라마로, 눈물을 흘릴 수밖에 없는 처절하고도 고달픈 육아 현장이 여기 있더라도, 엄마의 인내심의 깊이가 어딘지 수시로 시험하는 아이들로 인해 '내가 신인가, 아니면 신이어야만 하는가,' 아, 신이라고 해도 이건 견디기 힘들 것이라고 장담하는 내면의 온갖 번민이 하루에 열두 번을 일어나더라도, 지나고 보면 별일 아니다.

그렇다. 별일 없는 일상은 서글프게 흘러가지만 어느 순간 뒤돌아보면 기분 좋은 미소를 짓게 만드는 추억 같은 것.

그리고 아이들은 건강할 때는 쥐도 새도 모르게 훌쩍 훌쩍 크다가, 가끔 지독히도 아프면서 엄마의 마음에 추억을 남긴다.

욜라가 자그마치 대학병원에 입원을 했다. 딱히 어디가 아파서라기보다는 어디가 아픈 게 아닐까 하여 여러 가지 검사를 받았는데, 발단은 서너 달 전부터 시작된 혈변에 있었다. 혈변이 무엇인가? 말로만 들어도 엄마의 마음을 오그라들게 하는 피똥을 말하는데, 동네 병원 세 군데를 다녀봐도 또렷한 원인을 찾을 수 없었다.

그러다 소아혈변을 전문으로 보는 대학병원 의사가 욜라 뱃속을 한번 봐야겠다고 했다. 30년 넘는 내 인생에도 없던 대장내시경을 23개월짜리 아이가 받아야 하다니. 이를 위해 하루를 굶고 이상한 약물을 마시고, 관장을 하고, 마취주사를 맞는 모든 상황을 욜라는 감내해야만 했다. 나는 평정심을 유지하려 마음먹었지만 폭삭 늙어버린 얼굴로 내내 아이의 링거줄을 잡고 있었다.

이동침대에 실려 내시경실로 떠나던 날, 욜라는 울고 또 울었다. 소아병동에서 내시경실까지는 제법 먼 거리여서 가는 길에 수많은 인파가 욜라의 울음소리를 들었고, 침대를 밀며 앞길을 트는 아빠로 보이는 남자와 침대 끄트머리를 잡고 따라가는 엄마로 보이는 여자에게 연민을 품었을 것이다.

낮잠을 푹 잔 욜라는 마취 주사약이 듣질 않았다. 나는 이를 어쩌나 했지만 나비넥타이를 두른 내시경 담당 의사는 욜라의 엉덩이에 호스를 꽂고 모니터를 통해 욜라의 대장 안을 보여주며 설명했다. 그동안의 혈변의 원인은 용종 때문이며, 그걸 제거할 것이니, 그 과정

중 '**대장벽에 구멍이 뚫려도 어쩔 수 없음**'이라는 시술 동의서에 사인을 하라고 했다. 사인을 하고 밖에서 기다리고 있는데 내 옆에 매우 아름다운 중년의 부인이 앉았다. 그녀가 내게 사연을 물어 내가 어찌하다 이 자리에 있는지 말해줄 때도 욜라의 "**엄마**", "**아빠**" 부르는 소리와 악쓰는 울음소리가 계속 들려왔다. 그 부인은 안절부절하면서도 애써 침착하려는 나의 마음을 알아차린 듯 나를 보며 나지막한 목소리로 말했다. "우리 부모님도 이렇게 우리를 키웠겠죠…"

퍼엉… 그 말에 참았던 눈물이 터졌다. 이렇게 자란 내 뒤엔 언제나 부모님의 가슴 졸임과 눈물이 함께였을 것이라 생각하니 눈물이 멈추질 않았다. 흐르는 눈물은 손으로 닦아냈지만, 아아… 흐르는 콧물은 어찌할 것인가. 옆에 있던 남편이 욜라 엉덩이 닦는 수건을 내밀기에 정색을 하고 화장실로 뛰어가 코를 풀었다. 진정하고 돌아가 보니 그 사이 수술을 끝내고 밖으로 나온 욜라가 아빠 품에 안겨 있었다.

'보통 아이들이라면 바로 골로 간다는 마취주사를 듬뿍 맞고도
그날 밤 잠들 때까지 멀쩡한 정신력으로 버틴 욜라야!
계속 칭칭 감기는 너의 링거줄을 밤새 푼다고 엄마는 잠을 전혀 못 잤
지만 그래도 괜찮아. 이제 피똥 그만 싸고 황금똥 많이 많이 싸자꾸나.
비록 네가 이렇게 엄마 아빠를 놀라게 하고 가슴 졸이게 할지라도, 그
때문에 삶이 서글프더라도 엄마는 노여워하지 않을래.
분명히 퇴원의 기쁜 날은 오고야 말고, 싱거웠던 병원밥도 담백한 그리
움이 될 테니까.

엄마들이 알고 싶어 하는 의학정보 몇 가지

스테로이드, 항생제 무조건 피할 것인가?

스테로이드는 등급이 있는데(약한 7등급~강한 1등급) 소아과에서 처방되는 스테로이드는 대부분 가장 약한 등급(7~5등급)으로 짧은 기간 쓰는 것이 안전하고 아이의 질병 치료에 도움이 된다. 예를 들어 아토피에 스테로이드를 적절히 쓰게 되면 인체에 무리없이 효과적으로 조기에 치료되는 반면, 스테로이드는 무조건 해롭다고 생각하여 안 쓰고 버티다 보면 도리어 아이가 아토피뿐 아니라 알레르기, 천식 같은 후발 질병으로 오래 고생하게 되는 경우가 많다.

항생제라고 무조건 나쁜 것이 아니라, 항생제 남용이 나쁜 것이다. 항생제 쓰기가 겁난다고 이미 쓰고 있는 항생제를 임의로 끊는 것은 항생제로도 소용없는 내성이 생기게 되어 치료를 더욱 어렵게 할 수 있다. 따라서 항생제를 쓰고 싶지 않다면 항생제를 처방받기 전에 의사에게 "항생제를 쓰지 않고 좀 더 지켜볼 수 있다면 그렇게 하고 싶다."고 상담을 하여 결정하고, 일단 쓰기 시작했으면 의사가 그만 쓰라고 할 때까지 끝까지 쓰는 것이 중요하다.

백신 접종 할 것인가, 말 것인가?

1990년대 미국의 한 의사가 쓴 논문에 백신이 자폐증을 일으킨다고 한 이후, 백신 접종의 위험성에 대한 의견이 분분했다. 하지만 2012년, 해당 논문의 데이터가 조작됐음이 밝혀지면서 '백신의 자폐증 유발' 논란은 종식되었다. 따라서 백신은 안전하며, 내 아이와 다른 아이들의 건강을 위해서 백신 접종을 해야 한다.

아이가 열이 날 때 대응법

열은 질병 치료에 도움이 되도록 몸이 반응하는 것이니 열이 난다고 너무 겁먹지 말자. 그러나 소아의 경우 일정 온도 이상이면 위험하므로 열을 떨어뜨려 주어야 한다. 38도를 기준으로 그 이상일 경우엔 옷을 가볍게 입히고 해열제를 쓴다. 응급 처치의 하나로 옷을 벗기고 물로 닦아주는 방법은 아이가 불편해하는 것에 비해 효과가 미미하고 오히려 몸의 열을 더 발생시킬 수 있어서 요즘 소아학회에서는 권하지 않는다. 계통이 다른 해열제를 부모가 임의로 섞어 쓰는 것도 권장하지 않는다. 열이 나더라도 아이가 잘 놀면 지켜보되 아이가 열이 나면서 쳐지고 힘들어하는 경우라면 바로 의사에게 보여야 한다.

아이가 설사할 때 대응법

예전에는 아이가 설사를 하는 경우 굶기거나 흰죽을 먹였는데, 이는 장 회복에 도움이 되지 않고 오히려 탈수나 영양부족을 초래한다고 과학적으로 밝혀졌다. 기름기 많고, 차고, 단것만 피하면 오히려 음식물을 열심히 섭취하는 것이 장 회복을 도와 병이 더 빨리 낫게 된다. 이는 최근 과학적인 데이터에 의해 설사를 하는 경우라도 장의 영양소 흡수는 그대로 이뤄진다고 의학정보가 바뀐 데 따른 것이다.

(by 팟캐스트 '서천석의 아이와 나' 33회 삐뽀삐뽀 건강 상식 10가지—하정훈 선생님 편 中)

나는 이렇게 엄마가 되었다

육아의
쓴맛,
신맛,
달콤한맛

외계인 욜라와 친구하기

메리와 욜라는 내가 낳은 아이들이지만 도저히 내 것이 아니다. 당연한 말씀이지만.

과학적으로 내 유전자의 반을 가지고 있으니 안팎으로 나와 닮은 점이 많을 수밖에 없을 터인데도 두 아이는 나에게 언제나 낯선 친구, 그것도 이제껏 만난 적이 없는 새로움 가득한 친구이다. 그중에서도 욜라는 좀 많은 아량이 필요하다 못해 종종 '이해하려 하지 말자, 그냥 미친* 거라 여겨야지.' 하는 생각을 갖게 하는, 주위에 더러 존재하지만 또 그렇게 쉽게 만나볼 수 있는 흔한 친구가 아니다.

★ 여기서 '미친'(혹은 '외계인'으로 대체될 수 있음)은 주로 미취학 연령 아들을 둔 엄마들이 도달하는 결론이자 위로로 엄마로서 이성의 끈을 놓지 않고서도 아들에 대한 경악과 혐오를 잠시 멈추게 하는 마술 같은 수식어다.

육아의 쓴맛, 신맛, 달콤한 맛

1년 전 쯤 도자기에 매력을 느낀 우리 부부는 취미삼아 도자기를 구경하러 다녔다. 그때 가게 주인이 쓰면 쓸수록 '작품'을 대하는 느낌일 거라고 추천하는 바람에 샀던 붉은 태양빛 머그컵 두 개가 어제부로 우리 집 선반에서 영원히 사라졌다. 그 짙은 검붉은 몸체는 무엇을 담아 먹어도 묵직한 무게감이 있어 조금은 부담스러웠다. 그래서 '아 이건 작품이야…' 하는 감상도 채 느껴보지 못한, 아직은 더 두고 봄직한 컵이었는데, 이제 다시 볼 수가 없게 됐다.

'던지면 깨지는 거 아는데 설마 던지겠어…? 욜라야, 난 널 믿어.' 하는 나의 간절함에도 불구하고 성이 난 욜라는 제 손에 들려 있던 컵을 한 치의 망설임도 없이 던졌고, 컵은 허망하게 깨지고 말았다.

만약에 성이 난 욜라가 마당 진흙탕 위에 서 있었다면 어땠을까?

'넘어지면 옷이 젖어 축축하고 이래저래 저도 기분 상할 텐데 설마 일부러 넘어지기까지 하겠어? 욜라야, 그러진 않을 거지?' 하고 생각하는 순간 진흙 목욕이라도 하는 아기돼지마냥 넘어지고 또 한 번 더 넘어지고 내가 뭐라고 할까 봐 지레 울고불고 난리법석이 날 거다.

오죽하면 생후 9개월 때 남편이 지어준 호가 '오노'일까. 2002동계올림픽 쇼트트랙에서 할리우드 액션으로 우리나라 김동성 선수의 금메달을 가로챘던 미국 선수 '오노'는 저리가라다. 그 당시 욜라는 넘어졌는데 얼른 달려와서 일으켜주지 않으면 한 번 더 넘어지는 슬랩스틱을 구사하고, 부스터라는 아기 식탁의자에 앉혀 이유식을 먹

욜라 즐거운 육아, 미세스K와 세 아이들의 집

일라치면 날 왜 여길 가두냐는 듯 머리를 쥐어뜯으며 울부짖다가 무게중심을 최대한 앞으로 해서 의자와 함께 앞으로 고꾸라지곤 했다.

그래도 그때는 워낙 메리가 '질풍노도'의 시기를 보내고 있던 터라 상대적으로 욜라는 '그나마 순둥이'라고 웃어넘기곤 했지만, 욜라가 걷기 시작하고 난 뒤에는 누가 더할 것도 덜할 것도 없이 **'막상막하'**요, **'난형난제'**요, **'오십보백보'**가 되었다. 메리가 호랑이띠이고 욜라가 용띠라 남편과 나는 그것을 간단히 '용호상박이군.' 하고 만다.

그래도 누나와 달리 참으로 과묵하였던 아이(물론 할 줄 아는 말이 별로 없어서) 욜라는 두 돌 생일을 기점으로 한 달여 사이에 말문이 빵 터졌다.

하는 일이 바빠 자기한테 눈길을 주지 않고 건성으로 **"응~"** 하고 대답하면 욜라는 말하다 말고 잠시 침묵하다 착잡한 얼굴로,

"휴… 엄마, 내 말 좀 들어봐 봐."

하며 목소리를 깐다. 메리가 20개월이 되기도 전에 밤하늘의 반달을 올려다보며 "엄마, 오늘은 달이 부서졌어", 또 별들을 보며 "엄마, 하늘에 별이 수박씨 같아."라고 했던 시적인 표현과는 격이 다르지만, 욜라는 욜라 나름대로 토크쇼에 나간다 해도 할 말이 제법 있을 것 같다. 토크쇼의 주제는 〈엄마와의 협상테이블에서 항상 승리하는 법〉이나 〈자신도 이유를 알 수 없는 깽판짓의 이모저모〉나 〈두 살 터울 누나에 대한

육아의 쓴맛, 신맛, 달콤한 맛

하극상의 전모, 잔머리 굴리는 법〉 같은 것으로 예상되지만.

이렇게 욜라 때문에 많이 울기도 하고 웃기도 하면서 지내고 있는데 계속 마음에 걸리는 게 있으니, 다름 아닌 내년 3월에 태어날 예정인 셋째 때문이다. 용호상박하는 와중에서 신생아를 돌봐야 한다는 생각만으로도 정신이 아찔해져서 내년엔 욜라도 어린이집을 보내야겠다 하고 마음 먹었다. 그래서 어디든 엄마 아빠를 데구루루 따라다니는 천둥벌거숭이 욜라를 데리고 옆 마을에 기적처럼 존재하는 어린이집을 방문했다.

제법 큰 3층짜리 건물로 인근 시내에서도 아이를 믿고 보내는 국공립 어린이집은 엄마들 사이에서도 평이 좋았다. 나 또한 집 앞까지 셔틀버스를 운행한다는 환상적인 조건과 욜라가 점심밥만 먹고 들어와도 내 수고가 얼마나 덜어지겠냐 하는 상상만으로 가슴이 뛰었다. 그런데 어린이집을 실제로 둘러보고 온 마음은 그렇지가 않다.

그 어린이집에서 특별한 하자를 발견한 건 아니다. 예전에 메리를 보내기 위해 둘러보았던 여러 어린이집들에 비하면 최고 수준이었다. 하지만 그래도… 집보다는 좋지 않을 테지. 한 방에 옹기종기 모여 있는 어린 아가들한테선 엄마하고 지내는 아가들만의 경계심 없는 눈빛과 거리낄 것 없는 기고만장함이 보이질 않았다. 점심 먹고 일률적으로 낮잠을 자거나 잠이 안 오면 그냥 누워서 눈만 끔뻑이는 아가들이 가여워 가슴이 먹먹해졌다. 물론 어린이집은 아이를 키우는 최선의 장소는 아니지만, 유용한 차선임에는 분명하다.

많은 아이들이 사회성(?) 기르랴, 똑똑(?)해지랴, 엄마의 자유시간을 확보하랴, 엄마가 일하느랴 당연히 가는 어린이집인데, 나는 언제나 망설이고 있다. 육아를 도와주는 지인이 가까이에 아무도 없고, 맘 털어놓을 또래 육아 친구도 없는 시골에서 말 지독히도 안 듣는 큰아이 둘과 밤낮 앵앵 거리는 갓난쟁이를 어찌 내 힘만으로 키울지 아무런 자신도 없으면서 말이다.

그래, 나만 좋다면 어린이집에 보내지 않고 내가 키우면 되는 거야. 그렇게 욜라를 어린이집에 보내볼까 했던 계획은 인어공주의 물거품이 되어버렸다. 아무것도 모르는 왕자와 이웃나라 공주는 물거품이 되어 사라진 인어공주의 희생(?), 축복(?)으로 그 후로 잘 먹고 잘 살았다고 이야기가 끝이 났던가. 아아, 제발! 육아라는 전쟁에서 내가 쏜 총에 내가 죽는 것만 아니면 좋으련만.

육아의 쓴맛, 신맛, 달콤한 맛

♣ 미세스 K, 도와주세요 ♣

아직은 어린 아기, 어린이집에 보내도 될까요?

아직 아이를 어린이집에 보내지 않은 엄마라면 피해갈 수 없는 고민 중 하나네요. 어쩔 수 없이 이미 아이를 어린이집에 보내고 있는 엄마들 경우는 '직장, 계속 다녀야 할까요, 그만둘까요?'와 같은 또 다른 고민을 하고 있겠죠.

제가 현자는 아니지만 지금까지 살아오며 경험치가 쌓여 알게 된 것 중 하나가 '결과는 알 수 없다'는 것입니다. 현재 선택지는 두 개뿐이나, 뒤에 따르는 경우의 수는 두 개가 아니더라구요. 수십 개 아니 수백 개도 훨씬 넘을 걸요. 오늘의 선택은 그저 두 갈래길을 만났을 때 어떤 길로 갈 것이냐 결정하는 것뿐이고 이후 어떤 오솔길로 빠질지, 결국은 어떤 목적지에 도착할지는 오늘의 선택만으로 알 수 없는 것 같아요. 물론 내가 '가지 않은 길'이 남아있죠. 무수한 갈래길도요.

우리는 그 길이 보이지 않을 때까지 바라볼 수는 있습니다. 하지만 기억할 것은 내가 선택한 이 길을 제대로 걸어가는 거지요. 당신이 넘어지길 바라며 도사리고 있는 수많은 돌부리를 뛰어넘어야 하고, 찰나의 순간에만 보이는 지름길도 놓칠 수 없잖아요.

아이를 어린이집에 보낼지 말지 고민하는 엄마들에게 현실적으로 도움이 되는 조언은 드릴 수 없지만, 당신이 어떤 결정을 하든지, 그 결정에 믿음을 가지고 그 길을 따라 힘차게 가 보라는 말씀을 드리고 싶어요. 아이는 상황이 아니라, 그 상황을 받아들이는 엄마의 태도에 더 큰 영향을 받는다고 하니까요. 그러니 엄마, 당신 흔들리지 마세요.

메리의 체육수업,
사람 잡는 금요일

'금요일은 퍽도 아름다운 이름을 가졌죠.

우리가 입술 사이로 '금.요.일' '금. 요. 일' 하고 불러만 보아도

우리의 몸과 마음은 어느덧 '홀리데이'가 되는 것 같거든요.'

따위의, 개작시를(국어시간에 배운 '풀잎'이라는 영롱한 시가 원작임) 흥얼 흥얼 읊는 나는 때로 시상이 떠오를 만치 금요일을 사랑하는 사람이다.

집에서 살림하고 애만 키우는 엄마가 금요일이라고 딱히 좋을 게 뭐 있느냐고 지적한다면 나도 별로 할 말은 없다. 사실 아이들과 온종일 시간을 보내야 하는 주말은 더 고될 뿐 놀거나 쉬는 날이 아니므로 금요일을 기다릴 이유는 전혀 없다. 다만 그래도 일주일 중 설레는 요일 하나쯤은 갖고 싶어 축제 전야제 같았던 금요일에 대한 기억의 잔상을 쫓는다고만 해두자. 안 그래도 나는 요일 구별에 예민한 구석

이 있는 것 같다. 메리 유치원 수업 일정에 맞춰 월요일 수요일은 영어, 화요일은 오르프, 목요일은 수학, 금요일엔 체육을 의식하면서, 아니면 오전 간식 메뉴에 따라 월수금은 우유, 화요일은 요플레, 목요일은 요구르트의 맛을 상상하는 식으로 말이다.

어째 좀 시답잖다 싶지만 이왕 엄마가 되어 엄마 역할을 충실히 하려고 하면 그 정도 요일 구분은 꽤 중요한 일이다. 그래야만 오늘 아이가 입으려 했던 블라우스 목 부분 큼직한 프릴이 체육시간에 뜀뛰기하는 애를 목도리도마뱀으로 만들 수 있다는 것이나 '우유' 간식이 나오는 날에 아이한테 빵과 '우유'나, '우유에 만 콘플레이크'를 아침으로 먹이는 것이 얼마나 센스 없는 짓인지 알 수 있을 테니까. 뭐….
아님 말고.

그중 메리의 금요일 체육수업은 내게 좀더 특별하게 다가온다. 이유인즉슨, 유독 체육수업만큼은 조금 늦게 시작해 오후 2시까지 하는데, 메리를 태우고 오는 유치원 버스가 1시 40분에 집에 오는 상황이니(유치원 다니는 아이들 중 집이 도시 방향이 아니라 그 반대 방향인 시골은 오직 메리 혼자인지라, 특별히 메리만 2시 하원하는 아이들보다 먼저 집에 오는 상황이다.) 그 얘기는 곧 메리가 체육수업을 끝까지 들었다면 그날은 버스를 타지 못하고 부모가 직접 픽업해가야 한다는 말이렷다. 남편마저 금요일 새벽에 집을 나가 저녁 늦게야 들어와 금요일에 유치원을 마친 메리를 집으로 데리고 오는 일은 내 몫이다. 그리고 바로 그 이유 때문에 나는 더이상 금요일을 예찬할 수 없게 되었다.

'사람 잡는 금요일' 그 현장 속으로 들어가보자.

몰라 즐거운 육아, 미세스K와 세 아이들의 집

아침부터 여유가 있었던 적은 한 번도 없다. 결코 말로 안 돼, 회유 안 돼, 도망가고 버둥대고 악쓰는 욜라를 겨우 진정시키고 나면 메리 가 책 가져와서 읽어달라고 협박이다. 여기까지는 웃는 낯이었다고 해도 아침밥을 건성으로 먹으며 딴짓하는 아이들을 보고 버럭하지 않으려면 첫 번째 '참을 인' 자를 꺼내야 한다.

내가 보기엔 진짜 그건 아닌데… 너무 심한데… 꼭 자기가 코디한 대로 옷을 입겠다고 버티는 메리와 발치에 쏟아 엎어져 있는 옷장 서 랍을 보며 '참을 인'자를 한 번 더. 그러다 둘이 포크 들고 싸움이 붙은 걸 뜯어 말리면서 마지막 '참을 인' 자 카드를 힘겹게 꺼낸다. '참을 인' 자가 셋이면 바쁜 아침에도 화내지 않고 아이의 손을 잡고 현관문을 나설 수 있는 것이다.

신발을 신겨주며 용케 여기까지 왔군… 했는데. 망할 벙어리장갑! 엄지손가락 구멍에 엄지손가락만 넣으면 되는데 욜라, 일부러 손 모 양을 이상하게 만들어서 장갑이 안 들어가게 한다. 그래서 그냥 큰 구멍에다 모조리 억지로 쑤셔 넣으니 불편하다고 생난리를 치며 다 시 제대로 해달라고 고함을 친다. **이걸로 끝?** 아니다. 눈 녹아 질퍽해 진 마당을 첨벙거리다 자빠지는 액션 추가! 참내. 이제 더 이상 '참 을 인' 자는 없다 요놈들아! 이제는 공포의 외인구단식 지옥전지훈 련이다. **각오해라!**

"하쓰아, 두쓰아, 세쓰아, 네쓰아, 핫둘셋넷! 핫둘셋넷!
페달 밟아, 더 빨리, 더!
앗, 가운데로 달려야지 옆으로 빠지면 어떡해!
돌멩이는 피해야 할 것 아니야!"

"꾸물거리다간 오늘 유치원 못 가는 줄 알아!
버스는 우릴 기다려주지 않아!
좀 더 빨리! 하쓰아! 두쓰아! 세쓰아!"

아이들을 태운 세발 자전거를 끌고 고래고래 소리 지르며 숨이 끊어질 듯 달려 가까스로 유치원 버스에 메리를 태워 보내고 나면 다리가 풀린다. 바람이 매서운 어느 날, 버스를 보내고 너무 힘이 들어 조금 울었다. 빨리 달려서 12분 걸리는 거리인데 어떻게 오늘은 7분만에 돌파했는지, 기가 막혀 **어흑어흑** 울었다. 욜라도 서럽다고 덩달아 운다.

시골 마을 버스 정류장은 두 사람이 합창으로 울어도 부끄럽지 않다. 지나가는 사람이 아무도 없거나 아주 뜸하기 때문이다. 그저 눈 덮인 논에 먹이를 찾아 내려앉는 까치의 날개짓 소리뿐. 까치는 사람이 울건말건 무심하다. 마을길을 되걸어오면서는 좀 전에 지나치게 고함을 지르며 동네 시끄럽게 군 것이 부끄러워 욜라를 자전거에 태우고 최고 속도로 뛴다.

그러나 한 건 했구나, 하는 안도감도 잠시. 내가 1초라도 눕는 꼴을 못 보는 욜라의 감시 하에 누워서 쉰다는 건 있을 수도 없고. 욜라 시

욜라 즐거운 육아. 미세스K와 세 아이들의 집

중들면서 틈틈이 집안일을 하다 보면 점심도 먹기 전에 메리를 데리러 가야 할 시간이 다가온다.

"메리야, 네가 체육 시간을 좋아하는 것 잘 알아.
하지만 네가 체육 수업을 들으면 엄마가 데리러 가야 하는데, 너도 알다시피 차는 아빠가 가지고 가셨고, 엄마는 걸어서 유치원에 가야 해.
물론 올라를 유모차에 태우고 말이야.
그리고 나서도 걸어서 집에 와야 해서 엄마가 너무 힘들 것 같아.
그러니 안타깝지만 이번 주 체육은 하지 말고 그냥 버스 타고 집에 오면 어떻겠니? 집에 와서 더 재밌게 놀자~ 응?"

매번 엄마 좀 봐달라고 사정해보지만 메리는 피도 눈물도 없이, 비가 오나 눈이 오나 체육수업은 절대 포기할 수 없단다. 아무렴. 메리가 방긋 웃는 모습을 보고 싶은 마음이야 나도 간절하다. 참고로 집에서 유치원까지는 올라를 태운 유모차를 끌고 경보선수마냥 숨이 차도록 쉬지 않고 최대속도로 걸었을 때 40분이 걸리고, 올라가 유모차에서 내려 걷겠다고 설치는 날엔 1시간이 훌쩍 넘게 걸리는 거리다.

눈이 오고 비가 올 때는 거의 재앙이다. 하늘을 원망한다. 문명의 이기, 콜택시는 딱 한 번 이용했는데, 기사님이 여기는 너무 오지라 한 번 들어왔다 나가는 값으로 만칠천 원은 받아야 한대서 그 후는 매번 몸으로 때우고 있다. 아이의 유치원 체육수업 30분을 위하여 왕복 2시간을 걷는 엄마라니! 아아, 이토록 아이교육에 헌신하는 열혈엄마

육아의 쓴맛, 신맛, 달콤한 맛

가 바로 나라니! 정말 눈물이 나올 지경이다.

　루소의《에밀》이라는 책을 절대 읽지는 않았지만, 그 속에 나오는 한 구절. '당신의 아이를 비참하게 만들 수 있는 방법이 하나 있는데, 그것은 아이가 원하는 바를 모두 들어주는 것이다'를 신뢰하는 나는 아이가 원하는 것을 모두 해주지 않으려고 애쓴다. 뿐만 아니라 내 눈에도 밟히는 예쁘고 질 좋은 (물론 비싸기까지 한) 아이 장난감에서부터 아이 옷, 소품 등 온갖 물건들에게서도 고개를 돌리려 한다. 이 세상을 다 뒤져서라도 아이에게 제일 좋은 것을 주고 싶은 마음이 왜 없을까마는 물건에 대한 아이의 욕구와 아이에 대한 사랑을 물건으로 표현하려는 엄마의 욕구, 둘 다를 경계하는 것이다. 그건 채워도 채워지지 않는 밑 빠진 독에 물을 붓겠다고 덤비는 것과 같다. 나에게는 독의 구멍을 막아줄 두꺼비 친구가 없으니 그 같은 뻘짓은 하지 않으려는 것이다. 다행히 내가 찾는 것은 세상 끝에 놓여있는 것이 아니기 때문이다. 아이와 울고 웃는 시간은 바로 내 곁에 있다.

　그리하여 몸으로 때우는 것만큼은 루소의 충고를 따르지 않기로 했다. 아이를 위해 해줄 수 있는 만큼의 체력과 시간을 모조리 쓴다.

　그래서 금요일 체육수업이 끝난 메리를 데리러 오늘도 달린다. 하늘에서 떨어지는 작은 눈송이들이 내 얼굴에 내려와 녹는다. '오늘도 조금 젖겠구나 우산을 갖고 나올 걸.' 하는데 겨울 해가 구름 사이로 나오며 축축한 것들을 죄다 작은 반짝임으로 바꾸어놓는다. 이제 곧 유치원 놀이터의 궁전모양 지붕을 한 미끄럼틀 꼭대기가 보일 것이다. 아마도 나는 또다시 금요일을 무척 사랑하게 될 것 같다.

몰라 즐거운 육아, 미세스K와 세 아이들의 집

좋은 엄마란 뭐죠? 어떤 엄마가 돼야 할까요?

아이에게 해주는 것이 없을까 봐, 아이의 인생에 도움을 줄 수 없을까 봐 걱정하는 엄마들이 많은가 봐요. 하지만 엄마들이 걱정해야 하는 것은 그 반대가 아닐까 생각합니다. 우리 엄마들은 이미 많은 것을 아이에게 주고 있으면서도 '가장 좋은 것'을 해주지 못해 안달하지요. 엄마 자신에 대해 열정적인 태도는 분명히 아이에게 좋은 본보기가 되지만 그 열정의 방향이 오로지 아이에게만 향해 있다면 안 하느니만 못한 거 같아요.

요즘 엄마들을 일컫는 신조어들이 많은데요, 자녀를 엄격하게 훈육해 세속적으로 성공시키고자 하는 '타이거맘'이 있고요, 아이 주위를 지나치게 맴돌며 과잉간섭을 하는 '헬리콥터맘'도 들어보셨을 거예요. 그 헬리콥터맘에서 진화한 것이 '잔디깎이맘'이라는데, 이는 자식 앞의 장애물을 잔디를 깎듯이 미리 제거해주는 엄마를 말한다고 하죠. 이들은 하나같이 아이에 대한 사랑을 오직 엄마 자신이 생각하는 방향으로만 끌고 가는 열정이 차고 넘치는 사람들이에요. 정작 내 아이가 원하는 것, 내 아이 자체를 보지는 못한 채 말이에요. 이것은 엄마라면 누구나 빠질 수 있는 위험한 함정이죠.

따라서 오늘 우리의 고민 '어떡하면 아이에게 좀 더 해줄 수 있을까?'는 '어떡하면 아이를 좀 더 잘 볼 수 있을까?'로 고쳐져야겠습니다. 아이가 진정으로 필요로 하는 것을 귀담아 듣고, 눈여겨볼 수 있는 엄마가 되고 나서야 비로소 내가 아이를 위해 무엇을 해야 하는지가 명확하게 보일 테고, 엄마의 열정은 그때부터 발휘되어도 늦지 않을 겁니다.

산타마을에서 온
불량 크리스마스 선물

산타마을에 전화할 일이 생겼다. **"흠흠, 산타 할아버지, 어쩌죠? 크리스마스에 주신 선물... 고장났어요. 새 걸로 바꿔주세요."**라고 해야 한다.

욜라 크리스마스 선물로 전동 오토바이를 하나 샀는데 한 5분 정도 굴러갔을까 곧바로 그 짧은 수명을 다했다. 하루 종일 배터리 충전을 해도, 조립 상태를 꼼꼼히 점검해봐도, 아무리 녹색 전진 버튼을 눌러도 굴러가지 않는다. **빌빌빌… 털털털** 하는 소리만 내고 있다.

욜라는 전동차가 스스로 굴러가지 않아도 전혀 개의치 않았고, 흡족하게 제 두 발로 오토바이를 잘 끌고 다니지만, 그래도 난 분명히 전동차를 샀지, 붕붕카를 산 것이 아니었다!

나도 제정신으로는 고가의 승용완구를 사진 않는다. 그런데 그 당시 크리스마스는 다가오지, 준비한 것은 없지, 택배 배송기간도 고려해야지, 해서 무슨 일이 있어도 오늘 밤에는 선물을 선택해야 한다는 압박감에 인터넷 쇼핑을 시작했더랬다. 그러다 **아이 크리스마스 선물 추천, 조카바보들이 고르는 선물 베스트** 이런 글을 읽다가, 점점 많아지는 선물후보 리스트에 눈이 충혈되고 정신을 반쯤 잃을 즈음, 상당히 저렴하지만 무려 '전동차'를 발견한 것이다. 제품의 질에 대해 의심하는 엄마의 마음을 어떻게 알았는지 전동차 광고문구는 이랬다.

저렴하다고 무시하면 안 돼요~
높은 퀄리티와 우수한 성능을 자랑하는 ㅇㅇㅇ!

게다가 집안 인테리어를 해칠 만한 디자인의 장난감은 시각 공해라고 주장하는 평소 나의 지론을 어떻게 알았는지 **세월이 지나도 우수한 디자인으로 평가받는 정통 클래식의 세련된 디자인**이란다.

오오! 내가 진흙 속의 진주를 찾아냈어! 몹시도 상기되어 헐레벌떡 결제를 하고 나니 멀리서 닭 우는 소리가 들렸다.

육아의 쓴맛, 신맛, 달콤한 맛

크리스마스 당일 밤, 아이들에게 산타 할부지가 못다 한 선물 배달을 하러 오신다고, 자는 척해봐야 산타 할배는 다 알고 있으니 모든 걸 제쳐두고 잠부터 자야 한다며 아이들을 서둘러 잠자리로 몰아넣었다. 그런데 아이들을 재우고 남편이 욜라의 자동차를 조립하려 상자를 뜯을 때부터 어쩐지 미덥지 않았다. 플라스틱으로 만든 전동차는 첫인상부터 조잡해보였고, 상자 겉면의 **메이드 인 차이나**라는 문구를 발견하고는 여러 모로 기대치가 낮아졌던 것. 남편도 조금 김빠진 얼굴로 내 안목을 의심하는 것 같아 당황했지만 그래도 워낙 세상에 없는 가격, 초특가로 샀으니까 뭐. 제품 설명대로 초록 버튼을 눌렀을 때 **부앙~** 하고 움직이기야 한다면 그것으로 된 거다.

내가 다섯 살 꼬마였을 때 옆집 아이의 전동 자동차를 한 번 타볼 기회가 있었다. 작은 문을 열고 운전석에 올라 타 핸들을 돌리고 경적을 울렸을 때의 감동이란! 그 자동차 옆에 서서 찍은 사진도 있다. 사진 속의 무표정한 얼굴과는 달리 그때 내 마음 속을 가득 메운 것은 내 것이 아닌 신기한 남의 것에 대한 부러움, 동경, 더 타고 싶었지만 바로 내려야 했던 아쉬움이었다. 그래서 지금 커서 아이에게 주는 전동차는 사실 어린 나에게 주는 선물이기도 하다. 직접 타고 운전해서 스스로 굴러가는 꼬마 오토바이라니. 아이들이 좋아하겠지 하는 기대감으로 마음이 벅차 올랐다.

그런데 고작 5분도 안 되어 고장이 났다.

메리의 선물인 장난감 주방싱크대 또한 대실패다. 평소에 나는 어른 싱크대를 흉내낸 덩치 큰 흉물스러운 플라스틱 덩어리를 집안에 들여놓는 것에 아무런 관심도 없었다. 그런데 요 며칠간 아이들이 빈 반찬통을 잔뜩 늘어놓고 지난 여름 바닷가에서 주워 온 조약돌, 조개껍질과 휴지 쪼가리로 요리하는 모습을 바라보다가 문득, 우리 아이들은 요즘 아이들과 달리 없어도 너무 없이 노는 것 같아 측은한 마음이 살짝 들었다. 그리고 만일 제대로 된 장난감 싱크대와 요리도구가 갖춰진다면 놀이의 재미가 얼마나 더 커질까, 엄마로써 아이들의 상상력에 날개를 달아줘야 옳지 않을까 하는 생각을 했었다.

그 **'생각의 반죽'**이 깊은 밤 컴퓨터 모니터의 쏟아지는 상품들의 홍수 속에서 판단력이 흐려져 헤맬 때 가당찮게도 이것만은 하나 사줘야 되지 않을까 하는 '확신'이 되어 구름빵처럼 부풀어 올랐다. 그때 그 구름빵을 먹으면 어떻게 되는지 알고 있는지? 네, 그래요, 몸이 구름처럼 가벼워져서 하늘로 날아오른답니다! 그렇게 둥실 두둥실 날고 있다가 발견한 문제의 장난감 싱크대 세트!

'우왓! 이 구성에 이 가격! 게다가 매진 임박!

일단 사고 보자. 아이들이 무척 좋아할 거야~

플라스틱이라고? 내 싱크대보다 좋아보이는데?

메리와 올라가 이 앞에서 요리도 하고 설거지를 한다니~'

심장이 **쿵쾅쿵쾅** 뛰었다. 하지만 장난감을 개봉하는 순간 알게 되었다. 이것 또한 울고 싶을 만큼 형편없는 모조품 장난감에 불과하다는 것을. 저 붕붕카와 쌍벽을 이룰 만한 퀼리티.

툭 하고 살짝만 건드려도 흔들거리고 조립한 이음새가 벌어지고 빠지고 무너졌다. 심지어 부품 한 귀퉁이가 살짝 깨져 오는 통에 오븐 뚜껑은 시도 때도 없이 열린다.

실제로 어떻게 갖고 노는가 봤더니 애들이 싱크대 앞에서 요리를 하는 게 아니라 싱크대 수리를 한다고 더 바빴다. 그 장난감은 애초에 의도됐던 아이들의 역할 놀이를 통한 사회성, 창의력, 언어 발달에 도움이 되기보다 섬세함과 조심스러움, 더불어 참을성을 갈고 닦을 수 있을 것 같았다.

아무리 조심해도 뭔가가 계속 **툭툭** 떨어지고 무너지는 통에 신경이 과민해지고, 둘이 같이 서면 어깨가 부딪쳐 결국 큰 싸움으로 번지는 비사회성 장난감! **에라이!**

허울 좋게 광고하고 대충 팔아 돈 벌려고 만든 장난감에 멍드는 동심이여. 너에게 용서를 구하노라.

수많은 상품 속에서 옥석을 가려내는 눈을 갖지 못하고 휘황찬란한 광고문구에 속고 만 어리석은 엄마여. 물건을 고를 때는 괜한 구름 반죽 먹고 하늘 날지 말고 말짱한 맨 정신일 때 사기를. 싼 게 비지떡이라는 어른들 말씀을 다시금 명심하기를.

하지만 산타마을에 전화해서 반품하는 것이 귀찮아진 나는 굴러가지 않는 전동차도, 거의 부서져가는 싱크대도 그냥 두기로 했다. 그리고 나는 그 달걀 껍질과도 같이 예민한 싱크대에서 아이들이 번갈아 만들어오는 통닭과 피자와 커피를 한 30인분쯤 먹어주었다. 열악한 주방환경 속에서 요리를 한다고 툭탁툭탁하는 아이들이 짠해서 오버해서 **냠냠쩝쩝, 우적우적** 통닭을 정신 없이 먹다 보니 뱃속으로 공기가 과다하게 들어갔는지 하루 종일 트림이 나고 속이 더부룩했다. 나는 후식으로 아이들이 갓 끓여준 커피를 호로록 마시면서 멋쩍게 말했다.

"산타 할아버지도 몰랐나 봐.
산타마을 선물공장에서도 가끔은 불량품이
나오기도 한다는 걸...."

육아의 쓴맛, 신맛, 달콤한 맛

아이들 선물 고르는 노하우 좀 알려주세요

선물을 잘 골랐다는 의미는 주는 사람도 받는 사람도 만족했다는 의미죠. 이때의 만족에 대한 정의는 보통은 가성비가 좋다는 것을 의미합니다. 즉 저렴하되 아이가 기뻐하는 선물을 찾는 데 주력해봅시다. 저는 평소에 아이 눈을 너무 높이지 않아요. 작은 것에 만족하게 해주어야 합니다. 대형마트에 발길을 끊으시고 대신 초등학교 앞 문방구나 천원샵 같은 곳에 아이를 데리고 가세요. 아이들의 가슴을 뛰게 하는 문구류와 작은 장난감이 수두룩 합니다. 설령 아이들이 두세 개 고른다고 해도 괜찮습니다. 당신의 지갑은 그래도 여유로울 테니까요.

평소 장난감 광고가 나오면 채널을 돌리고 장난감 구매와 직결되는 캐릭터는 일절 보여주지 않는데도, 아이들이 알아듣기도 힘든 이름의 장난감을 입에 올리고 자신도 그런 장난감이 갖고 싶다고 한다고요? 이때부터 정신을 바짝 차려야 합니다. 아이를 위해 좋은 장난감 하나 못 사주랴 하며 블랙홀 같은 장난감의 세계에 발을 내디딘다면 빠져나오는 건 거의 불가능하거든요. 한번 높아진 아이의 안목은 내려오질 않을 것이며, 아이가 초등학교를 졸업할 때까지 한 해에 최소 세 번(생일, 어린이날, 크리스마스)은 좋은 선물(비싼 선물)을 사느라 골치 꽤나 아플 겁니다. 결국 선물의 딜레마는 우리가 '밤새 써내려간 편지와 천 마리의 학' 같은 것에 감동을 받느냐 안 받느냐의 문제이고 '어떤 선물을 하나?'를 고민하기에 앞서 선물을 받는 이에 대해 먼저 고민해보는 시간과 정성에 해결의 실마리가 있다고 봐요. 따라서 아이의 선물을 고르기 위해 우리는 지금보다 지갑을 천천히 열어야 하며, 아이들에겐 물건에 대한 안목뿐 아니라 더 소중한 것을 바라보는 힘을 키워주어야 할 것입니다.

형님 메리 vs 청개구리 욜라

새해가 밝은 지 좀 됐다. 아이들은 올해 여섯 살, 네 살이 되었고, 나는 삼십대 후반이 되었다. (아직은 삼십대 중반이라 우겨볼까도 싶지만⋯ 그렇다고 딱히 기쁠 것 같지도 않으니 그만두기로 하자.)

놀라운 것은 내가 나이를 먹는다는 것과 함께 아이들도 나이를 먹는다는 것인데, 점점 엄숙한 얼굴의 중년이 되어가는 나와는 달리 아이들은 한 해 두 해 '사람이 되어 가고 있다.'

요즘 메리는 여섯 살 '형님'이 되었다고 매사 행동거지를 '형님' 수준으로 업그레이드시키는 데 골몰하고 있는데, 덕분에 나는 이때를 놓칠세라 **'형님 십계명'**을 제시하는 현명함을 발휘하였다. 물론 채찍과 더불어 당근을 풍성히 주는 것도 잊지 말아야지. 그전엔 'B 사감'마냥 깐깐하게 굴었던 칭찬스티커 붙여주는 데도 얼마나 후해졌는지 칭찬나무에 칭찬열매를 하루에 여섯 개, 일곱 개씩 주렁주렁 달아주며 메리를 춤추게 하고 있다. 이제 아래로 남동생이 두 명이나(하나는 확실히 꼴통, 나머지 하나는 어떨지 아직 모르지만) 딸릴 메리에게 내가 주는 격려의 선물이라고도 하겠다.

　두 돌도 되기 전에 첫째가 된 이래 영원히 첫째로 살아야 하는 메리 어깨의 짐을 무겁게 하고 싶지 않다. 두 눈을 비비고 메리만 쳐다보면 아직도 그 작은 등짝과 오종종하게 짧은 종아리와 관자놀이께의 솜털같이 나부끼는 잔머리털이 앳되기만 한데….

　욜라는 새해가 되었는데도 형님이고 뭐고는 내 알 바 아니라는 듯 엄마 아빠 말을 전혀 듣지 않는다. 청개구리 엄마가 **개굴개굴** 울라고 하니 **굴개굴개** 울더라는 딱 그짝이다.

　욜라 외출 준비로 기저귀 새로 갈고 바지 입히고 잠바 입히고 양말까지 신기는 데 걸리는 시간은 삼십 분? 아니 어떨 땐 한 시간도 어림없다. 하지만 요즘 내가 쓰는 '청개구리 엄마표 육아법'에 따르면 십 분이면 충분하다.

"욜라야, 저리가! 엄마한테 절대 오지 마!"

　그럼 욜라가 얼른 내게 달려온다. 그때 기저귀 갈고.

"욜라야, 너 바지 안 입을 거지? 기저귀만 하고 밖에 나가자. 알았지?"

그럼 욜라가 막 성을 내며 바지 입을 거라고 고함친다. 이때 바로 입히기보다는 "에이~ 안 돼! 바지 입지 마!" 하면 한결 빠르게 바지를 입힐 수 있다. 잠바도 그렇게 입히고 양말도 신발도 그렇게 신긴다.

욜라가 앉았으면 할 때는 "앉지 말고 좀 서 있어 봐!" 해서 앉게 만들고, 울고 있을 땐 "그래 그렇게 울음 그치지 말고 계속 울어~. 절대 그치지 마."라고 해서 울음을 뚝 그치게 만든다.

하루는 아이들이 소파에서 뛰고 구르고 난리가 났길래 "그래, 잘한다. 가만 앉아 있지 말고 뛰어야지. 어서 더 뛰어! 집도 막 어질러야지 뭐하니?"라고 했더니 욜라가 엥? 하며 나를 쳐다보았다. 엄마 머리가 이상하게 된 게 아닐까 하고 생각하는 것 같았다. 하지만 욜라는 곧 청개구리답게 뛰던 소파에서 얌전히 내려왔다.

'오죽하면 청개구리 엄마가 유언으로 양지 바른 곳에 묻어주길 바라면서 개울가에다 무덤을 쓰라고 일렀을까….' 청개구리 엄마와 공동육아하는 심정이다.

며칠 전엔 직장에 어려운 걸음을 했다. 부른 배를 보여주며 예정되어 있던 복직이 어려울 것임과 동시에 앞으로 육아휴직을 더 쓰게 될 것이라고 말하고 온 것이다. 셋째를 낳는다고 하니 다들 깜짝 놀라면

육아의 쓴맛, 신맛, 달콤한 맛

서 나보고 애국자라고 칭송이 자자했다. 초등학교 졸업식에 우등상, 학교장상, 교육감상 이런 거 못 받고 개근상만 받은 공부 못하는 아이에게 어른들이 오버해서 젤 값진 상은 개근상이라고 추켜세워주는 것 같다. 못내 쓸쓸하게 느껴지는 이 기분, 정작 본인들은 하나나 둘만 낳고서 말이다. 아무튼 이래저래 하여 나는 올해도 쭉~ 아이를 키우게 되었기에 그동안 나의 묵은 육아방식을 되돌아보고 반성하며 올해의 육아좌우명을 정했다.

첫째, 미간을 펴자! (눈에 힘을 빼자! 이마 근육 풀자!) 그래, 이건 붓글씨 해서체로 적어서 군데군데 걸어놔야 하는 거다.

둘째, 역지사지하자! 어린 시절을 떠올리며 아이의 심경을 항상 헤아리도록 노력하는 거다. 일곱 살 이전까지 내가 기억하는 좋았던 기억은 복잡한 것이 아니었다. 외갓집 창호지 문 사이로 스며드는 햇살과 그림자. 어른 등에 업혀 따뜻한 체온을 느끼며 흔들리며 지나갔던 세상. 검고 축축한 흙바닥에 **투두둑** 떨어져 있던 빨간 동백꽃, 하얀 감꽃들. 잠에 빠져들 때 들리던 두런두런 하다가 점점 아득히 멀어지는 어른들 이야기 소리. 그리고 동상이 걸릴 만큼 손이 곱아도 하나도 춥지 않았던 어린 시절의 겨울과 땀이 줄줄 머리를 타고 흘러도 전혀 덥지 않았던 여름날들. 말끔한 식탁 위에 엄마가 나 먹으라고 씻어놓은 토마토를 베어 물 때마다 팔꿈치까지 흘러내리던 즙 같은 짭쪼름하면서도 싱그러운 나날들이 아니었나! 나중에 메리와 욜라가 커서 어린 시절을 떠올릴 때 마음껏 울고 떼쓰던 기억 속에서 그런 잔잔한 달콤함을 떠올릴 수 있다면….

♣ 미세스 K, 도와주세요 ♣

새해를 맞아 제시하는 '형님 십계명' 예시(6세용)

1. 형님은 어른들에게 인사를 잘한다.

2. 형님은 젓가락 연습을 꾸준히 한다.

3. 형님은 먹기 싫은 반찬이라도 한 번은 먹는다.

4. 형님은 밥을 먹은 뒤 밥그릇을 싱크대에 갖다 놓는다.

5. 형님은 손을 잘 씻는다.

6. 형님은 양치질을 하고 가글을 일곱 번 이상 한다.

7. 형님은 동생에게 물건을 빌려준다.

8. 형님은 동생과 음식을 나눠 먹는다.

9. 형님은 엄마 아빠의 적인 아닌, 훌륭한 도우미이다.

10. 형님은 원하는 바를 행동이 아닌 말로 표현한다.

'형님 십계명'은 엄마와 아이 사이의 실랑이와 아이에 대한 엄마의 잔소리를 줄이는 아주 효과적인 방법이에요. 엄마가 할 일은 이 '형님 십계명'과 그 '실천표'를 냉장고에 붙여놓고, 매일 저녁 아이와 이를 잘 실천했는지 이야기 나누고, 잘 지킨 경우 스티커를 붙여주는 것입니다. 못 지킨 경우라도 엄마가 뭐라 할 필요가 없어요. 스티커가 붙어있지 않은 빈 칸을 보는 아이 스스로 그것을 아쉬워하며 다음번엔 잘해보려는 마음을 가지게 될 테니까요. 하루하루 스티커를 의식하면서 더욱 많은 스티커를 모으려는 노력은 아이에게 게임이 되고, 엄마는 그저 내 아이가 조금씩 '형님'이 되는 것을 지켜보기만 하면 된답니다.

그 남자, 그 여자의 패션
(정확히는 행색)

거의 두 달 만의 자유시간인가. 오늘은 남편이 집에서 애들을 보고 나는 서울에 가서 친구를 만나 놀기로 작정한 날이다. 이른 아침부터 부지런을 떨었다. 아직 입고 갈 옷도 정하지 않았고, 메리도 유치원에 데려다주고 가야 해서 마음이 급했다.

하지만 아이들은 언제나 그렇듯 낄낄대며 내 손을 요리조리 빠져나가며 엄마 얼굴이 사색이 되어 가는 것을 즐기는 악동들이다.

게다가 계속 들고 오는 책. 욜라에겐 책을 들고 와 내 목젖(?)에 들이대는 아~주 나쁜 버릇이 있다. 오늘도 내 목에 칼이 들어오나 했는데 책이었고, 그 거부할 수 없는 요청에 나는 만사 제치고 응하기로 마음먹는다. 드라이도 못해 물기가 뚝뚝 떨어지는 머리를 수건으로 감싸고 그 자리에 철푸덕 주저앉아서 책을 읽기 시작. 처음엔 바쁜데 책을 읽어주려니 성질이 나서 무뚝뚝하게 건성건성 읽지만 한 장 두 장

책장을 넘기며 점차 이야기에 빠져든 나는 결국엔 굉장히 재미있게 책을 읽어주고야 만다. 열 번, 스무 번 읽은 책이라도 마찬가지다. 읽다가 감동으로 목이 메인 동화책도 여러 권이다. 오늘도 그런 식으로 금도끼은도끼 이야기를 신선 목소리 실감나게 성대모사하며 애드립까지 하느라 쿨럭대다가 시간이 많이 지체되고 말았다.

결국엔 남편과 공동 합작으로 **"당신은 욜라 맡아, 난 메리 맡을게."** 하면서 허공으로 옷가지가 날아다니고 양말이 던져진다. 그 와중에 메리가 취향껏 옷을 골라오는데, 이미 시즌 마감된 얇은 블라우스와 레이스 치마! 이를 허락 안해주면 오전 중에 메리를 유치원에 보내긴 틀린 걸 알기에(나도 놀러가긴 틀린 것 같고), 자포자기하여 스타킹까지 신겨주고 나서 뒤돌아 보니, 아뿔싸! 남편이 담당했던 욜라마저 패션 테러범이 되어있다. (누나한테 물려받은 공주 내복, 어디서 찾았는지 모를 1980년대 풍 '새마을잠바')

남편이 차에 시동을 켜고 아이들도 마당에 나섰는데,

'오! 나의 사랑하는 아부지,
제게 왜 정신을 챙겨주시지 않으셨나요?!'

거울에 비친 나는 열 곡쯤 머리 흔들며 노래 부르고 난 로커의 산발 머리. 옷은 아직도 입고 잔 그대로이다. 이 무슨 개떡 같은 상황이냐. 울음 섞인 괴성을 지르며 허둥지둥 옷더미를 마구 파헤쳐보는데… 아! 입고 갈 옷이 전혀 없다. 머릿속이 하얗다.

육아의 쓴맛, 신맛, 달콤한 맛

그냥 뭐라도 몸에 걸치고 갈 수만 있다면! 아아. 아무거나 주워 입자. (그런데 하필…) 꽃무늬 바지와 니트 판초. 그리고 본능적으로 이 모든 걸 가릴 수 있는 포대형 외투를 입었다. 마지막으로 손에 집히는 대로 목도리를 하나 두르고 차에 올라탄 나는 머리에서 김이 **푸슈숙 푸슈숙…** 나로 인한 스팀열로 차창 유리창이 뽀얗게 변했다. 소매로 창문을 뽀드득 닦아내고 차창에 비친 내 모습을 보니 이건 흡사 넝마주이? 아니면 전쟁 피난민이 아닌가.

"나 진짜 이상하지? 어떡해. 이게 뭐야. 아흑흑."

그랬더니 남편이 크게 웃으며 "아니야, 괜찮아~ 잘 어울려~" 한다. 괜찮다고 하면서 왜 웃지?

"괜찮긴 뭐가 괜찮아！ " (버럭)

"정말 괜찮다니까~"

"아니야！ 안 괜찮아！ "

"…."

"…정말 괜찮아?"

"응, 그렇다니까아~"

"어떻게 괜찮은데?"

"음…. 북유럽풍이야."

"뭐어? 북유럽풍? 북유럽풍이 뭔지도 모르면서 무슨 소리야！"

올라 즐거운 육아. 미세스K와 세 아이들의 집

"내가 왜 몰라? 나 북유럽 디자인 책도 사서 읽었잖아."

"흥, 그래도! 북유럽 디자인, 인테리어는 있어도 사람들이 북유럽풍 옷 입고 다니는 건 못 봤을 텐데?"

"응 그러니까 대단하다는 거지. 당신은 남들이 쉽게 구현하지 못하는 북유럽풍 디자인을 옷으로 구현했어. 그 꽃바지랑 외투, 그리고 목도리를 봐, 딱 북유럽풍이잖아. 아니면 도공? 그것도 그냥 도공이 아니야~ 청담동 도공 같애."

"뭐? 푸하하하"

결국 난 엉뚱한 남편의 패션론에 웃음이 터지고야 말았다. 날 놀리려고 하는 말이 아니라 진심이었다. 하하. 그렇다면 나도 그 남자의 패션에 대해 말할 수밖에.

그의 일상적인 차림은 대략 이러했다. 물 빠진 티셔츠에 개량 한복 바지(발목엔 방울 대님). 시크하게 신은 쓰레빠. 헬멧을 쓰고 오토바이를 타고 캠퍼스를 누빈다.

저… 저것은? 양복에 스니커즈를 재해석한, 아니 보다 혁신적이고 실험적인 크로스오버, 믹스 매치룩! 패션 피플이 최종적으로 도달하고자 하는 경지를 일상에서 무심한 듯 구현하는 그는 누구인가? 그뿐이 아니었다. **쩌는 클래식!** 허니머스터드와 땅콩버터, 그리고 고추냉

육아의 쓴맛, 신맛, 달콤한 맛

이색이 도저히 용서할 수 없는 색조화를 이루는 체크 남방을 가끔 입고 나타났는데, 들자하니 중학교 때 사서 지금껏 입어 왔다는 하이틴 의류 브랜드 제품이라고! 키 186의 그는 여전히 박시(BOXY)한 그 남방을 아무렇지도 않게 입고 다녔다. 그것 말고도 쥐털색에 먼지 뭉치 색, 그리고 썩은 부추색이 어우러진 남방도 기억난다.

그의 패션은 이에 그치지 않고 미래지향적인 면도 있었는데, 홈쇼핑에서 샀다는 사이키한 추리닝 세트가 그것을 대표한다. 위아래 모두 은갈치색이고 재질은 **비니루!**와도 같은…. 열과 습기를 방출하면서도 생활 방수가 가능한 신소재 무엇이라 했는데…. 그걸 입고 오토바이를 타고 바람을 맞으며 달리는 꼴을 보고 특히 여자 후배들이 많은 질타를 보내는 걸 목격한 바 있다. 하지만 종횡을 아우르는 폭넓은 패션 취향이야 어찌됐든 아무런 구김살이 없었던 그!

난 그를 남편으로 맞이하면서 주먹을 불끈 쥐었다. '아내의 대왕 코디 내조'를 통해 그를 멋지게 변신시키겠노라고!

그리고 많은 시간이 흘러 흘러 야식과 외식, 간혹 있는 가정식으로 다져진 그는 초콜릿 복근에서 임신 말기 임산부의 배가 되었다. 이를 보고는 육아에 전념하느라 오랫동안 손을 놓았던 '아내의 대왕 코디 내조'를 재가동하기에 이르렀는데…. 그래, 뚱보에겐 아메리칸이다! 잡스 선생이 프레젠테이션할 때 입은 청바지에 목티를 봐! 로봇 천재 데니스 홍도 역시 청바지에 팔목까지 올린 셔츠를 입더라고. 하면서 아메리칸 정신이 깃든 저렴한 브랜드의 옷을 상당수 샀다. 그래도 청바지는 캘빈크라잉넛으로 레벨 업시켰는데….

청년 시절 〈난 넝마를 입어도 정신이 당당하다〉라는 에세이까지 써서 학내 게시판에 게재했던 그가, 멋대로 세탁기 찌든 때 코스에 강력 건조로 돌려버려 당근 모양이 된 캘빈크라잉넛 청바지를 조금이라도 늘려보려 앉았다 섰다를 반복하며 내게 말했다.

"저기…. 있잖아, 사람들이 내가 노는 줄 아
나 봐.
낮에 가면 슈퍼 아줌마가 인사를 안 받
아줘."

욜라 외출복 입히라고 하면 메리
가 입던 퍼프퍼프 프릴~이 달린 티
를 무심히 입히고 있는 패션 테러리
스트 남편에게,

아메리칸룩이고 뭐고 뱃살부터 빼자.
양복 같아 보이는 등산복이고 뭐고 뱃살
부터 빼자.
세미 캐쥬얼이고 뭐고 뱃살부터 빼자.
멋진 양복 사 줄게. … 미안하다 사랑한다.

그리고 그의 아내인 나는 오늘 막 북유럽발 비행기에서 내린 청담

육아의 쓴맛, 신맛, 달콤한 맛

동 도공 같은 패션으로 서울 강남에서 놀고 왔다. 남들이 나를 용서하든 말든 내가 나를 용서하고 나니 발걸음 또한 당당하였다. 새로운 패션적 해석을 뭇 대중에게 남겨놓고 오면서, 떠나지 않는 미소를 내게 준 남편에게 마음 깊이 감사하였다. 그리고 날 그 경지로 만든 우리 아이들에게도 영광을 돌린다. 참으로 아름다운 밤이다.

몰라 즐거운 육아, 미세스K와 세 아이들의 집

애 키우기도 바쁜데 남편까지 신경써야 할까요?

신경 많이 써야 합니다. 남편은 아내가 관심을 소홀히 하면 바로 엄마 없는 아이처럼 후줄근해지기 마련이죠. 먹는 것, 입는 것을 스스로 할 줄 아는 남편은 (거의) 없어요. 아이를 낳고 육아에 매진하다 보면 너무 바빠 남편에게까지 신경 쓸 여유가 없긴 해요. 하지만 현명한 우리들은 뒷일을 생각하지 않을 수 없어요. 아이는 떠나가는 기차예요. 언제까지 아이만 바라볼 수 없다는 거 잘 알잖아요.

제 주변 엄마들의 증언으로는 아이가 늦어도 중학교 때는 떠난답니다. 그때 아이는 부모는 뒷전이며 친구 따라 강남을 가고, 엄마가 모르는 비밀이 생기고, 방문을 닫고 들어가 나오지 않는다는군요. 그런데 그 시기가 점점 빨라지고 있는 점을 주목해야 합니다. 아이가 대략 초등학교 4학년이 되면 각오하는 게 좋다고요. 닫힌 아이의 방문 앞에서 서성인들 아이가 친구 만나러 나가면서 엄마를 끼워주는 일은 없어요. 그럴 때 삐져서 '내가 널 어떻게 키웠는데.' 하지 않으려면 지금 우리, 남편이라는 존재의 의미를 잊지 말기로 해요. 비록 가정의 핵심 멤버에서 벗어나 찬밥 신세로 전락하였다 할지라도 궁극적으로 우리는 남편을 가정을 함께 꾸려가는 동료로써 존중해야 합니다. 아이를 잘 키우고 싶을수록 남편과 사이좋게 지내셔야 되요. 아이는 부모를 보며 이상적인 가정의 모습을 그리니까요.

아이가 번듯하게 컸어도 나중에 엄마 아빠처럼 사느니 죽을 때까지 혼자 살겠다고 하거나, 어찌어찌 결혼을 했더라도 가정불화로 불행한 삶을 살면 어떡하냐구요. 남편의 지위를 격상시키기 위해서는 우선 아이에게 치우쳐 있는 권력을 되찾아야 합니다. 아이가 집안의 대장노릇을 했다면 이제부터라도 엄마에게는 아빠가 넘버원이며 아이는 그 다음이라고 선포하세요. 그리고 그에 걸맞게 조금씩 변화하면 된답니다. 예를 들어 맛있는 음식이 앞에 있으면 남편 먼저 주세요. 가장 먹음직스러운 부위를 주어야 합니다. 그동안 소외당했던 남편의 어깨에 힘이 실리고 부부애는 돈독해집니다. 아이는 화목한 가정에서 훌륭하게 자랄 거고요. 나중에 그 아이가 떠나더라도 나는 혼자가 아니에요. 내 곁엔 인생의 동반자로서 내 입에 맛난 음식을 넣어주려 안달하는 '남편'이 있을 테니 말이죠.

♣ 미세스 K, 도와주세요 ♣
아이를 책과 친해지게 하는 방법이 있나요?

성공적으로 책육아를 해낸 대단한 엄마들이 있긴 합니다. 아주 어렵사리 성공한 만큼 그 엄마와 아이는 스타가 되죠. 그 주인공이 내가 되지 말란 법은 없지만, 진짜 독한 분 아니면 힘들 거예요. 그러면 저처럼 독하지 않은 엄마는 어찌해야 하나요? 그래도 아이가 책과 친해지는 방법 정도는 해 볼 수 있을 것 같습니다.

1. 책보다 재밌는 것을 주지 않습니다. 저는 텔레비전이나 게임기, 스마트폰을 아이로부터 최대한 멀리했습니다. 이것들은 책보다 확실히 쉽고 재밌거든요.
2. 엄마 아빠가 책을 봅니다. 아이에게 책 보라고 들이밀지 말고 먼저 책을 읽으세요. 아이가 책에 대해 관심을 가지게 하는 가장 효과적인 방법 중 하나라고 합니다.
3. 엄마가 봐서 재미있는 책을 아이에게 읽어줍니다. 엄마한테 재미없는 책은 읽어주기도 힘들고 아이도 재미없어 할 게 뻔해요. 간혹 엄마와는 반대로 아이들이 빵빵 터지는 책이 있기도 하고 그 반대의 경우도 있지만 대원칙은 엄마가 책을 보며

마구 흥분하고 감탄하며 눈을 빛내는 것이죠.

4. 집 안에 책을 여기저기 놓아두세요. 장난감처럼 책 자체가 일상이 되도록 하세요.

그림책 읽어달라면 엄마가 더 재밌어서 낄낄대지, 집에 책이 널려 있는데 딱히 책보다 재미있는 게 없다면 아이가 무얼하겠습니까? 그런 아이는 자라면서 책을 평생의 가장 친한 친구로 삼게 될 확률이 높아집니다. 이 정도 했으면 아이가 책을 보건 베게로 삼건 엄마는 알 바 아니죠. 책을 읽고 안 읽고는 온전히 아이의 몫입니다.

육아의 쓴맛, 신맛, 달콤한 맛

이까잇거, 그까잇거,
결혼기념일

오늘은 **결혼 5주년** 전날 밤. 언제나 그렇듯 우리는 각자 귀염이들을 한 명씩 맡아 잠재우기 미션을 수행한다. 아이들은 매일 밤 옛날 마요네즈 CF 속 샐러리처럼 싱싱하기만 하다. 둘 다 재우고 나면 보통 열시 반 이상인데 문제는 그때 한 명 더 골로 간다는 것이다.

그래도 오늘은 결혼기념일 전날 밤이라 스페셜한 야식이라도 함께 하러 미션 완료 후 설렘을 안고 상대 진영을 살펴보러 나왔더니 **어랍쇼?**

남편은 다양한 리듬감과 깊이 있는 음색으로 코를 골며 이미 램수면이 상당히 진행된 듯했다. 가관인 것은 덮으라는 이불은 펼치지도 않은 채 베개 삼아 베고 있고, 메리 옆에서 자는 곰돌이 친구의 손바닥만 한 이불을 훔쳐 덮고 자면서 마구 추워하는 것이다.

'그래, 내일 내가 집을 나가야겠다. 메리 낳고 가출을 한 번도 안 했네.'

집 나가기 딱 좋은 날씨가 아니더냐. 어느 겨울날 밤, 남편과 싸우고 홧김에 내복 바람으로 돈도 없이 집을 나갔었지. 하얀 눈송이가 하염없이 떨어지고 있었지. 집 앞 가로등 아래에서 한참 떨어지는 눈을 보고 있어도 남편이 안 따라나오길래 이대로 얼어 죽어버릴까 생각도 했었지. 아, 하지만 난 잔잔한 꽃무늬 내복바지를 입고 있었어. 이런 차림으로 얼어 죽으면 신문에 나올 거고, 그럼 우리 부모님이 슬퍼하실 텐데… 일단 집에 들어가자….

남편은 내가 내복만 입고 집을 나간 줄 몰랐다고 했다. 머리에 쌓인 눈이 녹아 눈물이 돼 뚝뚝 흐르는 내 젖은 머리카락을 남편이 수건으로 탁탁 털어 말려주었다.

또 언젠가는 역시 남편과 다투고 집을 나가려다가 아차차 이번엔 챙길 건 챙겨보자. 시간을 너무 끌면 그냥 시장에 가는 것으로 보일 수 있으므로 바지를 갈아입고 지갑을 찾는 사이 계속 **씩씩**대는 소리를 내야지. 마지막으로 현관 문을 **쾅** 닫는 것 잊지 말고.

이렇게 분노에 차서 아파트 계단을 단숨에 뛰어내려와 밖으로 나왔는데… 후욱! 나를 맞는 청명한 가을 밤공기. **쵸리쵸리** 내리는 차가운 안개비. **치지지지직**… 손쓸 새도 없이 화가 식었다. 쫓아 나온 남편에게 아직은 더 화를 내고 싶었는데. 나를 잡는 남편의 손을 뿌리치는 와중에도 상쾌함이 밀려왔다. 가을은 그렇게 좋은 계절이었다. 집 나가기 좋은 계절!

육아의 쓴맛, 신맛, 달콤한 맛

'그래, 내일 날 밝으면 집을 나가야지.' 결심하고 남편을 괘씸히 여기며 밤새 책이라도 읽자고 방석 깔고 앉았다. 읽다 보니 딴 생각이 많아지면서 '그까잇거', '이까잇거' 하고 웃음이 나온다. 슬픔과 분노로 밤을 하얗게 지새우려 했는데 실패다. 잠이 온다.

결혼 제 7주년을 맞았다. 어쩌다 보니 어른이라더니, 어쩌다 보니 애가 셋이다. 라디오 사연을 듣다 보면 나오는 '결혼 8년 차 주부'가 바로 나라고 생각하니 너무 낯설다. 이런저런 주부 사연을 보내 기 장원으로 뽑혀 냉장고라도 타서 살림에 보태야 할 시점인 것 같은데 사연은 없고 여기는 오지라 라디오 채널이 EBS밖에 안 잡히는 고로 살림은 좀체 나아지지 않고 있다.

나는 요즘 부쩍 (잘 나가던) '그 옛날의 나'를 생각한다. 여기서 옛날이라 함은 쎄쎄쎄를 하고 놀던 초등학교 어린이 시절.

그 당시 내가 교실에 놓인 풍금을 치면 우리반 옆반 할 것 없이 남자아이들이 우루루 몰려와 나를 둘러싸고 풍금 소리를 듣곤 했다. 대개는 얌전히 입도 뻥긋 못하고 날 우러러 보았지만, 개중 장난꾸러기 몇몇은 "야아~ 너 어쩜 그렇게 손가락이 빠르니?", "우와~ 손가락 안 보인다. 안 보여." 하다가 지들끼리 툭탁툭탁 장난을 치곤 했다. 그때 연주한 모차르트 피아노 소나타 제16번 알레그로! 그 당시 꼬마 녀석들은 지금도 그 음악을 들을 때면 나를 떠올릴까? 일명 초등학교 국민 첫사랑이었던 나를!

　이런 엄청난 과거를 남편한테 줄줄 털어놓아도 남편은 전혀 긴장하질 않는다. 운전을 하고 있는 남편의 뒷모습이 너무나 평온해 보이고 살짝 졸린 것도 같았다. 강도를 더 높이기로 했다. 그렇다면 사랑의 작대기 몰표 사건을 빠뜨릴 수 없지. 맘에 드는 여자아이 뒤에 가서 짝꿍이 되는 과정에서 나를 둘러싸고 벌어진 남자아이들의 투쟁, 결투, 그리고 사랑의 쟁취라는 숱한 사건을! 맘에 안 드는 남자애들이 보낸 편지를 노여워하며 **쫙쫙** 찢어버린 대목에선 목이 쉬어라 **켁켁** 대며 열변을 토했다.

> "이거 다 진짜야~ 왠지 안 믿는 거 같은데?
> 아니, 내가 말이야, 인기가 얼마나 좋았냐 하면..."

그러자 운전하는 남편이 갑자기 허둥지둥하며,

"믿어, 믿지~ 근데, 그거 지금 세 번째 이야기하는 거야.
나 다 들은 이야기야. 예전에 다~"

이런 젠장, 국민 첫사랑한테 너무나 무엄하다.

> "그래, 그래. 내가 예전에도 말했어. 근데!
> 내가 진짜 말하고 싶은 것은 이거야.

당신 아주 대단한 여자랑 같이 살고 있는 거라고!
응? 나를 첫사랑으로 삼고 있는 무수한 남자아이들은
내가 누구랑 결혼했는지 궁금해 죽을 지경일 거라고!"

남편은 격하게 고개를 끄덕이면서 알았다고 했다. 시간이 흘러도 '영원한 것은 저 푸르른 나무의 생명뿐'이던가. 나는 아마도 그 누군가에게 '세 번째는 아니 만났어야 좋았을 것이다'라고 읊조리는 사랑의 추억이 되고 말았을지도 모른다.

쳇, 그러거나 말거나 오늘은 우리의 결혼기념일! 그 옛날 조용하고 수줍었던 첫사랑 소녀는 오늘날 자기 얘기로 목이 쉬어 결혼기념일을 기념하기 위해 길을 나선다. 아이들을 태우고 분위기 좋은 카페? 아니, 바로 맞은편에 큰 놀이터가 있는 빵집으로 향하는 길이다.

나와 남편은 빵집 앞 노천 테라스에 앉아 빵을 먹으며 놀이터에서 뛰어노는 메리와 욜라를 지켜볼 것이다. 그 빵집은 시식이 풍성해서 빵을 고르면서 빵 한 개는 족히 먹을 수 있는 데다 놀이터에서 아이들을 실컷 놀려 에너지를 많이 방전시킬 수 있기 때문에 아이들이 초저녁부터 곯아떨어지길 기대할 수도 있는 여러모로 실속 있는 코스다.

그러나 그런 예상은 딱 10분만에 빗나가고 말았다. 거의 두 시간여… 남편과 나는 돌아가며 놀이터에 가서 자빠지는 아이들 일으켜주고, 무릎에 흙 털어주고, 그네를 밀어주느라 눈코 뜰 새 없이 바빴다. 다른 아이들이 엄마 아빠 손에 이끌려 모두 빠져나간 후에야 우리도 그 자릴 벗어날 수 있었다.

저녁으로는 구운 대파와 후추가 듬뿍 들어간 우동을 한 그릇씩 먹었고 집에 돌아와선 밤이슬을 맞아 축축해진 빨래를 처마 밑으로 옮겨놓고 얼른 잠자리에 들 준비를 했다. 아이들의 잠옷 단추를 다 채우고 나자 결혼기념일이라 불렸던 특별한 오늘도 내 가족들이 늘 덮고 자는 포근한 이불 속으로 들어간다.

음~ 충분해. 이만하면 충분히 '특별했던 보통의 결혼기념일'이었어.

♣ 미세스 K, 도와주세요 ♣

남편을 육아에 동참하게 하는 좋은 방법 없나요?

안타깝게도 처음부터 엄마보다 아이를 더 잘 돌보는 아빠는 세상에 없는 것 같아요. 온갖 핑계로 아이 돌보는 것을 부인에게 미뤄온 남편이 어느 날 번개 맞듯 개과천선을 하든지, 남편이 육아의 구체적인 잡무에 익숙해질 때까지 하나하나 알려주는 수밖에는 별 뾰족한 수가 생각나질 않네요.

하지만 분명 세상에는 육아에 적극적으로 동참하는 남편을 둔 부인들이 있는고로 나는 그들의 특성을 역추적해보았답니다. 그러니까 배우 송중기보다 실질적으로 모든 여성들에게 큰 인기를 끌고 있는 '육아 등 집안일을 잘 하는 남편'을 둔 여성들은 어떤 특징이 있을까요? 우리는 그들로부터 무엇을 배울 수 있을까요?

첫째, 내가 남자를 잘 만나야 한다

이는 성격불문, 직업불문, 재력불문, 야근불문, 게임 · 취미불문하고 인성이 좋아야 하는 것을 말합니다. 인성은 갖은 악조건을 개선시키고 무마하는 데 가장 강력한 조건이에요. 관계의 소중함을 알고 공동체 속에서 더불어 살기 위한 덕목을 지녔고 행동을 통해 그것을 드러내는 사람이라면 아이를 같이 키울 수 있는 인재이니 놓치면 후회할 겁니다. 여기서 '이미 엎지른 물이다'라거나 '너무 늦었다'고 생각하는 기혼 여성들이 계시겠죠. 하지만 인성은 타고난 기질과는 달라서 얼마든지 교육을 통해 바꿀 수 있다는군요. 우리, 지금이라도 남편의 인성교육에 관심을 가져야 할 때입니다!

울라 즐거운 육아, 미세스K와 세 아이들의 집

둘째, 내 몸이 허약해야 한다

유달리 골격이 튼실하고 무거운 것을 번쩍번쩍 잘 들고 에너지가 넘치는 여성들은 독박육아를 면치 못하는 수가 있어요. 이들은 남편으로 하여금 아이와 살림을 오롯이 맡겨도 아내가 무리 없이 해내겠다는 든든함을 느끼게 하는 것 같아요. 하지만 육아는 장기전이고 살림은 끝이 없어 제아무리 여장부라도 지치게 마련이죠. 하지만 그런 사실을 남편이 알아주고 도와주겠지 하는 기대는 말아야 합니다.

남편은 남편대로 피곤에 쩔어 있을 테고 갈수록 체력은 떨어지고 배가 나오면서 걷는 것도 숨차 헐떡일 테니 말이죠. 엄마들이여, 우리 아프면 쉬었다 가자구요. 피곤하면 운전대를 남편에게 넘기고 조수석에서 눈을 붙이자구요. 그래야만 육아라는 고속도로를 달리다 폭주하여 전복되는 사고를 막을 수 있답니다.

셋째, 남편보다 못해야 한다

엄마가 아기를 돌보는 것이 너무 서툴러 남편으로 하여금 '차라리 내가 하는 게 낫겠다'는 생각이 들게 하면 됩니다. 처음엔 남편보다 딱히 나을 것도 없는 엄마들이지만 엄마가 되고 난 후부터 아이 돌보는 일에 정성을 쏟아 어떡하든 잘 해내고 말아요. 그러면 곤란해요. 마음껏 시행착오를 겪으시고 충분히 혼란스러워 하세요. 초보엄마란 누구나 그렇잖아요. 우리가 경계해야 할 일은 오히려 날이 갈수록 육아 실력이 느는 일이에요. 너무 잘하려고 하지 말고 할 수 있는 만큼만 하세요. 계속 쩔쩔매기만 해도 아주 좋아요. 남편은 그런 나를 보고 육아 자신감이 생길 테니까요. 게다가 죽이 되든 밥이 되든 남편에게 육아를 미룰 수 있는 배짱까지 있다면 '보다 못한' 남편이 어느새 나를 앞지르는 육아 전문가가 되어있을 거랍니다.

육아의 쓴맛, 신맛, 달콤한 맛

고투더
셋째 육아

막둥이를 기다리며

셋째 출산을 앞두고 병원에 입원을 했다. 아래층에선 출산의 고통 속 새 생명이 태어나는 환희의 순간들이 연출되고 있고, 입원실엔 얼마 전 아기를 낳은 산모들이 숙연하고 장엄하면서도 홀가분한 얼굴로 몸 회복에 들어가고 있는 이곳 산부인과에 아직 진통도 오지 않은 멀쩡한(?) 나는 왜 벌써 와 있는가?

❖ ❖ ❖

예정일을 며칠 앞둔 오늘 아침, 집에서 차로 한 시간도 더 걸리는 산부인과에 검진을 받으러 왔다. 의사 선생님은 진찰 후 속 아기가 언제 나올지 모르는 '임박'한 상황이라며 아예 입원을 하라고 하셨다. "급하면 구급차를 타고 오면 안 될까요?" 했더니 집이 멀어 병원에 오기도 전에 애를 낳을 수 있다고 했다. 달리는 구급차 속 119 대원들 앞에서 애를 낳지 않으려면 '사전 입원'말고는 달리 방법이 없었다.

남편은 곧 출장으로 며칠간 집을 비울 예정이고 친정은 멀리 있다. 결국 시부모님이 메리와 욜라를 봐주시러 시골집에 와 계시기로 하고 나만 혼자 산부인과 병실에 앉아 언제가 될지 모르는 출산의 순간을 기다리고 있는 것이다. 그래도 남편이 출장가서 곁에 없는 오늘이나 내일은 아기가 나오지 말아야 할 텐데. 진통을 혼자 겪을 수도 있다는 것이 두렵다. 하지만 설령 그런 순간이 닥치더라도 나는 셋째 출산 산모인만큼 울지 말고 체통을 지켜야지!

그리고 하나 더! 메리와 욜라에 대한 그리움을 참고 견뎌야 한다. 둘째 낳고 조리원에서 지내는 내내 첫째 아이가 마음에 걸려 몸조리고 뭐고 지금 당장 집에 갈까 하는 생각을 골백 번도 더 했다는 친구의 말처럼 나도 그렇게 될 가능성이 아주 높기 때문이다. 하지만 일단 내 몸과 마음을 추슬러야 앞으로 세 아이를 잘 돌볼 수 있을 테니 당분간의 헤어짐은 어쩔 수 없는 일이다. 그리고 이왕 이렇게 된 거 알차게 시간을 보내기로 다짐한다.

그런 뜻에서 출산 짐 가방에서 얼굴에 붙이는 팩 하나를 꺼내 들어본다. 내 얼굴에 집중 수분공급과 주름관리, 화이트닝을 담당할 마스크팩이다. 이따가 태아 심장소리 체크하러 들어오는 간호사님이 질겁을 할지 모르니 얼른 붙이고 떼어내야지. 그 후엔 누가 볼까 싶어 챙겨온 가계부를 꼼꼼하게 정리해볼 작정이다.

이런저런 마음 정리를 하고 보니 평범한 산부인과의 일반 병실이 특급호텔의 스위트룸처럼 호사스럽게 느껴진다. 조금 있으면 내가 좋아하는 병실 밥을 먹을 수 있고, 집에서처럼 호흡곤란을 감수하며 일일이 허리 굽혀 줍고 쓸고 닦지 않아도 청소 여사님이 들어오셔서 청소도 해주실 것이다. 우리 집에 없는 텔레비전도 있고, 아직 애를 낳은 것이 아니니 아무도 나를 찾아와 귀찮게 하지도 않을 것이다. 내 비록 만삭인 임산부로 각종 불편함과 초조함에 시달리고 있지만 지금 이 시간이 나에게 주어진 마지막 자유의 시간이니 감사히 보내야겠다.

그렇게 생각하고 흥얼흥얼 노래를 불렀는데 한 소절도 끝나지 않아 떠오르는 집에 두고 온 아이들 얼굴! 나는 노래를 부르는 대신 방 안을 서성이며 메리와 욜라를 생각한다. 말 잘 들으라는 건 무리한 부탁일 테니 그저 할머니 성질 안 건드릴 만큼 적당히 말 안 듣고, 싸우긴 하되 너무 피터지게 싸우지는 말라고 얘기해주고 싶은데…. 엄마가 곁에 없기에 엄마의 소중함을 느끼게 될 두 아이, 나중에 재회할 때 내 앞에서 부쩍 깊어진 눈망울로,

"어머니 그동안 옥체 편안하셨는지요?
동생 생산에 고생 많으셨지요?
이제 저희는 말아서 장성할 터이니 실려 놓으시고
아우 돌보는 데 매진하소서."

하며 내 등을 토닥거려 줄까나? 햐… 꿈이 크다. 그저 잘 먹고 잘 놀

고 씩씩해져서 만나기를! 아, 그리고 셋째에게도 한마디하자.

아가, 뱃속에서부터 엄마 말(이제는 그만 태어나다오. 토요일에 태어나면 정말
좋겠구나. 아니면 일요일도 괜찮단다 했던 게) 안 듣는 게 어째 불안하긴 하다
만 이제 엄마 배 그만 발로 차고 속 시원히 나와주렴!
아빠가 지켜볼 때 나오면 바로 효도했다고 할게.
아가, 그럼 부디 건강하고 예쁜 얼굴로 만나자!

아이 낳기 직전, 막달 산모의 라이프

막달이 되면 아이 얼굴도 궁금하고 몸이 많이 힘들어져요. 그래서 하루바삐 아이가 태어나 이 순간을 벗어나고픈 생각이 들기도 할 거에요. 그런 조급한 마음에 항간에 나도는 '막판 진통스퍼트를 위한 충격 요법'을 하시는 분들이 꽤 되시던데, 예를 들면 분노의 물걸레질하기, 20층 계단 오르내리기, 심지어 등산을 하시는 분들도 있어요. 그런데 우리가 소림사 수련생인가요? 어차피 태어날 아기, 등 떠밀어 낳아보세요. 어떤가. 아차 싫죠. 소중한 막달을 허비했구나 깨닫지만 지나간 시간을 되돌릴 순 없어요. 다음 기회를 노리던지 아니면 후배에게 더 나은 막달 라이프를 제시하며 대리만족 하는 수밖에요.

그래서 저는 후배 엄마들에게 '막달 산모의 라이프를 위한 꿀팁'을 제시합니다.

첫째, 굉장히 웃긴 코메디나 만화를 보자

이미 아이를 낳은 엄마들의 엄청나게 위대해보이고 무지하게 아파보이는 출산기와 임신출산대백과의 구체적인 의학정보는 멀리하세요. 그렇게까지 알지 않아도 나중에 닥치면 다 겪는 거예요. 그런 거 보면서 벌벌 떨고 초조해할 시간에 차라리 무지하게 웃긴(애가 튀어나올만큼 배 아프게 웃긴) 코메디를 보는 게 정신건강상 훨씬 이롭겠죠? 우리, 아기 낳는 그 순간까지 최대한 행복하자구요.

둘째, 의사가 그만 먹으라고 할 때까지 맛있는 걸 최대한 먹자

아이 낳고 모유 먹이게 되면 못 먹는 거 너무 많으니까 지금 먹어요. 막달에 찐 살?

나중에 (빠질 사람은) 다 빠져요. 괜찮아요. 아이 낳는 그 순간까지 놀고 먹겠다는 마음가짐이 실제로 순산으로 이어지는 경우가 허다하다는 사실! 잘 먹은 산모가 힘도 잘 줘요.

셋째, 아이 낳은 후 지친 나의 몸과 마음을 위로해줄 아이템을 모으자

저 같으면 라디오플레이어, 음악 시디, 워터볼과 오르골, 병맛개그 만화책과 로맨스 소설, 내복(모성애가 줄줄 흐르는 내복이 아닌 섹시 내복으로)과 마스크팩 한 상자 이런 거 괜찮을 것 같아요. 어떤 물건이 될지는 각자의 취향에 달렸죠. 막달이라고 출산가방만 싸놓지 말고 '엄마가 된 후의 나'와 '엄마이기 이전의 나'를 화해시켜주는 아이템을 꼭 모아보세요.

올라 즐거운 육아, 미세스K와 세 아이들의 집

효자로 태어난 셋째

막내는… (진짜 정말 셋째가 막내입니다. 에이 그러다 넷째 또 낳는 것 아니냐는 말씀은 제발 말아주세요. 지금 애 셋 떠안고 경황이 없어요.) 다행히 효자로 태어났습니다. 아빠가 자리한 가운데 태어나주었으니까요. 뱃속에서 곧 박차고 나올 것처럼 굴던 셋째는 병원에 입원해서는 꿀맛 같던 병원밥이 지겨워질 무렵에야 태어나주었는데, 결론적으론 엄청난 순산이었습니다. 아이의 탄생을 기다리던 가족과 지인들이 하나같이 무슨 애를 그리 순풍 잘 낳았냐고 마치 가볍게 운동장 한 바퀴 뛰고 온 것처럼 제 산고의 고통을 폄하하더군요.

아… 너무 억울해요. 정말 그 고통은 이 세상 것이 아니었어요. 애 둘을 낳았기 때문에 어느 정도 아픈지, 얼마만큼의 고통인지 알고 있다고 여겼는데, 진통 중에야 깨달았습니다. 저는 그동안 완전히 잊고 있었던 거예요. 현장의 실감에 대해, 제 아무리 기억을 보존한다고 해도 그건 실제의 그림자에 불과하다는 것을요. 관념 속에서가 아닌 현실 속 고통은, 아… 다시 생각할 수도 없습니다. 밀물처럼 들이닥치는 고통을 어쩌면 그리 참고 버텼던가 생각해보면 '이대로 죽는 건 아닐 거야. 지금 나만큼 아기도 힘들 텐데, 조금만 더 힘을 내자.' 하고 고통의 끝에 다가올 탄생의 순간을 기다렸기 때문입니다.

견딜 만했던 진통 초반에 살짝 겁을 집어먹고 분만실에 들어온 수간호사에게 물었습니다.

"저... 혹시 별로 안 아프고 애 낳을 수도 있나요? 그런 산모는 없나요?"

잠깐 농담인 줄 아셨다가 진지한 내 표정을 본 수간호사는 "그러면 얼마나 좋을까요? 하지만 아플 만큼 아파야 애가 나오더라고요."라는 친절한 답변을 해주었습니다.

아이를 낳고서 며칠 동안 저는 다음과 같은 생각에 골몰했습니다.

'그냥 나도 새처럼 알 낳고 싶다.
알은 품어주기만 하면 제가 알아서 깨고 나오는데
왜 사람은... 왜 여자는... 왜 엄마는 이렇게 아파야만 하는가.'

9층 높이의 조리원 창문가에 서서 나와는 상관없이 바쁘게 돌아가는 아래 세상을 멀리 조망하다 떠오른 생각이 있습니다. 사람을 키운다는 것은 보통 힘든 일이 아니라서 초반부터 정신이 땡하고 울릴 만큼의 고통을 미리 맛보여주는 거라고요. 아기 낳는 것에 버금가는 젖몸살의 고통이라든가 앙상한 신생아와 마주했을 때 드는 감당하기 버거운 부담감에도 불구하고 밤잠 설치며 버틸 오기도 거기서 나는 거고요.

밤마다 도시 야경의 아롱거리는 불빛을 보며 조리원에서 일주일을 보냈습니다. 짧았던 일주일간의 조리원 생활이었지만 돌아보면 많은 것을 느낄 수 있던 시간이었기에 늦기 전에 기억을 더듬어 **본격 조리원 일기**'를 써볼까 합니다.

산후조리원! 그곳은 또 다른 세상입니다. 아이를 낳고 몸조리를 하면서 '엄마'라는 신분을 받아들이는 비슷하면서도 유일한 경험들이 쌓이고 스쳐가는 공간. 그곳 신생아실은 오늘도 하얀 강보에 돌돌 말린 빠알간 얼굴의 갓난쟁이들이 일렬로 죽 누워서 엄마 뱃속에서의 꿈을 이어 꾸고 있겠지요. 똑같은 유니폼을 입은 산모들은 아가 살찌우려고 부끄럼도 모른 채 앞섶을 풀어헤치고 그 어린 것들 입에 젖 물리느라 밤낮으로 실랑이를 하겠지요. 그러다 힘들어서 딱 포기하고 싶을 때 '그래도 난 엄만데…' 하며 그저 소리 죽여 울기도 하겠지요.

조리원에서 만나는 엄마들이 하나같이 하는 말이 있습니다. "그래도 낳을 때 고통은 그때뿐이야. 차라리 그게 나아. 지금 '이것'에 비하면"

지금 막 아이를 낳고 난 엄마들에게 닥치는 시련이 또 무엇이 있을까 고개가 갸우뚱하시겠지요?

자아, 그럼 아이 낳는 고통에 견주는 이것, 요것 , 저것이 수두룩빽빽한 엄마들의 이야기, '조리원 일기' 속으로 여러분을 초대할게요.

아이를 순산하는 비결이 있나요?

아이 낳기에 좋은 골격을 가졌건 아니건, 엄마 자신도 출산을 도울 수 있어요. '아니, 아이를 낳는 당사자가 출산을 돕는다고요?'라고 생각하실 수도 있겠네요. 출산을 '하는' 것이라고 생각한다면 분명 어색하게 들리는 말입니다. 하지만 저는 아이를 낳을 때 이 '돕는다'는 생각이 도움이 되었어요. 그래서 비결이라고 할 것까진 없지만 출산이라는 힘든 과정을 앞두신 엄마들에게 알려드리고 싶어요.

제가 생각하는 출산을 돕는다는 의미는 지금 내가 누워 있는 좁은 산부인과 병실을 벗어나, 자연의 순리대로 흘러가는 큰 우주 속의 나를 상상하는 것에서부터 출발합니다. 거대한 자연의 흐름은 아이가 태어나는 방향으로 흘러가고 있습니다. 나는 그 흐름 속에 놓여져 있고요. 이때 나 말고 뱃속의 아기도 나와 같은 처지에 있다는 것을 떠올려요. '지금 죽도록 힘든 사람이 나 말고도 여기 하나 더 있다'고 생각하는 거지요. 실제로 산도를 통해 세상 밖으로 나오려는 아기는 엄마보다 더 힘들다고 해요. 사람이 겪는 고통 중에 가장 큰 고통이라는 말도 있습니다. 이때 엄마가 아이를 낳는 주체로만 머무르지 않고 아이가 태어나는 통로이고 조력자가 되는 거예요. 아무리 힘들어도 우리는 아기에게 조금만 더 힘내라고 사랑한다고 말해줄 수 있어요. 나만큼, 아니 나보다 더 힘들어하고 있을 아이를 격려하고 응원할 수 있어요. 그 순간 엄마에게는 전에 없던 용기가 샘솟을 겁니다. 제가 첫아이를 낳을 때 모든 의료진이 다음날이 넘어가야 아이가 나올 것 같다고 포기한 순간이 있었어요. 이미 진통은 9시간을 넘어가고 있었지요. 그때 제가 모두의 예상을 깨고 기적처럼 '순풍'하고 아이를 낳을 수 있었던 건 바로 그 때문이었다는 생각이 들어요.

나는 '15호 산모님'

병원에서 퇴원하고 바로 옆 건물 산후조리원에 들어왔다. 이곳은 총 16명 정원의 가족적 분위기로 특히 밥이 맛있기로 소문난 곳이다. 내 방은 115호. 조리원 직원들은 이름 대신 나를 '15호 산모님'이라 부른다. 이곳에서 2주를 지내기로 했는데 어쩐지 자신이 없다. 조리원 예약을 하기 전에 시설을 직접 둘러보지 않은 게 잘못이었나? 방한쪽 벽면을 차지한 꽃무늬 벽지가 촌스럽고 맘에 안 들어 기분이 급격히 우울해진다.

침대 위에 놓인 수유 쿠션과 전화기 옆 탁자에 놓인 멋대가리 없는 유축기가 "난 누구? 여긴 어디?"라는 질문에 명쾌한 답을 대신해주고 있다. 그래도 창문이 커서 햇볕이 잘 들어오고 시야가 탁 트여 있는 점이 위안이라면 위안일까? 바로 맞은편 백화점 건물의 투명 엘리베이터가 끊임없이 사람들을 위아래로 실어나르는 것이 보인다.

신생아실에서 큰 소리로 우는 아기 울음소리가 들린다. 설마 내 아기는 아니겠지? 우왕좌왕 서성이고 있는데 밖에서 종이 울린다. 식사시간을 알리는 소리다. 파블로프의 개처럼 앞으로 이 종소리에 내 침샘이 자동반응하겠지. 조리원에서는 하루 세 번의 식사와 세 번의 간식을 제공한다. 두세 시간마다 무언가를 먹는 것인데 아기를 낳고 나면 뱃속이 허해서 먹어도 먹어도 배가 금방 고파지니 이 시스템은 절대 과한 것이 아니라고 본다.

거실로 나가니 분홍색 물방울 무늬의 파자마 유니폼을 입은 산모들이 부스스한 얼굴로 각자의 방에서 꾸물꾸물 나오고 있다.

옆방 '14호 산모님'은 이미 산부인과 병원 수유실에서 몇 번 마주쳐서 안면이 있다. 수술을 해서 아기를 낳았는지 배에 복대를 하고 있었는데 모유수유에 대해 간호사들에게 이것저것 묻는 것이 아마도 이번이 첫 출산인가 보다. 농구선수마냥 키가 큰데 눈은 토끼눈처럼 동그랗고 귀여운 인상이어서 호감이 간다. 아기 낳을 때 피를 많이 흘렸는지 얼굴이 노랗고 입술이 푸르스름해서 안쓰럽기도 하다.

식당에 차려진 호화스러운 음식에 급격히 생기가 돌았다. 첫날이라 전학생마냥 모든 것이 낯설어서 그저 묵묵히 밥을 먹고 있는데, 먼저 조리원에 들어와 서로 친해진 산모들이 나에게 인사를 건넨다.

조리원에서의 인사는 사회에서와는 좀 다르다. 이름, 직업, 소속 이런 건 중요한 게 아니다. 누구나 먼저 이렇게 물어본다.

"첫째에요?" 이번이 첫째 출산인지 묻는 것이다. 대개 첫째 출산 산모는 첫째다운 풋풋함이, 둘째 출산 산모는 여유로움이 묻어난다. 나를 보고도 기존 멤버들이 물었다.

"첫째에요?"
"아니요~ ^^"
"그럼 둘째?"
"훗, 아뇨"

헉! 그렇다면?
밥을 먹다 말고 모두들 수저를 떨어뜨릴 기세다.

"하하... 셋째예요."

여기저기서 믿을 수 없다는 식의 웅성거림으로 소란스러워졌다. 그 다음 질문은 **"자연분만이에요?"**로 이어지는데, 서로의 각종 진통 경험담을 공유한 뒤에는 두 손을 맞잡고 부둥켜안고 싶어질 정도로 친해진다. 수술을 한 산모 또한 할 말이 많다. 얼굴이 창백한 14호 산모는 진통을 하다 간호사에게 너무 아프니 그냥 수술시켜 달래서 수술을 하게 된 거란다. 그리고 덧붙여 말하길 차라리 수술 뒤 후폭풍이 낫지 출산의 고통은 사람으로서 참을 수 있는 것이 아니었기에 자기는 수술하고 후회는 없단다.

그래 맞아요, 잘하셨어요. 고개를 격하게 끄덕여주었다. 11호 산모는 예정일이 일주일이나 지나 유도분만을 시도했는데 아무리 해도 진통이 안 와서 이틀 꼬박 분만실 침대에서 다른 산모들 비명소리를 듣다가 결국 수술을 했단다.

이런 대화를 주고받으며 임신과 출산의 과정을 함께 겪은 그들에게 동지애를 느끼며 '나만 힘든 게 아니야.' 하는 위안을 받는다.

그 다음은 으레 **"아들이에요, 딸이에요?"** 하는 아기 성별을 묻고 몇 킬로그램으로 낳았는지를 물어본 다음, 마지막으로 **"그런데, 나이가 어떻게 되세요?"**로 궁금한 신상파악을 마친다.

그러니까 나는 16명의 산모 중 가장 나이가 많은 축이었고, 최고 '다산의 여왕'이었으며, 본격 진통 세 시간여 만에 애를 순풍 낳은 '출산의 신'이었다.

나는 미역국을 후루룩 마신 다음 조리사님께 '한 그릇 더'를 외쳤다. 14호 산모가 자극을 받았는지 깨작깨작 먹던 미역국을 들이마시는 게 보였다.

방으로 돌아와 거울을 보니 조금 부은 얼굴이지만 나쁘지 않아 보였다. 힘이 난다. 내친 김에 웃옷 자락을 살며시 들쳐본다. 휴, 배는 여전하네. 힘이 빠진다.

침대에 누워봤다. 매트리스가 나한텐 과하게 푹신하다. 누웠다 일어나면 엉치 쪽이 쑤신다. 온 만신이 쑤신다. 그러고 보니 아이를 낳고 난 뒤 한숨도 자지 못했다. 잠을 자려고 해도 심장이 두근거리고 정신이 초롱초롱해 잠을 이룰 수 없었다. 한 시간이라도 달게 자 봤으면 좋겠다고 생각하고 눈을 감은 지 얼마나 됐을까?

띠링띠링 띠링띠링, 신생아실에서 걸려온 호출전화다.

"산모님, 아기가 깼어요, 젖 물려 보시겠어요?"

아직은 초유가 나오지 않은 상태지만 아기에게 무조건 자주 젖을 물리는 것이 모유수유 성공의 길이라는 것을 알기에 웃옷 단추를 풀어 젖힐 태세로 신생아실을 향해 종종걸음친다.

그렇다. 이제부터 본격적인 전쟁이다.

모유수유와의 전쟁!

산후조리원, 꼭 가야 하나요?

산후조리원은 출산을 겪고 난 엄마의 지친 몸을 효과적으로 회복시켜주는 곳임에 분명하죠. 그리고 어차피 맞이할 육아전쟁이라면, 그전에 산후조리원에서 산모 대접을 융숭하게 받으며 어느 정도 체력을 회복하는 것이 좋아요. 그러나 조리원만 너무 믿고 있다가는 조리원 전후가 천국과 지옥으로 나뉘는 상황이 발생되고 맙니다. 산후조리원은 나중에 산모가 겪게 될 뒷일까지는 책임지지 않으니까요.

산후조리원에 크게 의존하고 있던 엄마들이 집에 와서 처음 드는 생각은 '도대체 어떻게 해야 좋을지 모르겠다'는 겁니다. 아이가 뭘 원하는지, 아이의 울음이 무엇을 뜻하는지, 내가 지금 무엇을 어떻게 해야 하는 건지 전혀 감이 없으니까요. 그렇게 허둥대다 보면 결국엔 '아이를 이해할 수 없다'는 생각이 들고 행복해야 할 육아가 전쟁이 되어버리죠. 꽤 고생스러운 시간을 오랫동안 버텨야 한다는 것을 각오하셔야 할 거예요. 물론 출산하자마자 아이와 24시간 붙어있던 엄마도 힘든 건 매한가지입니다. 하지만 신생아는 깨어있는 시간이 그리 많지 않아요. 대부분의 시간을 잠을 자면서 보내는데, 이때 엄마는 할 일도 하고 휴식을 취할 수도 있어요. 산후조리원에서는 이 시간에 맛사지를 받거나 요가 프로그램에 참여할 수 있다는 점이 다릅니다. 아무튼 태어난 아이랑 바로 대면해도 엄마 뼈가 으스러지고 온몸이 아작 나는 그 정도는 아니라는 거예요. 그리고 아이가 울 때, 바로바로 대처할 수 있어 산후조리원에 있을 때처럼 '지금 내 아이는 뭘할까?'라는 궁금증을 가질 필요도 없고요. 산후조리원이라는 중간 과정을 생략하고 얻게 된 그 시간은 아이와 보내는 황금기입니다. 그러니까 산후조리원, 얻는 것도 있고 잃는 것도 있네요.

모유수유 밀당에서 이기는
엄마의 자세

아이를 낳은 지 나흘째. 잠 한숨 못자는 나날이 계속되고 있다. 잠을 청하려고 누워 눈은 감아도 애국가 4절을 줄줄 욀 정도로 정신이 총총하다. 지난밤도 '남산 위에 저 소나무 철갑을 두른 듯' 신생아실 콜 대기조로 불침번을 서며 '이 기상과 이 맘으로 충성을 다하여' 방과 신생아실을 왔다 갔다 했더니 온몸이 휘청댄다.

하지만 내가 쓰러지지 않고 버틸 수 있는 힘은 융숭한 삼시세끼와 간식에만 있는 것이 아니었다. 나와 함께 하는 산모들! 딱 봐도 피곤과 각종 산후 후유증에 쩔어 있는 좀비형 산모님들 덕분이다.

애 젖 주러 가는 길목, 그녀들과 새벽 1시에 한 번, 3시에 한 번, 5시에 또 한 번, 은은한 야간 조명의 조리원 복도에서 마주쳐 소리 없는 미소를 주고받는다. '그렇지. 나만 개고생하는 게 아니야.' 하는 생각들을 저마다 하면서….

잠이라도 편히 자보겠다고 신생아실 이모에게 밤엔 전화하지 말라고 부탁했던 산모라도 밤새 불어나는 모유는 어쩌지 못하고 유축기로 짜내어 그걸 또 신생아실에 배달하느라 밤잠 설치기는 마찬가지다. 이런 시기에 혼자였다면 산후우울증에 걸리기 십상인데 조리원에서는 같은 처지의 산모들을 보며 버틸 수 있다. 처음으로 비싼 조리원 비용이 아까운 것이 아니라는 생각이 들었다.

신생아들은 배고프다고 울어놓고는 젖 주려고 안아주면 딴청을 피우기 일쑤다. 힘들게 젖을 빠느니 포근한 엄마 품에 안겨 그냥 잔다. '그러지 말고 젖 좀 먹으련' 하고 한참을 깨워 들이대면 이 녀석들, 얼굴이 빨개져라 악을 쓰고 울어 재낀다. '내가 왜 힘들게 젖을 빨아야 하지? 얼른 젖병으로 분유나 줘' 하면서 모유 단식투쟁을 벌이는 것이다. 개중엔 오늘 조리원에 들어온 16호 산모의 아기마냥 거의 숨이 꼴딱꼴딱 넘어갈 정도로 우는 아가도 있다. 이럴 때 마음 약한 엄마는 이러다 우리 아기 성질 버리는 거 아닌가, 이러다 굶어 죽지나 않을까 하여 얼른 젖병을 아기 입에다 물려주고 만다. 그러면 다음번에 아기는 젖을 안 먹겠다고 더욱 역정을 내며 울거나 자는 척 꾀를 부린다. 우리 아가는 후자 타입이었다.

발바닥을 톡톡 치고 귀를 죽 잡아당겨도 입 앙 다물고 잠만 잔다. '훗 네가 이 엄마를 이길쏘냐. 배고픈 거 아는데 어디 잘 테면 자 봐라.' 하며 아기를 바로 신생아실에 넘겨주며 분유 보충을 한 타임 보류해달라고 했다. 그리고 깨는 대로 열 번이면 열 번 불러달라고 했다. 모유수유를 하겠다고 결심했으면 이때만큼은 아기가 배고프다고 좀 울어도 맘 약해지지 말고 자나 깨나 젖을 물리고 또 물리겠다는 각오를 해야 한다.

그나저나 초기 젖몸살을 어떡하든 무사히 넘겨야 하는데 너무 두렵다. 모유 전문 관리사가 나더러 유선이 치밀하여 첫째 둘째는 어떻게 젖을 먹였다고 해도 셋째 아기 젖 먹이기는 매우 힘이 드는 유형이라고 했다. 마사지를 아무리 해도 해결이 안 된다고. 그러면서 흘리는 말. 그 어떤 전문가라도 서포트 역할밖에 할 수 없고, 아기가 젖을 자꾸 먹어서 뭉침을 풀어주는 것이 가장 좋은 해결책이라고.

뭐야, 아무리 참고서 문제집 들고 파봐야 돈 낭비, 시간 낭비, 정력 낭비니 교과서를 보세요, 하는 말이 아닌가. 하얀 속싸개에 돌돌 말려서는 먹고 자고 우는 것밖에는 아무것도 할 수 없을 것 같은 작은 아이에게서 희망을 보았다.

'아가야, 아가야! 이 엄마를 살리는 건 너한테 달렸구나.
엄마 너무 아프고 불편해서 죽을 것만 같아. 엄마 좀 살려주라.'

오늘밤도 어차피 잠 못 잘 거, 한 시간마다 건, 삼십 분마다 건 계속 달려가는 거다.

"그러다 병나요, 산모님. 쉬러 왔는데 넘 고생하셔서 어째요…." 하는 신생아실 이모님들 걱정도 오늘 내일까지만이다.

모유수유 성공하는 방법 좀 알려주세요

차라리 애를 하나 더 낳고 말지, 모유 먹이는 건 포기하고 싶다고 두 손 두 발 드는 엄마들이 많습니다. 실제로 '완전모유수유'는 모든 엄마의 선망의 대상이지요. 그래서 준비했습니다. 제가 세 아이를 통해 터득한 완전모유수유 성공을 위한 팁을요. 보통은 아이가 태어나고 3~4일 후부터 모유가 나옵니다. 그 사이 병원 신생아실에서는 아기에게 분유를 줘요. 아무리 모유만을 먹이겠다고 생각한 저도 그것까진 말리지 못하겠더라고요. 이 시기 분유와 우유병에 익숙해진 아이는 모유 먹는 걸 힘겨워하지만 엄마가 강하게 밀고 나가면 모유수유, 성공할 수 있어요.

이때 엄마는 잘 나오지 않더라도 모유를 계속해서 먹이려고 해야 합니다. 대략 2~3일 정도는 집중해서 아이가 원할 때마다 모유를 하루에 열 번이라도 먹여야 해요. 단, 아이의 상태를 잘 살펴보아야 합니다. 소변량이 줄지 않고 아이에게 탈수 증상이 보이지 않는다면 계속 시도해도 좋습니다. 이때 모유수유 전문가의 조언과 교정을 받는 것이 효과적입니다. 뭐든지 제대로 알아야 힘도 덜 들고 성공확률도 높아지니까요. 그리고 모유량이 적당할까 불안해 말고 여유와 배짱을 가지세요.

모유는 거의 대부분 아이가 원하는 만큼 나오게 되어있으니 아이가 충분하지 않다고, 더 많이 먹고 싶다고 보내는 신호를 엄마 몸이 해석하고 반응할 수 있는 시간을 기다리면 돼요. 그리하여 결국 모유수유에 성공했다면 축하합니다. 동시에 '모유수유 감옥'에 입성하게 되셨음도요. 아이의 밥줄이 된 엄마는 좋은 식량 공급원이 되어야 하니까요. 아기와 장기간 멀리 떨어지는 것, 모유의 질에 악영향을 주는 음식들, 이런저런 스트레스마저 경계해야 하죠. 사실 제 여동생들에게는 모유수유 꼭 해야 한다고 말 안했어요. 모유 먹이기 실패한다고 끔찍한 일이 일어나는 것도 아니에요. 안 그렇나요? 전 엄마가 행복하고 맘 편한 게 앞으로 닥치는 모든 육아의 순간순간 가장 우선하는 것이 아닐까 생각하거든요.

어둡고도 환한,
엄마가 된다는 것

어둡고도 환한 밤이었다. 밤새 젖을 주려고 할 때마다 힘들어 우는 아가에게 먹고 산다는 것이 이처럼 젖 빠는 것마냥 힘이 드는 것임을 배웠다. 젖먹다 잠시 쉬는 아가의 등을 토닥여주며 속삭였다.

'강해져야겠구나, 아가야.
앞으로 자라면서 엄마 닮아 울보깽깽이가 된다 하더라도
네 생애 처음처럼, 네 뱃속이름 '풀'처럼 그렇게 생명력 있게 살아다오.
아가, 땀을 뻘뻘 흘리는구나. 이 세상에 태어나는 것도 그렇더니
젖 먹는 것도 참 쉬운 게 아니다. 그치?
그래도 다행인 건 쉽지 않은 매 순간 너와 내가 함께라는 사실이란다.'

나는 마치 몽유병 환자처럼 굴었다. 밤새도록 잠도 안자고 돌아다

니느라 시간이 흐르는 것도 몰랐다. 사방이 깜깜한 무중력 상태에서 지면에 발이 닿지 않은 채 둥둥 떠다니는 우주 미아가 된 기분이었다. 하지만 그 와중에서도 지나치는 또 다른 우주 미아(다른 산모)들을 목격하고는 비단 나만 길을 잃고 헤매는 것이 아님에 안도했다. 우리는 반드시 지구로 돌아가는 우주선을 잡아탈 수 있을 것이다. 커튼 사이를 뚫고 들어오는 새파란 빛이 내 방 사물의 윤곽을 비칠 때에야 비로소 '아아, 어느새 새벽이네' 하고 깨달았다. 커튼을 쫙 걷어 젖히니 맞은편에서 붉은 태양이 천천히 떠오르고 있었다. 천하에 게을러 터져서 남들 다 보는 새해 첫날 해돋이 못 본 지도 십수 년째인데 해가 칼날 같은 빛을 온 천지에 찔러대는 걸 보고 있자니 곰이었던 내가 인간이 되는 기분이다. 애 붙잡고 백일 씨름하느니 동굴 속에서 백일동안 쑥과 마늘 먹는 게 낫지. 백일이면 곰도 인간이 될 판인데, 보다 더한 세월을 거쳐 보통 여자가 엄마가 된다는 것이 얼마나 대단한 일인지!

아침식사 종이 울릴 때가 돼서야 그동안 나를 두려움과 고통의 도가니로 몰아넣었던 가슴 통증이 견딜 만해졌다는 것을 깨달았다. 오후에 만난 모유 전문가도 급드라마틱하게 호전된 가슴 상태에 놀라워하며 흥분해서는 임상기록차트에 뭐라고 막 휘갈겨 썼다. 좋은 선례를 남긴 것 같아 뿌듯했다. 메리와 욜라 때 오래 끌었던 고민이 일찌감치 해결되자 이것이 바로 셋째 맘의 파워구나 싶다.

그리고 드디어 잠! 잠을 잤다! 5일 만이다. 그동안 당연하게만 여겼던 '인간으로서 잠을 잔다는 것'이 이토록 감격에 겨울 줄이야. 알고 보면 무엇이든 감사할 일투성인 인생이다.

잠도 못 잔 내가 지금까지 죽지 않고 살아 있는 것은 정신력도 아니고, 모성의 힘도 아니고, 그냥 밥을 제때 잘 먹은 덕분인 것 같으니 앞으로도 밥은 머슴처럼 많이 먹기로 하겠다.

그런데 거울 속의 내 모습은 왜 부은 돼지 같을까? 몸이 찌뿌둥하면서 무겁다. 몸무게를 재보니 이틀 전보다 2킬로그램이 더 나간다. 말이 안 된다. 다리가 터질 듯이 **땡땡** 부어 있다. 애 낳고는 멀쩡하더니 어째 갈수록 몸이 안 좋네. 아니나 다를까, 조리원 마사지 이모가 나보고 산모들 중 가장 붓기가 심하다고 한다. 메리, 욜라 때 없던 산후 붓기가 웬 말인지. 마사지를 하면서도 내내 "어머, 산모님 지금 몸 상태가 심각하세요." 하며 탄식 연발이다. 셋째 출산인 데다 나이도 있어서 기가 딸려 몸이 안 좋은 거란다. 그래서 회복도 느리고 살도 안 빠지는 경우가 많다고 겁을 준다. 젠장, 완전 슬프다. 이모님이 서비스로 뱃살 오일 터치를 해주었지만 구겨진 내 맘은 펴지지 않았다.

아기를 보러 조리원에 잠깐 들른 남편에게 **"이제 난 다 끝났어. 나 일찍 죽을지도 몰라. 애 셋 데리고 잘 먹고 잘 살어."** 하며 성질을 버럭 내었다.

남편을 보내고 다시 혼자가 된 조리원 방에 앉아 있자니 라디오에서 나오는 슬픈 가요에 마음이 울컥거린다. 셋째를 낳는다고 걱정하다 못해 화를 내시던 친정엄마의 마음이 이제야 백퍼센트 이해되었다. 그리고 그동안 서운했던 감정이 **사르르** 녹아 눈물이 되어 흐른다. 아이를 낳는다는 것이 이렇게 힘들고 몸이 축난다는 거 아시니 오로지 사랑하는 딸을 걱정하는 마음뿐이셨겠구나.

아이를 낳고 누워있는 나를 보러 오셔서는 큰 애들 보면서는 조리가 안 될 테니 친정에 내려와 한 달이라도 더 몸조리를 하라 하시곤 부랴부랴 나와 아기가 지낼 방을 정리하러 내려가시는 엄마의 사랑이 고맙다. 저 멀리 차도를 따라 줄줄이 달리는 자동차들의 노랗고 빨간 불빛들이 마구 번진다. 옆방 14호실에선 아기를 방에 데려와 어르는 소리가 들리고, 16호실에서는 텔레비전 소리와 함께 남편과 도란거리며 대화하는 소리가 들려오는데, 나는 라디오 볼륨을 조금 더 크게 키우고 한참을 소리내 울었다.

고투더 셋째 육아

산후우울증 어떻게 극복해야 하나요?

출산이후 약 80퍼센트의 여성들이 경미한 산후우울증 증상을 겪는다는 통계가 있습니다. 그중 10~20퍼센트의 여성은 산후우울증 진단을 받는다고 해요.

예전 어머니들은 우울증을 겪을 시간도 없었는데, 요즘은 먹고 살 만하니까 약한 소리 한다고 하신다면 그런 이들이야말로 시대착오적인 분들이죠. 바뀐 시대에 맞춰 바뀐 사람들을 그 이전의 상황과 비교해 무조건 탓해서는 안 되겠습니다.

옛날엔 말 그대로 먹고살기 바빠서 산후우울증이 있어도 무시된 채로 넘겼던 것이고, 그것이 반드시 옳은 대처법이 아니었다는 것은 오늘날 우리 어머니들의 만성 신경통이나 차곡차곡 쌓인 '한'으로 드러나고 있으니까요. 방치하면 엄마자신은 물론, 아기와 가족관계에 심각한 영향을 끼칠 수 있는 산후우울증은 누구나 걸릴 수 있는 것이나, 적절한 대처로 가볍게 넘어갈 수 있다고 여기는 것이 맞다고 생각합니다.

산후우울증은 출산 후 호르몬의 극심한 변화, 아이양육에 대한 걱정과 부담감, 불충분한 휴식과 생활패턴의 변화로 인한 스트레스, 신체적인 변화로 인한 불안함 등이 원인이 된다고 합니다. 이때 남편과 가족의 지지와 관심, 도움이 산후우울증을 극복하는 데 큰 힘이 됨은 물론, 다름 아닌 당사자인 엄마가 자신의 몸과 마음을 돌보는 것이 중요하다고 하네요. 그래서 정리해보았습니다.

1. 혼자가 되지 않습니다. 남편, 가족, 친구, 선배, 심지어 조리원 동기와도 소통해야 부정적인 감정에서 쉽게 빠져나올 수 있어요. 마땅한 사람이 없으면 책이나 라디

오, 소셜미디어를 소통의 도구로 활용합니다.

2. 잘 먹고 잘 쉬겠다고 결심하고 실천할 방법을 찾습니다. 결심하지 않으면 소홀해지기 마련이니까요.

3. 모든 것을 '내 탓'으로 돌리지 않습니다. 모든 것이 서투르고 잘 안 되는 것 같은데 그것을 다 자신의 탓으로 돌리면 감당하기에 너무 벅차고 문제해결에 도움이 되지도 않습니다. 당신은 이미 최선을 다하고 있을 것이므로.

4. 지금 어쩔 수 없는 것은 시간이 많은 부분 해결해줄 것을 믿어봅니다. 육아문제나 신체나 마음의 불균형도 언제까지 최악의 상태로 머무르지 않습니다. 반드시 괜찮아집니다. 나뿐 아니라 이 세상 수많은 엄마들이 지나쳤던 시간들입니다.

5. 바깥바람을 쐽니다. 햇볕을 쐬고 맑은 공기를 접하고 다른 사람들의 모습을 보는 것만으로도 내가 외딴 섬이 아니라 모든 것 가운데 살고 있다는 현실감을 느끼게 해줍니다. 그것은 내가 엄마이기 이전에 예전의 나와 다르지 않은 사람이라는 안도감을 가지게 합니다.

6. 외모에 신경을 씁니다. 별 거 아니라 입고 있는 내복의 옷매무새를 가다듬고 얼굴에 크림을 바르는 것부터 합니다. 이때 자신의 외모를 가꾸는 것은 곧 자신의 마음을 돌보는 일이 되니까요.

집단항의단 멤버가 된
엄마 동지들

한두 시간 토막잠이라도 깊은 잠은 치유 효과가 있나 보다. 점점 순조로워지고 있는 모유수유와 더불어 차분한 심리를 되찾은 어슴푸레한 새벽녘이었다. 호출을 받고 신생아실에 다녀오는 길. 잠시 거실 소파에 기대 앉아 쉬는데 17호 산모가 지나가다 나를 발견하고는 마침 할 말이 있다는 얼굴로 내 앞에 선다.

"언니, 언니! 혹시 이거 드셨어요?"

조리원에서 여러 번 나눠준 물에 타 먹는 영양가루 스틱을 들고 묻는다.

"응, 배고파서 받자마자 먹었지."

"언니, 이거 좀 봐요, 이거 유통기한 지난 거야."

"응? 어디 봐. 이거 제조일자 아냐? 난 만든 지 한 달밖에 안 된 신선한 제품이네 하고 좋아 했는데."

"아녜요, 여기, 유통기한이라고 쓰여 있어요. 유통기한이 한 달이
나 지났어. 우이씨! 산모들한테 무슨 짓을 한 거야. 상한 음식 먹
고 젖 주다가 애들한테 문제 생기는 거 아니에요?"

"헉, 이게 유통기한이었구나... 으으음"

"아니 어떻게 확인도 안하고 산모들한테 썩! 은! 음식을 줄 수가
있어요? 어우."

17호 산모는 열이 나서 손부채질을 팔랑팔랑하면서 말했다. 알고
보니 17호 산모가 이렇게 흥분한 데는 방금 신생아실에 갔다가 알게
된 또 다른 사실, 자기 아기의 기저귀발진연고가 엉뚱한 아기침대 밑
에 가 있는 걸 본 탓이 크다. 이번이 두 번째라고 했다. 오랫동안 치
료되지 않고 있는 아기의 빨간 엉덩이를 보는 엄마의 찢어지는 심정
을 헤아려보자면 그것은 분명 신생아실 이모님들의 치명적인 실수
다. 우리는 이 사실을 그냥 넘기기보다 추후 아침식사 시간을 활용,
만천하에 알리기로 했다.

아침 8시 정각

"딩동댕동~ 산모님들 아침식사 시간입니다. 모두들 식당으로 나오
세요~" 하는 방송에 비장하게 일어섰다. 식당에는 기다란 8인용 테
이블이 두 개 놓여있고 각각의 의자에는 호실 번호가 수놓인 의자 등
받침이 씌어있다. 나는 115호가 수놓인 의자, 항상 그 자리에 앉는다.

자리에 앉고 보니 식당은 이미 혼란스런 기운이 감돌고 있었다. 나는 내가 앉는 테이블의 산모들에게 '상한 영양가루 배포사건'과 더불어 '기저귀발진연고 실종사건'에 대해 상세히 설명했다.

주는 족족 하나도 남기지 않고 영양가루를 다 먹어치웠다는 14호 산모가 분개하며 바로 어젯밤 자정이 넘어서 벌어진 작은 소동 하나를 더 까발렸다.

14호 산모는 모유수유에 대한 타는 듯한 열정으로 천사의 눈물을 모으듯 한 방울 한 방울 귀히 모은 모유 60밀리리터를 신생아실에 갖다 바쳤다고 한다. "이모님, 우리 아기 깨면 분유 말고 꼭 이걸 먹여주세요." 신신당부를 하며 말이다. 그래놓고 방에 와서 생각하니 아무래도 먹성 좋은 우리 아기 그것만으로는 부족하겠다 싶어 잠도 뿌리치고 자정이 넘어서까지 유축을 하고 또 했더란다.

지칠 대로 지친 몸을 겨우 가누며 휘청휘청 걸어서 모유를 전달하는데 신생아실 이모님이 아기가 방금 80밀리리터를 먹고 잠들었단다. "아, 네~." 하며 무심코 돌아서다 엇? 분명 아까 60밀리리터를 주었는데 어떻게 80밀리리터를 먹을 수 있지? 이모님을 부여잡고 물으니 깜박하고 분유를 타주었다며 환히 웃으셨다고. 천사도 울고 갈 자신의 눈물어린 모유는 냉장고에 고이 잠들어 있는데….

14호 산모는 방으로 돌아와서도 억울함이 가시지 않아 집에서 자고 있는 남편한테 전화를 걸어 '내 모유~ 내 아기'를 부르짖으며 오열했단다. 그러자 부인을 끔찍이 여기는 남편이 광분해서는 잠옷바람으로 득달같이 달려와 신생아실의 무신경한 처치를 참고 넘어갈 수 없으며 당장 짐을 싸 부인을 데리고 조리원을 퇴실하겠노라고 난동을 피웠다는 것이다. 하지만 짐 싸서 나가봤자 당장 어디 기댈 데가 없음을 깨달은 14호 산모는 남편을 말리느라 힘들었다며 이마의 식은땀을 닦았다. 사실 14호 산모가 그런 꼴을 당한 데는 나한테도 일말의 책임이 있다.

어저께 나한테 14호 산모가 물었다. "언니, 집에 가면 조리원 있을 때가 천국이었네 한다면서요? 난 지금도 힘든데…. 벌써 집에 가서 어떻게 해야 할지 걱정이에요."

나는 그런 걱정일랑은 접어두라고 말했다.

"꼭 그렇지만도 않거든. 여기서 마냥 편하면 집에 가서 힘들지만,
  지금 좀 힘든 노선을 택하면 집에 가서는 오히려 수월할 수가 있어."

"아니… 어떻게요?! 어떻게 그럴 수가 있죠?"

나는 지금 열심히 애를 부둥켜안고 아이의 여러 가지 신호를 해석하고 교감하는 연습을 하면 집에 가서는 육아에 리듬이 생기면서 오히려 편해질 거라고 말했다. 나중에 꿀 같은 육아가 기다리고 있는데 지금 당장 편하다고 신생아실 이모님들의 분유 보충에 아기의 양식 주도권을 넘겨주었다간 나중에 모유 먹이느라 개고생하게 되고 모유 수유는 결국 실패하고 말 것이라는 충격적인 이야기도 들려주었다. 그러면서 우선 한 이틀간은 잠잘 생각하지 말고 열심히 젖을 주고 유축을 하라고 독려했던 것이다.

그런 까닭으로 나는 17호 산모와 14호 산모와 한마음이 되어 '상한 영양가루 배포사건' 진상조사에 뛰어들었다. 한두 사람의 산발적인 항의만으로는 이 거대 조리원에 아무런 타격을 줄 수가 없으니 16명 산모 모두가 힘을 모아 대처하는 것이 좋겠노라고 14호 산모가 의견을 말하자 일이 일사천리로 진행되었다. 나는 밥 먹는 산모들 한 명 한 명과 눈을 맞추며 조리원 실장이 출근하는 오늘 오전 9시에 거실에 모여 집단항의를 하자고 설득했다. 모두들 있어서는 안 될 일이 일어났다는 데 동의하며 함께 하겠다는 뜻으로 고개를 끄덕였다.

이 조리원은 신생아실을 무균화한다는 목표 아래 하루 두 번 소독을 하는데 그 한 시간여 소독시간에는 의무적으로 아기를 방에 데려와야 한다. 집단항의를 앞두고도 오전 소독시간이 되자 다들 아기를 안고 일단 방으로 들어가게 되었다. 그때가 벌써 오전 8시 50분이었다.

결의의 시간이 빠르게 다가오고 있었다. 그런데 9시가 다 되었는데도 어째 거실이 조용하다. 에라 모르겠다. 혼자라도 나가보자. 나는 아기를 안은 채 거실로 나갔다. 그와 동시에 14호, 16호, 17호 문이 열리며 역시나 아기를 안은 산모들이 속속 나오고 있었다. 11호 산모는 아기를 안고 나왔다가 아기가 칭얼대자 **우루루루** 어르며 방으로 다시 들어간다. 그리고는 조용하다. 몇 호실인진 모르겠는데 꼭 나올 것처럼 했던 한 산모의 모습이 아직 보이지 않는다. 아기 젖 주느라 다들 좀 늦는 거겠지…. 10분 더 기다리기로 했다.

시계가 9시 15분이 되어도 모인 인원에는 변동이 없었다. 결국 우리 네 명의 산모와 각자 품에 안은 네 명의 아기들이 함께 집단항의를 시작하기로 했다.

조리원 실장은 처음엔 별 대수롭지 않은 얼굴로 본인은 전혀 몰랐던 사실이고 영양가루 보급은 배급을 전적으로 맡고 있는 공급업체의 잘못이라고 둘러대며 사건을 축소 희석하려고 하였다. 그러나 책임 있는 사과와 대처방안을 요구하는 산모들의 원성에 사건이 더 커지기를 원치 않는 듯 바로 조리원에 비치된 모든 영양가루의 유통기한을 점검했고 그 결과 다른 박스는 이상이 없는데 우리가 먹은 그 박스의 영양가루만 유통기한이 지난 것임이 드러났다. 그제야 실장은 자신의 부주의를 인정하며 여덟 명의 항의 멤버들에게 연신 고개를 숙였다. 그리고 점심시간을 이용해 전체 산모들에게 공개사과를 하고 사죄의 의미로 신선한 영양가루를 통 크게 한 박스씩 돌리기로 하면서 이 희대의 '상한 영양가루 배포사건'은 마무리되었다.

그러나 항의에 참여한 산모들에게는 마무리할 것이 남아있었다. 끝까지 방에서 나오지 않았던 이들에 대한 배신감, 실망감, 서운함이었다. 하지만 그 당시 우리는 '아기'를 안고 있는 엄마였기에 결국 모두를 안아주기로 했다. 탓하지 않기로 했다. 실은 나도 '굳이 내가 아니더라도 다른 누군가가 하겠지' 하고 망설였으니까. 그리고 그들도 언젠간 '나도! 나만 빠지면 안 되지' 하며 방문을 열고 나올 걸 믿으니까.

오늘 조리원에 새로 들어온 한 산모가 아기를 안고 젖 먹이느라 낑낑대며 애쓰는 걸 보았다. 나는 내가 가진 모든 노하우를 전해줄 수도 있었지만 그러지 않았다. 각자가 부딪히고 깨져야 알 수 있는 것이라면 그저 지켜보는 것도 좋을 것 같았다. 다만 눈으로, 미소로, 그의 어깨를 따뜻하게 토닥여주는 것만은 잊지 않았다.

"힘내요. 시간이 흐르면 다 잘될 거예요. 너무 잘하려고 애쓰지 말고.^^"

내 아이 효자 만들기

하늘이 내린 효자를 낳은 것이 아니라면 후천적으로 효자를 만들면 됩니다. 그러려면,

첫째, 아이에게 전래동화를 반복해서 읽어줍니다.

전래동화에 나오는 수많은 효자, 효녀들을 통해 '효'라는 가치를 주입시키세요. 효자는 복을 받고 불효자는 벌을 받는다는 명확한 주제의 이야기가 백 마디 말보다 나아요.

둘째, '어머니는 짜장면이 싫다'고 하지 마시고 탕수육을 드시고 싶다고 하세요.

탕수육이 아니더라도 평소에 자기가 흠모하는 음식, 팔보채, 난자완스, 깐쇼새우 이런거요. 괜한 자기희생으로 자식을 짜장면도 못 사주는 불효자로 만들지 말고 "애야, 엄마는 소갈비를 좋아한단다.", "애야, 엄마는 차림표에서 '싯가'라고 쓰여져 있는 걸 꼭 한번 먹어보고 싶구나."라고 말해서 자식에게 효도의 기회를 주세요.

셋째, 집이 가난해야 합니다.

자고로 있는 집안에서 효자 나기는 힘들어요. 자기 부모 고생하는 걸 보고 철이 든 아이가 효성이 앞서도 한참 앞서기 마련이죠. 그러니 실제로 가난하다면 상관없지만, 그렇지 않다면 집안의 풍부한 재정상태를 아이 앞에서 떠벌리지 말고 소박하게 살아보세요. 옷도 물려 입히고 기워 입히면서 사실은 엄마아빠가 빚이 많다고

털어놓으세요. 혹시 가난 때문에 아이가 의기소침해하고 비뚤어져버릴 것 같나요? 그럼 교육이 덜 된 거예요. 다시 첫 번째 방법으로 돌아가서 전래동화책을 한 질 더 구입해서서 책이 닳도록 읽어주셔야죠.

이렇게 한다면 우리 아이가 '적당한 효자'정도로 커 주지 않을까요. 음… 사실 '너무 심한 효자'는 좀 피곤하잖아요. 자식도 제 인생 살아야죠. 부모도 부모지만 나중에 제 베필 만나면 더 잘해주라고 일러주는 게 좋을 것 같아요.

놀라 즐거운 육아, 미세스K와 세 아이들의 집

최선의 산후조리,
그 이후

메리와 욜라, 그리고 막내 로와 함께 하는 일상이 파노라마처럼 벌어지는 오늘날, 본격 조리원 일기는 이쯤에서 대충 막을 내리기로 한다. 조리원의 폭신한 매트리스가 내 엉치와 척추뼈 주위 근육을 과도하게 긴장시키는 바람에 퇴실을 서둘고 만 것처럼.

알고 보니 나는 이불 스무 장을 깔고 누워도 맨 아래에 놓인 한 알의 완두콩이 배겨서 잠을 자지 못하는 진짜 공주였다는 말인데…. 하지만 이야기 속 완두콩 공주는 예민함과 섬세함으로 공주임이 증명되어 좋은 대접을 받았지만, 현실의 나는 짐을 싸들고 친정으로 부랴부랴 내려가게 된다. 애 셋 낳고 공주의 신분을 버리고 그보다 높은 계층인 슈퍼맘의 지위를 획득하게 된 것이다.

그 와중에 메리와 욜라를 돌보고 계시는 시어머니의 몸무게가 2주만에 7킬로그램이나 빠지셨다는 비보가 들려 왔다. 메리와 욜라를 돌

본 지 일주일 만에 5킬로그램이 빠지셨다는 이야기를 들었을 땐 '그럴 리가... 아마도 체중계 눈금을 잘못 읽으신 게지' 하고 말았는데, 오차범위 플러스마이너스 2킬로그램으로 잡는다고 해도 그 정도의 지속적인 몸무게 감소는 걱정스러운 일이 아닐 수 없다. 짚이는 것은 딱 하나뿐. 바로 '육아로 인한 체력소모'가 원인임에 틀림없다.

으윽, 어머니! 당신마저!

우리 어머니로 말할 것 같으면 분기별로 10자 장롱, 5단 서랍장, 3인용 가죽소파 따위의 육중한 가구를 이동배치하는 게 취미이시고, 손님이 들끓는 차이니즈 레스토랑을 거뜬히 운영하시면서도 틈만 나면 각종 요리연구와 민간요법 실험으로 쉬는 법이 없으신 왕성한 체력의 소유자시다. 그리고 늘 다이어트를 의식하며 소식 위주의 식사를 하고 계시지만, 한번 찐 살은 쉽게 빠지지 않는다는 것을 몸소 보여주시는 분이시다. 찾아가 뵐 때마다 애들 다 키웠다며 나보고 집에서 노냐고 하신 우리 어머니. 욜라를 보고 이젠 말귀 알아들으니 말로 해서 가르치면 애 키우는 거 뭐 힘드냐 하시던 우리 어머니께서 메리와 욜라와 함께한 2주차에 '애 보느니 일하는 게 훨씬 낫다'고 고백하셨다.

"휴…. 아니, 욜라, 말을 왜 일케 안 듣냐? 어휴….
  진짜 얘, 내 말 한 마디도 안 들어."

욜라 즐거운 육아, 미세스K와 세 아이들의 집

"너 말대로 밥 먹이는 데 딱 한 시간이네. 밥 빼곤 다 잘 먹는다."

"요리연구? 그런 거 할 시간 없다. 텔레비전 못 봐서 심심하긴….
종일 애들 따라다닌다고 바빠서 심심할 새가 어딨어~"

"유치원? 보냈지~ 아침에 비가 좀 오긴 했는데
우산 씌워서 정류장까지 데려다줬지, 뭐 어쩌겠냐…."

이렇게 어머니는 하루하루 속을 태우시듯 몸속 지방도 같이 태우
셨나 보다. 여기서 잠깐 광고 하나!

살을 빼고 싶으신가요?

그럼 메리, 욜라와 함께 해보세요~

여름 바캉스 대비 일주일에 5킬로그램 감량 코스가

준비되어 있습니다~

사랑스럽고 귀여운 메리, 욜라와 함께하는

판타스틱 어드벤처 하루.

음식의 유혹도 닿기 힘든 청정 시골 마을에 입점한

천혜의 다이어트 공간. 이 동네엔 구멍가게도 없으니까요.

음식 배달 주문 어플리케이션도 무용지물!

혹시나 하고 깔았다 바로 지우게 되실 거예요.

대신 텃밭 작물들을 마음껏 드실 수 있으며 참가비는 무료입니다.

로켓배송도 속도를 늦추어 진입하는 슬로시티에서

진정한 자아를 찾는 것은 덤이고요.

물론 아이들의 엄마 아빠는 참가자의 효율적인 몸무게 감량을 위해

프로그램 종료 시까지 모습을 비추지 않습니다.

망설이지 말고 도전해보세요!

흠, 하루바삐 몸조리를 해서 복귀하지 않으면 우리 어머니 뼈만 남으시겠구나, 나로서는 친정에서 몸조리에 박차를 가하는 수밖에 없었다. 저 멀리 메리와 욜라와 시어머니와 남편의 근황이 들려올 때면 더욱 이를 악물고 몸사리기에 매진하였다.

물컵 하나일지라도 씻고 싶은 유혹을 참아내었고 얄팍한 지갑 하나 드는 것도 관절에 무리 간다고 동생한테 떠넘겼다. 올해 대학입시에 실패하고 집에서 방황하고 있던 막냇동생이 이런 나를 두고 '해도 해도 너무하는 것 아니냐'며 어이없어 할 때마다 지갑을 열어 만 원한 장을 쥐여주었다. 그리고 칠천 원짜리 심부름을 시키며 나머지 삼천 원은 너 가져라 해서 "얏호! 완전 꿀알바~"하며 뛰어나가게 해 그때그때의 불만을 잠재운 나다. 얼마나 몸조리에 최선을 다했는지 저

녁이 되면 에너지가 남아돌아 잠이 오지 않을 지경이었다.

그렇게 철저히 메리와 욜라를 만날 날을 준비했던 게 엊그제 같은데, 집에 돌아온 지 한 달여가 지난 지금은 몸조리고 뭐고 '자기희생'이라는 단어를 숙명처럼 받아들이며 엄마노릇하기에 바쁘다.

이런 나를 남편이 가엾이 여겨 엉치 쪽 통증이라도 잡아보자며 또 한 명의 용하다는 침술 명의가 있다는 곳으로 데리고 갔다. 그곳은 맥을 짚고 침을 놓는 현재 여든일곱 살의 의원 옹과 반백의 아들이 반세기째 약을 짓고 있는 오래된 한약방이었다.

약방문을 열고 엉거주춤 들어가니 정말로 곧 돌아가실 것만 같은 외모의 할아버지 한 분이 지팡이를 짚고 등장하신다. 할아버지는 진료실로 보이는 방으로 들어가 앉으시며 진료기록 차트로 보이는 종이뭉치 한다발을 꺼내셨다. 그리고 다짜고짜 **"이름!"** 하고 외치신다.

"네?"
"아, 글쎄, 이름 뭐냐니깐?"

내 이름을 떠듬떠듬 말하고 나서도 의원 옹께서 심기 불편하시지 않도록 나이며, 주소를 묻는 대로 또박또박 큰 소리로 외치듯 말씀드리고, 이제야 어디가 아픈지, 여기 왜 왔는지 말하려고 하는데,

"소온~!" 하신다.

고투더 셋째 육아

"네? 소, 손이요?"
"아 글쎄, 손 줘 보라고！"

역정을 버럭 내신다. 아 명의들이란~ 얼른 손목을 내밀었다.

진단 결과, 산후조리를 잘못했으며 몸에 찬 기운이 돌고 혈액순환
이 안 되고 있단다. 아 놔~ 내가 그렇게나 발버둥친 산후조리의 허망
한 결말에 눈물이 나려고 했다.

"사실 오늘 침 맞으러 온 건데... 한약도 먹을게요, 먹어볼게요~
그거 먹으면 좋아지는 거죠?"
"누워！"
"네. 누, 누워.... 음.... 어디, 어디에 누울까요?"

나는 어찌나 쫄았는지 말을 심하게 더듬었다.

"저기！"
"앗 저기. 아, 네."

명의 옹께서 가리킨 곳은 그냥 방구석이었다. 베개도 없이 머리 대
고 누우라고 방석이 하나 있는 맨 방바닥이었다. 아, 심하게 고전적
이야~

진찰하시던 자리에서 일어나 성큼성큼 세 발짝이면 되는 거리를

심하게 후들거리시며 다가오시는 명의 옹. 나도 나지만 명의 옹께서
도 관절을 돌보셔야 할 것 같았다. 여하튼 보통 한의원에서 쓰는 잔
챙이 침 말고 대침으로 몇 방 맞고 누웠다가 어기적 일어나는데 명의
옹께서 눈을 빛내며 물으신다.

"어때?"
나는 솔직하고 싶어진다.

"음. 잘 모르겠어요."

나의 도발적인 발언에도 명의 옹께선 조금도 흔들림 없이 잔잔히
웃으시며 이렇게 말씀하셨다.

"모르긴 뭘 몰라! 좋아졌어! 자, 가봐!"

그래, 정말 그날 하루는 좋았던 것도 같다. 하지만 침을 매일 맞을
수 있는 것도 아니고, 그때마다 애들을 시부모님께 맡기기도 성가시
고, 약을 먹어도 딱히 혈액순환이 잘 되는지도 모르겠고 해서 추후 치
료는 흐지부지되고 말았다.
아, 구슬프다! 나도 보모 쓰고 싶다!
살림 도와주시는 이모님 모시고 싶다!

작은아이 출산 후 큰아이를 만나는 자세

동생이 생겨 엄마의 사랑을 뺏긴 큰아이가 느끼는 상실감과 위기감을 아랑곳하지 않다 보면 큰아이와의 마찰이 벌어지는 경우가 많아요. 그런 문제를 막으려면 엄마의 의식적인 노력이 필요하더라고요. 제가 알고 있는 몇 가지 방법을 나누어드릴게요.

1. 큰아이와 특별한 시간을 가져보세요. 작은아이가 잘 때 큰아이와 스킨십을 많이 하면서 노는 둘만의 시간은 매우 중요해요. 그때 엄마가 사실은 '너를 더' 사랑한다고 말해주는 것 잊지 말고요. 아빠가 큰아이를 데리고 나가 맛있는 간식을 사주면서 데이트를 한다든지 엄마 없이 동물원으로 소풍을 가는 것도 좋아요.

2. 큰아이에게 형님 역할을 맡기세요. 기저귀나 로션을 가지고 온다던가, 우유병 온도를 확인하게 한다던가, 목욕 후에 쓸 수건을 펼쳐놓는 것과 같은 임무를 맡겨보세요. 엄마한테 인정받고 있다는 기쁨으로 형님 역할에 최선을 다할 거예요.

3. 큰아이를 빠뜨리지 말고 챙겨주세요. 예를 들면 작은아이가 처음 집에 온 날, 백일, 돌같이 모든 관심이 작은아이에게 쏠리는 날에 큰아이에게도 '선물'을 주는 방법이 있습니다. 다른 사람들 앞에서 '멋진 형 상'이 적힌 상장과 부상(조그만 먹을거리나 장난감 따위)을 수여하면서 공개적으로 칭찬하고 인정해보세요.

4. 가끔은 큰아이의 어린시절 사진을 찾아보고 예전에 큰아이에게 쏟았던 사랑을 확인하세요. 그러면 그렇게 작고 귀여웠던 아기가 바로 지금의 큰아이라는 것을 알게 되겠죠. 아이를 바라보는 엄마의 눈길이 바뀔 때 아이도 변하는 것 같아요.

난 매일 찍는다
휴먼 드라마

지금까지 평범한 우리네 이웃으로 살아오던 내가 요즘 들어 부쩍 주목받는 것 같다. 메리와 욜라, 그리고 로를 다 같이 데리고 어디 나가기라도 하면, 마치 〈인간극장〉을 찍고 있는 것만 같은 느낌에 사로잡힌다. 시골 읍내에서도 아이 셋을 함께 거느리고 다니는 경우는 그리 흔치 않다. 사실 미혼의 젊은이들은 내가 애 하나는 오른쪽 손에, 또 하나는 왼손에 잡고, 나머지 하나는 유모차에 태우고 한 발로 밀면서 텀블링을 하며 지나간다 해도 별 관심이 없을 것이다. 문제는 아이를 키우고 있거나 키우신 아줌마 이상 되는 분들의 심금을 본의 아니게 울린다는 것인데,

주로 **"어머, 세엣?"** 하면서 눈을 부릅뜨며 나한테 어떤 해명(?) 같은 걸 요구하신다. 뭐 그건 그런대로 괜찮다. 난 쏘쿨할 자신이 있으니까. 그런데 내게 뭐라 말을 걸지는 않지만 우리를 힐끔대며 두런

거릴 때는 세 아이를 둘러싼 인간극장 배경음악이 어김없이 **따라라 라란~ 랄라, 랄라~** 하고 깔린다. 또 그럴 때면 꼭 욜라가 컨디션 난조로 장소불문하고 바닥에 누워 개고함을 치며 울어 극을 클라이맥스로 이끌고 간다.

욜라의 울음은 실로 굉음에 가까워 사방 약 40제곱미터 안에 있는 사람들의 고막에 극심한 피로감을 줄 뿐 아니라 소화불량, 신경쇠약을 초래하므로 뭔가 시작되었다 싶으면 '다둥이 재난단계 2호 개망나니'를 발동시키고 즉각 대응에 나서야 한다. 장면이 바뀌고 제 아빠한테 끌려간 욜라가 진정되어 들어오면 이번엔 로가 유모차에서 꺼내달라고 발버둥치며 삼단고음에 바이브레이션을 넣어 운다. 백일밖에 안 된 로의 울음은 또 그것대로 아파트 한 단지 정도의 공간을 순식간에 얼음 땡 시키는 강렬함이 있다. 욜라의 울음을 듣고는 '애들이 그렇지 뭐~' 하며 엄마미소를 잃지 않던 강심장들도 이번엔 심박 수가 올라가며 어찌할 줄을 모르는 것이다. 바로 '다둥이 재난단계 3호 개밥바라기'를 발동시켜야 할 때다. 로와 함께 저 하늘의 샛별이 반짝 하듯이 그 자리를 뜨는 것이 상책이다.

아이가 셋이 되면서 문화시민으로서의 품격을 더 이상 지키기 어렵게 되었으므로 되도록 외출을 자제하려고는 하나 어쩔 수 없는 경우는 있게 마련이다. 남편이 새벽같이 집을 나선 날 아침, 혼자서 메리, 욜라, 로를 데리고 유치원 버스 정류장까지 가는 것도 피할 수 없는 외출 중 하나다. 그날도 메리와 욜라와 함께 로를 유모차에 태우고 길을 나섰다.

옆집 할머니집 담벼락을 따라 핀 갖가지 꽃들 사이로 벌들이 붕붕 날아다니는 봄날 아침. 나를 앞서거니 뒤서거니 나비처럼 팔랑대는 메리와 욜라를 보고 웃으며 로를 태운 유모차를 밀고 간다. 세발자전거와는 비교할 수 없이 부드러운 유모차의 바퀴에 내 발걸음은 가볍기만 하다. 뺨에 닿는 공기는 신선하고 햇볕 샤워도 실컷 할 수 있으니 유치원 버스가 마을회관까지만 오는 것이 고마울 지경이다. '오늘은 왠지 느낌이 좋아. 마을길도 한산하여 개미새끼 한 마리도 보이지 않는 이 한적함…' 하며 만족감에 젖어있는데 어디선가 들리는 **낑낑**대는 소리. 몇 발짝 떨어진 뒤에서 욜라가 제 목에 건 물통 줄이 꼬여서 마구 짜증을 내고 있다.

"아하~ 줄이 꼬였구나. 괜찮아~ 있어봐~ 엄마가 얼른 풀어줄게~"

꼬인 물통 끈만이 아니라 너의 마음까지 풀어주지. 아침에 서두른 덕분에 시간은 무척이나 여유롭고 시골의 소박한 아침풍경은 나를 그렇게나 착한 엄마로 만들어주는 것이다. 유모차는 놔둔 채 욜라에게 다가가 쪼그리고 앉았다. 그런데 뭔가 심상찮은 느낌이 든다. 뒤돌아보니 아뿔싸! 브레이크를 걸어놓지 않은 유모차가 혼자서 **돌돌돌**… 비스듬히 한 길 아래 밭고랑으로 굴러 떨어지고 있었다.

"어… 어어, 안 돼!"

고투더 셋째 육아

밭고랑에 거꾸로 처박힌 유모차. 로의 울음소리가 곧이어 들려왔
다. 나는 혼비백산 밭고랑으로 뛰어내려가 유모차 밑에서 로를 끄집
어냈다. 밭고랑은 흙과 풀덤불뿐이어서 다행히 로는 다치지 않은 것
같다. 로의 얼굴에 묻은 흙과 지푸라기를 털어주면서 눈물 섞인 안도
의 웃음이 났다.

'다행이야, 이만하길 다행이야. 아아, 내가 미쳤지. 왜 유모차를 손에서
놓고.... 왜 브레이크도 안 걸고. 그런데 분명 평지처럼 보이는 길이었는데
내리막이었다니.... 우리 마을에 도깨비 도로가 있을 줄이야.'

그건 그렇고 여기서 탈출해야 하는데 길 위로 올라가는 코스가 너
무 험하다. 고랑이 좁은 데다 중간에 큰 돌이라든가 비닐하우스 잔해,
물웅덩이 같은 것을 지나야 하는데, 로를 안고 있는 상황에서 뒤집어
진 유모차를 일으켜 세워 길 위까지 가기엔 내 힘만으로는 역부족이
다. 누군가의 도움이 필요했다. 상황을 지켜보고 있던 메리에게 옆집
할머니를 모시고 오라고 외쳤더니 얼른 뛰어간다. 그런데 집에 할머
니가 안 계시단다. 그럼 어쩌지? 여기서 못 나가겠는데 하고 있으려
니, 메리가 "엄마, 그럼 이장님 불러올게." 하면서 멀리 이장님 댁을 향
해 달음을 친다. 간절한 바람에도 이장님마저 집에 안 계시단다. 바로
요 앞 수빈이네 하고 진희네 집에서도 아무도 안 나오는 걸 보니 모
두 논밭에 일하러 나간 게 분명하다. 하지만 언제까지 손 놓고 있을
수만은 없는 일! 용단을 내려야 한다! 잔뜩 긴장해 있는 메리와 욜라

에게 **강한 엄마의 모습을 보여주겠다!**

나는 우선 로를 안고 밭고랑에 산재한 온갖 해저드─벙커, 물웅덩이, 흔들거리는 나무판자 따위─를 건너 길 위로 올라왔다. 그런 다음 집에 가서 로를 눕혀 놓고는 쏜살같이 현장으로 달려와 이번엔 구덩이에 빠진 유모차를 끌어낸다. 바퀴가 자꾸 어딘가에 걸려 말을 안 듣지만 차력사가 벽돌 쪼개듯 기합을 넣으며 힘을 냈다. 물웅덩이에 신발을 푹 적셔가며 기어코 길 위로 유모차를 올려내었다! 프로골퍼 박세리 선수의 패기 못지않다. 골프 우승컵 대신에 나는 메리와 욜라에게 박수를 받았다.

끝이 아니다. 유모차에 로를 태우고 다시 길을 나선 것이다. 초·중·고·대학은 빠져도 유치원은 되도록 빠지면 안 된다는 교육철학이 있기에.

유치원 가는 내내 메리는 우리가 한 팀이 되어 뭔가 해냈다는 흥분감에 들떠 있었고, 꼬인 물통줄의 소유자 욜라는 더 이상 행패를 부리지 않고 "(원래 아빠가 힘이 쎈데) 엄마도 힘이 세!"라는 말을 자꾸 하였다. 아닌 밤중에 홍두깨라고 태어난 지 두 달도 안 돼 얼굴에 흙을 묻혀본 로는 새록새록 잠이 들고….

나는 아무도 보는 이 없던 세 아이와의 외출이건만 한 편의 인간극장을 찍었다는 것을 깨달았다. 그리고 아직도 후들거리는 팔다리를 진정시켜가며 유모차를 잡은 핸들에 힘을 주었다. 어딘가에 도사리고 있을지 모르는 도깨비 도로를 특히 조심하면서.

아이에게 '안 돼', '하지마' 어떻게 전달해야 할까요?

아이에게 부정적인 금지명령을 너무 자주 하는 것이 아이의 성격 형성과 아이와 엄마의 관계에 악영향을 준다는 보고도 있지만 그것보다 제가 우려하는 건 훈육에 미치는 부작용입니다. 엄마의 부정명령어에 '내성'이 생긴 아이에게 '안 돼'라는 경고장이 제대로 접수되지 않는 상황이 올 수 있는 거죠. 정작 필요할 때 훈육이 먹히지 않는다면 지금껏 무엇을 위해 'NO'를 남발하였던가 반성할 수밖에 없어요. 그리고 다시 전략을 세워보는 거죠. 저도 부랴부랴 세워보았습니다.

1. **'NO'를 사용할 수 있는 '때'를 정해두어라.** 저는 아이의 행동이 그 자신에게 위험한 경우이거나 다른 사람에게 피해를 주는 경우에 한정해서 사용하려 합니다.

2. **'안 돼' '하지 마'라는 말을 대체할 수 있는 말을 적절히 사용하라.** 이에는 '기다려' '멈춰' '세상에' '맙소사' '엄마 생각은 너와 다른데'와 같은 말이 있겠죠.

3. **과감한 행동을 병행하라.** 만일 식당에서 소란을 피우는 아이에게 '안 돼'라는 말이 소용없다면 음식을 다 먹지 않았어도 숟가락 놓고 바로 데리고 나오는 겁니다.

4. **'벌'에 대해 아이와 사전에 합의하라.** 예를 들면 세 번 'NO'했어도 계속 문제 행동을 하는 경우 '무릎꿇고 손들기 10분' 벌을 받는다고 아이와 약속을 하는 거죠.

이 정도면 공공장소에서 아이가 소란을 피워 쫓겨나기 전에 문화시민으로서의 최소한의 품격을 지키며 걸어나올 수 있지 않을까요? 여유가 된다면 다른 테이블에 앉은 이들과 찡긋 하는 눈인사 정도 주고받을 수 있다면 좋겠어요.

포대기 투혼!
엄마 밥 먹어야 해

난 밥을 서서 먹는다. 우리 집 식탁이 스탠딩바로 조성된 것은 아니다. 그러므로 스탠딩 파티의 날치알을 올린 롤, 깃발을 꽂은 꼬마 샌드위치 같은 핑거푸드나 걸으면서 즐기는 커피 한 잔의 여유는 당연히 없다. 대신 압력솥 밑바닥의 누룽지를 박박 긁어서 김치와 김을 곁들여 먹는 1첩 반상이 주를 이룬다.

이때 나는 서서 로를 어부바 하고 있는 중인데 등 뒤의 로는 어부바를 한 것으로 만족하지 않는다. 3초 이상 정지 자세로 있으면 어김없이 머리끄덩이를 잡아당기는데 고문 같은 아픔은 둘째요, 요새 들어 부쩍 머리숱이 준 것만 같아 흰머리 하나라도 소중히 여기는 나는 멀쩡한 검은 머리가 뽑혀 나가는 것만은 그냥 두고 볼 수가 없다.

밥을 먹으면서 로가 역정을 내지 않도록 부지런히 몸을 앞뒤 좌우로 흔들고 때로는 집 안을 한 바퀴 돈다. 그러다 보니 밥풀이 발등에

물라 즐거운 육아, 미세스K와 세 아이들의 집

떨어지고 김치 국물이 턱을 타고 흐른다. 하지만 허기를 면하는 게 워낙 급하고 당면한 과제인지라 그야말로 눈을 **홉**뜨고 밥을 먹는다. 작년에 안 왔던 각설이가 올해 온다면 감히 나한테 밥을 빌어먹자고 하지는 못할 것이다. 옆에서 밥을 먹던 율라가 "*엄마 이것 보시롱~*" 하면서 바보 흉내를 내다가 식탁의자에서 굴러 떨어져서 울고 팔을 휘젓다가 '그러면 그렇지.' 밥그릇을 엎고 물컵을 넘어뜨리고 오줌을 누겠다고 하고선 바지를 못 내려 낑낑대다 옷에 오줌을 쌀 때도 나는 태연자약하다. 내게 중요한 것은 **내 앞에 놓인 밥!**

입에 밥을 허겁지겁 떠넣으며 말한다.

"엄마 밥 먹어야 돼, 배고프단 말이야.
엄마도 밥을 먹어야 힘이 나서 너흴 돌볼 게 아니야?"

그러다 급히 먹던 밥알이 코로 들어가 사레가 들리면 설움이 폭발하고 마는데….

"나도 엄마가 있어! (꽥)
외할머니가 엄마의 엄마잖아. 엄만 외할머니 딸이고.
근데 딸이 밥 못 먹어봐, 엄마가 얼마나 걱정하시겠어?
그러니까 엄마 속상하지 않게 엄마도 밥 먹어야지.
엄마도 딸이니까!"

고투더 셋째 육아

욜라는 방금 엄마가 한 소리가 무슨 말인지 아리송하기만 한데, 나는 목이 멘다. 로를 업은 채 서서 먹는 끼니! 그것도 온갖 방해공작 속에서! 이를 두고 '포대기 투혼'이라고 부르는 데 어느 누가 이의를 제기할 수 있을까? 포대기 투혼은 집안 청소, 식사 준비, 빨래 널기, 설거지 같은 가사노동 외에 화장실 가는 길에도 이어진다.

화장실 문이 닫히면 엄마가 이 세상에서 사라진 줄 알고 우는 로는 견딜 수 있으나, 우는 로 등을 타고 논다든가, 로 머리 위에 온갖 것들(장난감, 쓰레기, 먹을 것, 담요 등)을 들이붓고 재밌다고 낄낄대는 욜라의 공격으로부터 로를 지키려 한시도 마음을 놓지 못하고 있다.

"에휴, 말 안 듣는 애들을 키우는 건 얼마나 힘든 일인지!"

이는 그림책 〈피터 래빗〉 시리즈의 말썽꾸러기 네 마리 아기 고양이의 엄마인 타비타 부인의 한숨어린 탄식이다. 그녀는 고양이지만 내가 개인적으로 동병상련을 느끼는 몇 안 되는 상대다. 말썽꾸러기 아기 고양이 '톰 키튼'이 엄마 말 안 듣다가 고양이 푸딩을 만들어 먹는 시궁쥐에게 잡혀 온갖 고초를 당하는 장면에서 난 물끄러미 욜라를 바라보았다. 욜라가 고양이로 태어났으면 충분히 겪고도 남을 모험이었기에.

그런데 로는 욜라에 버금가는, 아니 월령 대비로 보자면 욜라보다 한 술 더 뜨는 아이다. 어디서부터 잘못된 건지 모든 것이 엉망진창이다. 내게 과연 아이 키우기에 대한 재능이 개미 눈곱만큼이라도 있는

지 모르겠다. 로의 신생아 시절로 거슬러 올라가 보자.

그 당시 로는 낮잠도 곧잘 자고, 저녁 여덟 시만 되면 혼자 놀다가 스스르 잠들어 내리 여덟 시간을 자고 일어나던 '어진 백성'이었다. 이 부분은 세 아이 모두 공통된 부분으로 어찌 보면 나는 상위 1퍼센트의 지극히 수월한 아이를 키운 행운의 화신임에 틀림없다. 이것은 아이를 직접 키워본 엄마들이 증언할 것이다. 신생아 땐 잘 먹고 잘 자는 것이 지상최대의 과제이지만 그 자체가 수월하지 않은 일임을. 생후 1, 2개월에 이르는 보통의 신생아는 엄마가 잠을 못 자게 밤에 몇 차례나 깨서 울고, 토막잠을 자고, 눕히면 바로 작동하는 등센서라는 게 달리기 마련이다. 그러다 아기가 백일쯤 되면 흔히들 **'백일의 기적'**이라고 하는 육아에 있어 한숨을 돌릴 수 있는 시기가 온다고 한다. 그동안의 엄마의 노고를 아이는 다 알고 있었다는 듯 잠도 길게 자고 먹는 것도 안정적이며 여러모로 순둥이 모드가 되어간다는 말이다.

그런데 이 아이가 백일을 기점으로 **기적**이 아니라 날 **기절**을 시키고 있다. 언제부터인가 밤에 잘 자다 일어나 우는 경우가 한두 번 있더니 요즘은 아예 한 시간 단위로 깨서 운다. 그렇다면 하룻밤에 자그마치 일고여덟 번을 깬다는 것인데, 버릇을 단단히 고쳐야겠다고 난들 왜 마음먹지 않았겠는가. 하지만 일 때문에 바빠 네댓 시간 겨우 자는 남편의 단잠을 깨울까 봐 신경 쓰이는 나는 로가 "애~" 하고 신호를 보내면 벌떡 일어나 눈을 감은 채로 젖을 준다. 처음엔 졸다가… 한참 지나면 다리에 쥐가 나고… 그러다 보면 창문 밖으로 시린 밤하늘에 떠 있는 달님이 내 가슴에 들어온다. 이 작은 폭군은 밤마다 수차례 내 잠을 다 달아나게 한 뒤에야 무릎에서 굴러 떨어지며 다시 잠에 빠져든다.

어진쑥떡 같던 온순한 성격도 점점 괴팍해져 수틀리면 죽어라 울어 젖히는데 아무도 못 말린다. 언젠가 친정에 있을 때였다. 밤늦게 로를 재워놓고 동생들과 밤마실을 나간 적이 있다. 나보다 석 달 앞서 첫 아이를 낳은 셋째 동생의 육아 스트레스도 풀어주고 자매간 화합도 다질 겸 해서 분위기 좋은 곳에 드라이브를 가기로 했다. 그런데 거기가 어디라고 메리가 자기도 이모를 따라 가겠단다.

집에 있으라고 아무리 간청하여도 고집을 꺾지 않는 메리를 설득하는 데 시간을 쓸 수 없던 우리는 이번 한 번만 메리를 끼워주기로 했다. 하지만 여섯 살 꼬맹이와 어디를 갈 수 있을까.

편의점에 가서 군것질거리나 골라오고 말겠군 하는 내 예상과 달리 젊은 동생들은 네온사인이 번쩍이는 거리의 한 노래방을 가리켰다. 이름하야 '가족노래방'. "저기 가족노래방이 있어! 가족들 가는 덴가 봐. 하하하."라고 간판 해석을 한 우리는 메리를 데리고 노래방에 가기에 이른다.

동생들은 뭔가 세련된 요즘 노래를, 나는 8090 노래를 각자 한 곡씩 불렀을까, 갑자기 집에서 호출이 왔다. 로가 깨서 우는데 좀체 안 달래진다고. 하지만 우는 아이 달랠 사람은 무척 많았다. 부모님 외에도 남편, 동생, 제부들… 다들 아이를 키웠거나 현재 아이를 키우고 있는 육아 경력자들이다. 동생들과 나는 뭐 어떻게든 되겠지 싶어 두어 곡씩을 더 불렀다. 탬버린 치던 메리는 잠이 들고 집에서는 두 번째 호출이 왔다. 첫 번째 전화로부터 이십여 분이 더 흐른 때였는데, 지금까지 로가 울음을 그치지 않고 있으니 급히 들어오라는 전갈이었다. 결국 노래방과는 아쉬운 작별을 해야 했다. 노래방 화면에선 마지막 곡으로 내가 고른 서태지와 아이들의 〈너에게〉가 흘러나오고 있었다.

집에 차를 대고 내리니 로의 울음소리가 새벽녘 온 동네에 사이렌처럼 울려 퍼지고 있었다. 아이 넷을 키운 친정 엄마도 고개를 절레절레 흔드셨고, 영유아 돌보기 달인인 친정 아빠도 완연한 백기를 든 채였으며, 남편은 혼이 다 달아난 듯했으나 마지막까지 다둥이 아빠로서의 의연함은 잃지 않은 모습이었다. "어떡하든 달래서 재워볼까 했는데, 절대 안 달래지데…."라는 말을 남기며 침대에 풀썩 쓰러지고야 말았지만.

로는 나에게 안기자마자 언제 그랬냐는 듯 울음을 그치고 잠이 들었고, 야밤의 외출은 그렇게 끝나고 말았다. 나는 로를 안고 못다 부른 서태지와 아이들의 〈너에게〉를 흥얼거렸다.

니가 아무리 지금 날 좋아한다고 해도 그건 지금뿐일지도 몰라....
왜냐하면 어 그건 말야
:
너무 많은 생각들이 나를 가로 막고는 있지만
날 보고 웃어주는 네가 "그냥 고마울 뿐이야"
:

고투더 셋째 육아

너를 만난 후 언젠가부터 나의 마음속엔 근심이 생겼지
네가 좋아진 그 다음부터 널 생각하면 깊은 한숨분만
:
어른들은 항상 내게 말하지
넌 아직도 모르고 있는 것이 더 많다고

특히 마지막 구절이 가슴을 후벼 팠다. 아이 키우기가 처음도 아니고 세 번째임에도 어려워 쩔쩔 매는 난 아직도 모르고 있는 것이 너무 많나 봐.

로만 해도 명백히 '일인분'이고, 셋째라고 해서 얼렁뚱땅 살짝 끼워 키울 수 있는 게 아니었다. 애 키우는 것 갈수록 쉽다는 말도, 애가 많을수록 거저 키운다는 말도 내겐 다 틀린 말이다. 메리 하나에 열 명 키우는 것 맞먹더니, 일당 백 욜라에, 당당한 일인분 로까지… 하하하 난 참 복도 많다. 내가 훗날 세 아이를 키우고 나서 부를 노래는 무엇이 될까? **"난 참 바보처럼 살았군요."**이런 노랫말은 아니기를 바란다.

달님, 오늘 밤 달님은 알고 계시지요? 그 예전 메리와 욜라에게 제가 그랬던 것처럼 오늘도 몇 번이나 잠 깨어 로를 안았다 내렸다 하며 그 작은 등을 토닥여줬는지를요, 이불을 끌어당겨 덮어주고 더운 숨을 불어주려 했는지를요.

♣ 미세스 K, 도와주세요 ♣

자식 입에 밥 들어가면 진짜 배가 부른가요?

반은 맞고 반은 틀렸습니다. 엄마도 어느 정도 먹은 뒤에야라만 가능한 이야기입니다. 그러지 않고서는 암만 엄마라도 배가 고플 따름입니다.

생선을 구웠는데 생선을 못 먹고(꼬리마저 내어준 거죠) 딸기를 사왔는데 딸기를 못 먹고(뭉개진 거 한 알은 먹긴 했습니다만) 배고파 급하게 만든 계란후라이마저 갈갈이 찢어 자식 입에 몽땅 털어 넣어준 날, 결심했습니다. 생선을 구우면 나도 꼬리 정도는 먹어줘야겠다, 딸기는 최소한 다섯 알은 먹을 것이며 계란후라이는 두 개를 부쳐 먹겠다고 말이죠.

친정 엄마와 같이 살거나 내 입에 강제로라도 제일 큰 딸기 한 알을 넣어주는 이가 남편이 아니라면 엄마 스스로 자신을 챙겨야 합니다. 아이들이 엄마의 희생을 알아주기를, 엄마 입도 입이라는 것을 알아주기를 바라는 건 어리석은 일입니다.

그러니 우리 엄마들!

아이 밥만큼 자기 밥도 챙겨요. 죄책감 갖지 말고 어제 사서 냉장고에 넣어둔 삼겹살, 소금 살살 뿌려 오늘 점심으로 먹어버려요. 그리고 우리 가끔 만나 커피도 한잔해요. 아기 키우며 할 일 없는 애 엄마들이 카페에서 커피 마시고 수다 떤다고 욕하는 사람들일랑 다 자기 엄마한테 보내버리고요.

누가 엄마는 커피를 마셔서는 안 된다고 말할 자격이 있죠? 그리고 우리는 보기와는 달리 방금 전까지 자기 자식에게 있는 것 없는 것 다 내어주고 온 '엄마', 자식 입에 들어가는 밥으로 배가 불러 자기 밥 잘 못 챙기는 '엄마'잖아요.

욜라야, 세계여행 가자

  아이 셋을 낳아보니 아이 하나일 때의 자유로움(?)이 얼마나 큰지 알게 되었다. 아이가 하나이고 그 아이가 혼자서 걸을 수 있다면 세계여행인들 못할까 싶다. 하지만 아이가 하나였을 때는 하나 돌보기도 힘들어 가까운 나들이도 버겁기만 했다. 그 시절 애 셋 딸린 어떤 아줌마가 내게 여행을 권했다면 "아, 그런가요? 아무래도 당신 사정상 그런 생각을 할지도 모르겠네요."라며 웃어 넘겼을 게 분명하다.

  아아, 어리석었도다. 어리석었도다. 지금에 와서 '그때가 (그나마) 좋았었지' 하며 선뜻 떠나지 못했던 지난날을 후회해본들 무슨 소용인가. 만약 열두 명의 아이를 키우고 계신 엄마가 있다면 지금 나에게 이런 말을 해주지 않을까.

  "애 셋은 아무것도 아니에요, 그 정도면 한 차에 실을 수 있지 않나요?

한 테이블에서 밥을 먹을 수 있지 않나요?

한 방에서 잠을 잘 수 있지 않아요?

애 셋밖에 안 된다면, 나는 당장 세계여행 짐을 꾸리고 말 텐데요."

그럴지도 모르겠다. 선녀가 날개옷을 찾아 입고 하늘나라 자기 집으로 가느냐 마느냐도 아이가 셋이냐 넷이냐 차이였다. 선녀도 애가 셋이라면 아이 하나는 업고 둘은 팔에 끼고 하늘나라로 올라가는 판에 하물며 땅 위에서 어딘들 못 가랴. 늦었다고 생각할 때가 가장 빠른 때라고 했지. 지금이라도 늦지 않았고 누군가(예를 들어 애가 열둘인 아주머니)에게는 시기상조일지도 모른다! 고로 세계여행을 떠나자!

반드시 해야 할 일은 종종 미루고 굳이 안 해도 될 일은 바로바로 실행에 옮기는 나와 내 남편은 언제가 될지 전혀 모르는 세계여행을 위해 아이들 여권사진을 찍으러 부랴부랴 사진관으로 달려갔다. 이런 것을 두고 쓸데없는 현명함이라고 말할 수 있겠다. 아님 쓸모있는 우매함이던가.

암튼 우매하거나 현명하거나 둘 중 하나인 우리 부부는 조만간 큰 여행을 앞둔 사람들처럼 얼굴이 상기되어서 세 아이의 여권사진 촬영을 의뢰했다. 메리와 로는 순조롭게 사진촬영에 응했다. 그런데 욜라가 문제였다. 욜라는 사진을 절대 안 찍겠다고 했다. 역시.

우리는 세계여행을 떠날 건데 욜라 혼자 한국에 남겨두자니 여간 마음에 걸리는 게 아니었다. 그래서 재미있는 놀이처럼 사진 찍기를 유도해보았다. 사진을 꼭 찍어야만 하는 이유를 조목조목 설명해주었으며 시간을 두고 기다려도 보았고 제발 3초만 앉아 있자고 사정도 해보았다. 다 소용없는 짓이었다. 다른 손님도 있는데 사진관 바닥에 등을 대고 누워 360도를 회전하며 목젖이 보이도록 울어 재끼는 쇼를 수습하고 나자 상큼한 미소의 젊은 사진사도 결국 표정이 어두워지더니 변소에 간다고 하고선 영영 돌아오지 않았다.

그 대신 다급한 호출을 받고 투입된 구원투수 베테랑 사진사! 머리부터 발끝까지 예술적인 분위기를 한껏 풍기는 머리가 희끗희끗한 초로의 사진사가 사진관 문에 달린 종을 딸랑하고 울리며 들어왔다. 그 사진사는 이런 악동이야말로 내 손 안에 있소이다 하는 투의 자신감 가득한 얼굴로 욜라 또래의 사내아이들을 홀릴 만한 각종 소품을 들고 나타났다. 나는 욜라의 상태로 보아 오늘 사진 찍긴 다 틀렸다고 생각했지만, 일단 아이 전문 스튜디오 사진사의 실력을 믿어보기로 했다. 사진을 찍어온 지 20년은 족히 돼 보이고 그동안 욜라 같은 아이에 대한 임상데이터가 많이 확보돼 있을 것 같았기 때문이다.

그는 크고 작은 공을 드리블하고 슛을 날리며 욜라에게 접근했다. 욜라는 입이 '헤' 벌어지려고 하다가 이내 '여기는 사진관, 나는 사진을 찍기 위한 설득과정 중에 놓여 있음!'을 생각해내려는 듯 인상을 찌푸렸다. 나는 이 고비만 넘기면 되겠다 싶어 욜라의 생각을 방해하기 위해 전력을 다했다. 사진사가 던지는 야구공, 배구공, 축구공을 잡으러 **끼야악**거리면서 사진관 여기저기를 뛰어다녔다. 내가 너무 팔짝팔짝 오두방정을 떨었던 것일까? 구석에 들어간 비치볼을 꺼내 환호하며 뒤를 돌아보니 욜라는 완전히 정신을 차리고 더 이상 어떤 유혹에도 넘어가지 않겠다는 단호한 얼굴이 되어 있었다. 왜? 아니 왜? 사진 찍는 게 뭐라고! 하여튼 욜라는 그렇게 마음을 먹은 듯 보였다.

그 사이 사진사는 욜라에게 휘파람을 불고 소리 나는 장난감을 흔들어 보이는 어릿광대가 되었다. 하지만 욜라는 시큰둥했다. 사진사는 마지막까지 웃음을 잃지 않고 히든카드인 것처럼 주머니에서 짜잔~ 막대사탕을 꺼냈지만 욜라는 '막대사탕을 먹는 것=사진을 찍는 것'이라는 공식에도 동의하지 않았다. 나는 사진사에게 조용히 고개를 저었다. 나는 초로의 사진사를 더 이상 힘들게 하고 싶지 않았다. '당신은 할 만큼 했어요. 그리고 욜라는 결코 오늘 사진을 찍지 않을 겁니다. 실례 많았어요. 이만 총총' 하는 슬픈 미소를 남기며 황망히 사진관을 나오는데 사진사가 사진관 밖까지 쫓아나오며 말했다.

"둘째라 힘들어서 그럴 거예요.
제 밑에 아기 동생이 있어서 엄마 아빠의 사랑을 뺏긴 게 됐으니
얼마나 마음이 안 좋겠어요?
이제부터 막내는 내버려두고라도 둘째를 더 많이 안아주고
예뻐해주세요. 그러면 나중에 다 잘될 겁니다."

오오, 그는 진정한 베테랑 사진사였다. 피사체의 내면까지 읽고 있다니! 나는 사진사의 말을 가슴 깊이 새기며 연민이 가득한 눈길로 욜라를 쳐다보았다. 뒷자석에 탄 욜라는 운전석을 침범해 운전 중인 제 아빠의 머리카락을 잡아당기며 목에 매달려 타고 오르는 중이다.

경고와 따끔한 훈계도 소용이 없고 결국엔 제 아빠의 손아귀에 귀가 잡히고 나서야 하던 짓을 멈추었다. 그 다음에 욜라가 향한 곳은 카시트에서 곤히 자는 로. "안 돼! 욜라, 제발~ 자는 애는 건드리지 말자. 응?" 내가 말하는 사이 욜라는 이미 로의 머리카락을 잡아당기고 있다. 로는 한때 순한 기운으로 우리 집 '유망주'로 떠올랐지만 어느 순간 우리 집 '복병'이 된 만큼 이런 경우엔 차가 들썩일 정도로 악을 쓰고 운다. 카시트에서 꺼내 안아주고 젖을 주고 아무리 얼러보아도 절대! 아무렴 절대로! 울음을 그치지 않는다. 비상 깜박이를 켜고 갓길에 차를 대고 밖으로 꺼내주기 전까지는. 휴….

얼마 전엔 욜라가 자는 로의 얼굴에 다 먹은 과자봉지를 사정없이 문대서 차 안이 초토화된 적이 있다. 그때는 한참 고속도로를 달리는 중이었고 우리는 고속도로 갓길에 차를 세우고 욜라를 내버릴 참이었다. 고속도로 미아가 될 뻔한 욜라였지만 그 후로도 나아진 것은 없었다. 미운 네 살이라 그런가…. 중간에 낀 둘째여서 그런가…. 하지만 아무리 욜라가 처한 상황을 감안해도, 욜라의 남다른 행각은 쉽게 이해되지 않았다. 이 세상에 둘째로 태어나 네 살쯤 먹은 아이라고 해서 전부 욜라같지는 않을 테니까.

그럼 무엇이 문제일까… 고민하던 중 흥미로운 제보를 하나 받았다. 욜라가 벌인 일련의 꼴통 행각이 남편의 어린 시절과 매우 흡사

하다는 것이다! 그랬구나, 그랬어. 욜라가 맨날 혼날 짓을 밥 먹듯 줄
기차게 하는 이유는 '타고난 게놈(개놈 아니다) 때문'이었던 것이다. 나
선형 유전자의 염기 서열 어딘가에 기록돼 있어 욜라 자신도 제어하
지 못하고 자연스레 우러나오는 행동! 욜라가 팬시리 무언가를 주먹
으로 내려치고, 오만 사람들 머리카락을 잡아당기고, 목을 조르다시
피 매달려 타고 오르는 행동들은 백 번 천 번하지 말라고 해도 하게
되어 있다. 아마도 크면서 서서히 사라지겠지. 그때까지는 욜라에게
사랑을 듬뿍 주면서 그놈의 게놈 탓을 하면 될 것이다. 결론이 좀 이상
한 것 같지만 나름대로 만족한다. 친정엄마가 하시는 말씀 중에 '애는
좋은데 행사가 더럽다'는 말이 있다. 그 말에는 아이의 나쁜 행동과 그
아이의 존재 자체를 분리해서 보는 지혜가 담겨있어 아이에 대한 애
정을 식지 않게 한다. 나의 '게놈' 결론도 그러한 것으로 풀이하면 될
것 같다. 욜라에게 영상편지를 하나 띄우고 싶어지는 밤이다.

"사랑하는 욜라야, 웬만하면 여권사진은 찍는 게 좋을 거다.
 엄마 아빠가 세계여행을 하게 된다면 너를 떼어놓고 갈 수도 있어.
 정말 그러려고 생각 중이다.
 갈릴레오 갈릴레이가 지구가 태양 주위를 돈다는 명확한 진리 앞에서
 쓸데없이 자신의 하나뿐인 목숨을 걸지 않았다는 것을 부디 기억하렴.
 그러나 여권만 만들어놓았지 세계여행은 실로 머나먼 쏭바강이구나.
 꿈에서나마 알프스에 가서 눈썰매라도 타고 오자꾸나.
 엄마는 핀란드 온천 목욕탕에 들어가 그동안 못다 잔 잠을 자고 싶구나."

아이와 함께 가는 여행은 꿈도 못 꾸겠어요

꿈은 꾸라고 있는 겁니다. 아이 짐이 한 트렁크이고, 아이 컨디션이 염려되고, 아이 뒤치다꺼리가 부담스럽더라도! 또 아이가 하나도 아니고, 둘, 셋으로 줄줄이 따라 오는 상황이라도! 우리는 '그럼에도 불구하고' 여행을 떠나는 꿈을 꾸어야 합니다. 인간은 머무르면 떠나고 싶고, 떠난 뒤에는 다시 돌아오고 싶어 하는 동물이 아니 던가요? 그런데 우린 이미 너무 오랫동안 머물러 있었습니다. 여행을 가고 싶다면 아이와의 여행을 너무 깊이 상상하지 마세요. 어쩌면 아이를 데리고 여행을 가기 위해 가장 필요한 것은 '에라 모르겠다'는 무모함일지 모르겠어요.

아이가 한 명인 분들은 복 받은 분들이에요. 한 명만 챙기면 되잖아요. 이런 분들이 야말로 지금 당장 짐을 싸서 떠나세요. 아이가 없던 시절의 자유로운 과거만을 그 리워하지 말고 아이가 둘인데 여행을 가야 하는 엄마들의 심정을 떠올리면 도움이 되겠네요. 물 없이 밤고구마를 먹은 것처럼 가슴이 먹먹해지지 않나요? 아이가 둘 인 분들도 포기하지 마시고 아이 셋인데 여행을 가야 하는 엄마들의 처지를, 상상 만으로도 오싹해지는 그런 상황을 자꾸 떠올려야 합니다. 그러면 힘들다고 징징대 던 내 마음 속에 '그나마 내가 낫다'는 위안이 찾아옵니다.

그러면 저처럼 아이가 셋인데 터울이 2~3세 내외로 적으신 분들은 어떻게 하면 좋 을까요? 역시나 더 힘든 상황도 있다고 생각하고 용기내는 수밖에요. 그런데 아이 셋은 확실히 차원이 다르긴 해요. 그럴 땐 여행지에서 아이를 돌봐줄 지원 인력이 여의치 않다면, 굳이 여행을 안 가겠다고 버티는 아이 한 명쯤은 떼놓고 가는 것도 여행을 갈 수 있는 방법 중 하나가 아닐까요?

오!
마이 칠드런

악동들! 글로벌로 통하다
~~~

우리 집에 특별한 손님이 왔다. 그 손님은 베트남 호치민에서 영화 쪽 일을 하는 미혼의 골드미스다. 그녀는 자국에서 커피숍 사업을 위한 메뉴 개발과 매장 인테리어 벤치마킹을 위해 한국을 찾았다. 지난여름 베트남에서 그녀의 가족들로부터 술과 음식이 가득한 환대를 받고 깊은 감동을 받은 바 있는 남편은 이번엔 그녀를 우리 집으로 초대했다. 그녀는 약 한 달간 한국에서 머무를 예정이다.

듣자하니 베트남의 그녀는 메리, 욜라, 로 또래의 친조카 세 명과 같이 살고 있으며, 결혼한 친구들의 자녀로 구성된 조카군단을 꽤 거느린, 아이들과 놀아주는 데 상당한 역량을 가진 '이모'라고 했다. 역시나 이모의 커다란 트렁크 가방엔 아이들과 놀아줄 각종 아이템이 가득했다. 현재 베트남에서 꼬마들 사이 가장 핫하다는 놀잇감, 석고 모형과 물감, 스텐실 작업판과 색깔모래들이 큰 봉지로 두 개 가득했다. 아무래도 동네 문방구에서 파는 걸 몽땅 쓸어담아 가지고 온 것 같다. 내가 아이 셋을 보며 고군분투한다는 것을 바다 건너 그녀마저 예상하고 아이들과 놀아주며 나의 고됨을 덜어주려 한 것이 분명했다.

하지만 이토록 귀한 손님을 맞이함에도 불구하고 나는 별로 해줄 게 없었다. 요리 실력이 십 년째 늘지 않는 내가 하루 세 끼 융숭한 대접을, 그것도 그녀의 입맛에 맞게 해내는 건 애초에 포기했고 집 나서봤자 그루터기만 남은 논에 하얀 비닐로 동글동글 묶인 짚단더미만 굴러다니니 풍경도 크게 볼거리는 아니겠다 싶었다.

그녀의 유창한 영어와 중학교 1학년 2학기 수준의 내 영어회화 수준이 만났어도 대화는 가능했다. 그녀가 나에게 나이보다 10년은 어려 보이며 아이 셋을 낳은 엄마라기엔 'unbelievable'하다고 했을 때 나는 높은 안목을 가진 그녀에게 기필코 갈비의 핏물이라도 빼서 한국의 맛과 멋을 보여주리라 마음먹었다.

그 사이 로는 머리를 내 옆구리에 박고 숨어있다가 이모랑 눈이 마주칠 때마다 울고불고 야단이었고, 욜라는 옆에서 얼쩡거리며 슬쩍슬쩍 고개를 들이밀다가 이모가 애정 어린 포옹이라도 할라치면 콧잔등을 찡긋거리면서 **뱅그르르** 빠져나갔다. 메리는 헬로! 이 말 한 마디 던져놓고 자기는 영어는 전혀 할 줄 모르며 한국어조차 왠지 기억나지 않는다고 너스레를 떨면서 구석에 짱박혀 이쪽만을 예의주시하고 있었다.

하지만 그날 저녁부터 이모에 대한 욜라의 본격적인 변신로봇 공격이 시작되었다. 나쁜 놈 이모는 계속되는 로봇 파워공격에 비명을

—*202*—
욜라 즐거운 육아, 미세스K와 세 아이들의 집

지르며 여러 번 쓰러지려고 했다. 그녀한테는 유감이지만 오늘 내가 욜라의 공격대상에서 벗어날 수 있게 되어 무척 다행이었다. 메리는 빗과 고무줄, 헤어롤 따위를 가지고 와 이모 머리를 땋아주네, 파마를 해주네 하며 바쁘다. 아아, 어지간히 따갑고 성가신 저 놀이! 말초신경이 곤두서는 고문과도 같은 공포의 미용실놀이가 시작된 것이다. 아무래도 미용실습용 헤어 마네킹을 메리의 크리스마스 선물로 할걸 그랬다는 후회가 밀려온다.

베트남 이모는 로봇과 싸우랴, 미용사한테 머리를 뜯기랴 계속 비명을 지르면서도 미소를 잃지 않으려고 했다. 그러다 그녀의 얼굴에서 일순 웃음기가 가시고 당혹한 기색이 비치는 걸 보았을 때 나는 그녀를 구해야 하는 순간임을 알았다. 그렇지 않으면 나는 그녀를 잃고 말 것이다! 내가 로봇을 재빨리 납치해서 우주 밖으로 던져버리고 그녀의 탐스런 머리카락을 대신해 나의 구슬픈 머리카락을 제물로 올려놓음으로써 일순간의 혼란은 일단락되었다.

그러나 욜라의 깡패짓은 이제부터가 시작이었다. 이모의 머리카락을 잡아당기고 **낄낄**대며 도망갔다 왔다 하다 급기야 나와 대화 중인 그녀의 등을 타고 목에 매달리는가 싶더니 다리를 양어깨에 올리고도 성에 안 차 정수리를 향해 오르기 시작한다. 이것이 무엇인고 하니, '**인간 암벽등반**'이라고 부르는 욜라가 즐기는 일종의 스포츠다.

어깨까지 올라오는 건 뭐 목마 태운다 치면 참을 만한데 머리카락을 사정없이 잡아 뜯듯이 하면서 머리 꼭대기까지 정복하려고 하는 건 정말 견디기 힘들다. 버둥대는 발에 까딱하면 급소를 맞아 골로 갈 수 있는데다 헝클어지는 머리하며 일그러지는 얼굴 모양새가 매우 볼썽사나워지는 몹쓸 놀이다. 그녀가 욜라와 놀아주며 필요에 의해 배운 한국말, 처절히 내뱉은 최초의 한국말이자 한국에 있는 내내 줄곧 유용하게 써먹은 한국말은 바로 **"하지 마!"**였다. 내가 로를 업고 부엌에서 달그락거리고 있으면 그녀의 **"하지 마"**, **"하지 마"** 하는 단발마의 외침이 언제나 들려오곤 했던 것이다.

그러나 그렇게 당하고 난 그녀가 욜라를 돌아보며 하는 말은 줄곧 이랬다. "He is so cute!"

나 이거 참. 욜라가 귀엽단다. 욜라는 이상하게 여자들한테 인기가 많다. 자기 또래 소녀부터 대학생 누나들이 말을 걸고 관심을 보여줄 때가 많은데 그때마다 욜라는 어찌나 심드렁하게 구는지 모른다. 절대 대답 같은 건 안 한다. 그런데 알고 보면 이 남자, 낙엽 줍기가 취미인 눈물 많고 여린 감성의 소유자로 상황 봐서 슬쩍 져주기도 하고 찡긋 웃는 얼굴로 손하트를 날려주는 사랑스러운 아이인 것이다. 그것이 베트남 이모에게도 통하는가 보다. 욜라에게 언어란 아무런 장벽이 되지 않는다. **"이모! 이모오! 우히히히~"** 하면서 엎드려 누운 이모의 등 위로 점프를 하는 그는 국제적 깡패소년, 아니 그럼에도 치명적 매력으로 결코 미워할 수 없는, 국제적 나쁜 남자!

메리는 영어라는 언어장벽 앞에서 혀는 굳었지만 질풍노도의 반항기만은 멈추지 않았다. 예를 들면

1. (성질 건드리면) 방문을 쾅 닫고 들어가든지 가출을 한다.

욜라 즐거운 육아, 미세스K와 세 아이들의 집

2. 고분함이라곤 눈곱만큼도 없으며 매사 말대답을 하며 모진 말도 서슴지 않는다.

3. 상대가 누구든지 이겨 먹어야지 지고는 분해서 삼일을 내리 운다.

내 인생 통틀어 가장 반항심을 표출했던 중학교 1학년 2학기 약 일주일간으로 거슬러 올라가보더라도 부모님 말씀에 성질을 버럭 내며 방문을 한두 번 크게 닫은 게 반항의 전부인 나는 반항심 쪽으로는 메리에게 명함도 못 내민다.

모두들 조금은 지쳐있어 누우면 바로 잠이 들 것만 같은 밤. 메리가 홀로 책상에 앉아 작업을 한다. 이모가 베트남에서 가져온 색깔 모래로 그림 그리기를 꼼짝 않고 한 시간. 꼿꼿이 앉은 눈에 불똥이 튄다. 그런데 옆에서 거들어주던 이모가 자기가 아끼는 색깔 모래를 뿌렸다고 난리가 났다. 아이라 하더라도 어찌나 불같이 화를 내는지 그 꼴을 당할 때면 어른인데도 눈물이 핑 돌 정도다. 아니나 다를까 이튿날 그녀는 어제 메리 일로 "아이 워즈 confused." 했다고 조심스레 고백하였다.

아아, 메리는 국제적 반항의 아이콘! 게다가 메리는 국제적 에너자이저! 그동안은 내 체력이 저질인가 보다 했는데, 이제 보니 20대 그녀는 나보다 더 빨리 지쳐 나가떨어지는 게 아닌가. 원래 불면증을 앓고 있었다는 그녀는 메리와 방방클럽에 갔다 온 날 일찌감치 난방텐트 지퍼를 올렸고, 그 다음 날도, 그 그 다음 날도, "아임 어리를 tired." 하다면서 서둘러 잠자리에 들었다. 우리 아이들과의 놀이가 불면증까지도 날려버릴 만큼 피곤했던가 보다.

로의 국제적 명성은 어떠한가. 베트남 그녀가 "하지 마." 다음으로 많이 한 한국말이 "로~ 울지 마"였다. 울보 로는 종일 나를 따라다니며 운다. 그냥 우는 것도 아니고 꼭 바짓가랑이를 잡고 운다. 아무 것도 하지 않고 자기만 바라보고 자기하고만 놀아주길 바라는데, 어찌 사람이 동상이 아닐진대 한 발짝도 움직이지 않고 자기만 부둥켜안고 있을 수 있나. 손님을 집에 모셔놓고 순간순간 얼음땡 놀이를 하자니 난감하기가 이를 데 없었다. 나들이를 가는 차 안에서도 내내 악을 쓰며 우는 로를 보고 그녀가 안절부절못하며 물었다.

"로는 차를 타면 항상 울어요?"

나는 "안 울 때도 있지만 한번 울면 절대 그치지 않아요. 하지만 걱정 마세요. He is OK."라고 말했다. 목적지에 도착해 차에서 꺼내주자마자 울음을 뚝 그치고 웃으며 몸을 앞뒤로 흔들며 노래까지 부르는 로를 보고 그녀는 안도하면서도 그 반전이 실제 상황임을 믿을 수 없어 했다. 아, 로는 못 말리는 꼬마 할리우드 액션 배우!

일주일간 타국의 자칭타칭 유능한 베이비시터와 동고동락하면서 깨달은 것은 나는 지금까지 국제적으로도 통하는 매우 글로벌한 인재들을 키우고 있다는 사실이었다. 지금 홀로 서울 여행을 즐기고 있는 나의 친구, 그녀에게 이 말썽쟁이 글로벌 악동들을 다시 안겨주기 위해 나는 그녀에게 맛보여줄 음식 메뉴를 구상하였다. 그녀가 느끼는 한국의 맛과 멋이 부디 나와 우리 아이들로 인해 시고 쓰고 떫지만 않기를 간절히 바라면서.

아이들 먹을거리 어떻게 선택하세요?

아이들 먹을거리는 깐깐하고 엄격하게 선택할수록 좋다고 생각합니다. 안전하게 생산된 신선한 제철 식재료를 아이에게 먹여야 합니다. 옛날에는 흙 파먹고 자란 아이들도 건강히 잘 컸다고 어른들이 그러시데요. 먹을 것이 많이 부족해서 먹고사는 게 최우선인 시대를 살았던 우리네 부모님들은 요즘의 풍부한 먹을거리에 먹을 걱정 덜지 않았냐 하시며 '아무거나' 아이 입에 넣어주기도 하는데요, 지금은 먹을거리가 너무 풍부해서 문제인 세상이 되었습니다.

GMO 수입농산물, 제초제와 살충제로 키운 채소와 과일, 비인도적인 사육환경에서 자란 항생제 고기 같은 막돼먹은 음식들이 난무하는 요즘에는 좋은 것을 선택하기 이전에 유해한 것을 막는 것만으로도 숨이 찹니다. 그 이후엔 무농약 유기농은 기본이고 되도록 로컬푸드를 섭취해서 푸드마일리지를 낮추고 공정거래 식품을 구매하는 윤리적 소비를 실천하는 것도 염두에 두어야 하죠.

아이를 지키기 위한 엄마의 그 정도 '유난스러움'은 현명함이라고 달리 불러야겠어요. 오늘 아이가 무엇을 먹느냐가 지금 아이의 건강뿐 아니라 훗날의 건강과 의식, 식습관을 결정짓는 일이니까요. 그리고 지금 내 아이가 자라 아이를 낳을 테고 그 아이가 또 아이를 낳고, 그것이 쭉 이어지는 인류생존의 이어달리기에서 최초의 생명을 건네는 바통주자가 될 테니까요.

길고 긴
메리의 여름방학

　지금 메리는 유치원 방학 중이다. 대개 부모가 맞벌이를 하는 유치원 종일반 아이들은 방학이 일주일이지만 반일반인 메리는 3주간의 방학을 맞이하였다.

　3주? 세 아이와 3주 동안 삼복더위를 보내야 하다니… 과연 어떤 일이 벌어질까? 저 멀리 북극에서는 빙하가 녹아 북극곰 친구들이 집을 잃고, 여기 대한민국 어떤 엄마는 이성을 잃고 말 것이다. 물론 이러한 위기상황을 막기 위해 아무런 대비책을 마련해놓지 않은 것은 아니었다.

　일단 무지개색 간이 풀장에 각종 물놀이 장난감, 수영복까지 준비해놓고 그곳에서 아이들이 날 찾지 않고 오래도록 살아주었으면 했다. 그러나 아이들은 언제나 나를 불러댔고, 뜨거운 태양은 아이들을 지글지글 구워 먹고 태워 먹더니 우리 부부의 야심작 1만 2000원짜리 무지개 풀장까지 녹여 먹기 시작했다. 여기저기 빵구가 나서 기포가 보골보골 올라오는 바람 빠진 풀장엔 개구리가 놀러와 살았다.

그렇다면 바다로 가자. 우리 집에서 가장 가까운 서해 바다로 갔다. 어쩐지 아득하게 보이는 바다였다. 나는 조금 들떠서 "메리야, 욜라야, 우리 바닷물에 발 담가볼까? 엄마랑 같이 가보자." 하고는 바다를 향해 걸었다. 그런데 걸어도 걸어도 바다가 안 나왔다. 이건 무슨 신기루인가. 바닷물이 저쪽 수평선에 최대한으로 쪼그라져 밀려가 있었고 그만큼의 광활한 갯벌이 펼쳐져 있는 것이었다. 지금껏 남해바다에서만 놀아봤던 나는 썰물이 찾아온 서해의 갯벌은 처음인 것을 깨달으며 바다까지 이를 악물고 걸었다. 그리고 정작 뒤따라온 남편이 아이들과 바다에 입수할 때 나는 로를 안고 바닷물에 발만 깨작깨작 적셨다.

하지만 문제는 로를 안고 있는 내 팔이 점점 저려 온다는 것. 바다은 진흙이고 로와 나에겐 여벌옷이 없다. 로에게 머드팩을 해주기 싫다면 해변가에 펼쳐둔 우리 돗자리로 돌아가는 것이 옳다. 그래서 걷기 시작한 길. **아뿔싸!** 되돌아올 때도 갈 때와 같이 걸어도 걸어도 진흙길. 돗자리는 아득히 멀기만 하고… 이제 로는 점점 내려와 내 허벅지에 대롱대롱 매달려 있다. 결국은 아이들과 실컷 수영을 하고 나온 남편이 로를 받아줄 때까지 갯벌 한가운데서 꽃게만큼도 못 움직이고 로를 오른쪽 어깨에 걸쳤다가 왼쪽 옆구리에 꼈다가 무릎에 눕혔다가 하고만 있었던 것이다. 나는 전지훈련을 하러 바다에 갔던 것일까.

오! 마이 칠드런

갯벌 위 전지훈련의 통증이 서서히 가실 무렵 여름을 맞아 우리 집에 동생네 식구들이 놀러왔다. 이번엔 계곡이다! 계곡이라면 무더운 더위를 날려 보내는 제대로 된 피서를 할 수 있을 거라고. 계곡 가까운 곳에 직접 키운 닭으로 조리하는 백숙집도 있다 하니 체력보충도 할 수 있을 거라고 생각했다. 하지만 사람들이 많이 왔다간 깊지 않은 계곡은 물이 맑지 않았고 어디선가 쓰레기 냄새가 올라왔다. 주위를 둘러보니 거미, 파리, 각종 기어 다니는 벌레들. 다듬어지지 않은 야생의 자연과 사람이 다녀간 추악한 흔적이 버무려져 나를 골 때리게 한다. 내 위에 그늘을 드리워주는 커다란 뽕나무가 **"여기 왜 왔어. 여긴 우리 구역인데. 좀 작작들 해."**라고 쌔액쌕 소리치는 것 같았다.

남편과 아이들은 계곡물에 뛰어들어 신나게 놀고 있는데 나는 돗자리에 앉아서 로에게 부채질을 해주며 빨리 떠나고 싶어 안절부절못했다. 그렇게 계곡에선 닭만 잡아먹고는 일찌감치 집으로 향했다.

집 떠나면 개고생, 집이 제일이야 그냥 시원하게 선풍기 바람이나 쐬면서 책이나 보자고 마음먹었다. 하지만 집은 덥고 책은 지루했고 풀장 구멍은 자꾸만 늘어나고 방학은 아직도 남아돈다.

자, 이쯤에서 비장의 카드. 시어머니 찬스를 쓰기로 하였다. 메리와 욜라를 차로 한 시간여 거리의 시댁에 맡겨놓고 남편 일을 핑계 대거나 병원에 가볼 일이 있다고 하며 내빼는 것이다. 젖먹이 로마저 맡길 수는 없었지만 감격스러울 따름이다.

급격하게 자유로워진 남편과 나는 흥분을 감추지 못하며 나머지 하루를 어떻게 재밌고 알차게 보낼지 행복에 겨워 몸서리쳤다. 도서관에 가서 책도 빌리고 마트에 가서 과자도 잔뜩 사왔다.

'아이들 없는 오늘 저녁을 활활 불태워야지.
오늘 밤엔 잠도 자지 않고 놀 테야.'

주인 없어 쓸쓸한 장난감이 보이면 아이들이 보고 싶어졌지만 '이러면 안 돼. 약해지지 말자.' 하고 고개를 흔들며 마음을 다잡았다.
하지만 늘 그렇듯 아이들이 빠진 생활은 평화로우면서도 심심하고 처음에 마음먹은 것과는 달리 그냥저냥 시간을 보내게 되고 만다. 그러다가 메리와 욜라를 데려오기로 한 날이 가까워질수록 점점 조여오는 압박감이란 큰 시험을 앞둔 수험생과도 같을까.
우리에게 허락된 시간이 지나가고 아이들이 오는 날. 남편은 시댁에서 아이들 저녁을 먹이고 이까지 닦이는 치밀함을 발휘, 집에 오는 동안 아이들이 차에서 곯아떨어지게 해주십사 하는 소망을 싣고 차를 몰았다. 그 사이 나는 심호흡 크게 하며 집에서 아이들 맞을 준비를 한다.

"로~ 누나랑 형이랑 조금 있으면 집에 온단다.
너도 좋지? 그치? 으응? 오호호호 랄랄랄라~"

왠지 내가 반쯤 실성한 것 같다.

마당에 차가 선다. 예상대로 차에서 잠든 아이들이 차례로 제 아빠한테 안겨 들어오는 모습에 안도감과 반가움이 인다. 자는 아이들 얼굴을 쳐다보니 며칠 사이 부쩍 큰 것 같다. 이마 한번 쓸어주고 다리도 펴주고 모기장을 닫고 방을 나오는데 그제야 요 며칠 영 썰렁했던 집이 가득찬 것 같은 훈훈함이 느껴진다.

메리의 가방을 정리하는데 반으로 접고 또 한 번 더 접은 종이쪽지가 가득 나왔다. 하나를 펼쳐 보았더니 메리가 엄마에게 보내는 편지였다. 이렇게 쓰여 있었다.

"엄마에게. 엄마 사랑해. 엄마 잘 지내고 있어? 나는 잘 지내고 있어."

종이 한 켠에는 무지개와 파란 드레스를 입고 은발 머리를 길게 땋은 엘사가 그려져 있다. 딸의 그림편지를 읽고 난 뒤 나도 마음으로 답장을 한다.

"메리야, 엄마가 잠시나마 널 잊으려고 애쓴 시간, 넌 그때도 이 엄마 생각을 했구나. 고마워. 엄마도 사랑해. 메리, 올라 사랑해.
그리고 집에 돌아와서 무척 기뻐."

아이들 빨리 뻗게 만드는 놀이 없을까요?

아이를 키우는 데 있어 엄마라면 누구나 궁금해마지 않는 굉장히 좋은 질문입니다. 행복한 육아의 관건은 엄마가 아이보다 더 오래 지치지 않고 체력을 유지하느냐가 아니겠습니까? 아이가 가장 효과적으로 지쳐버리게 만드는 방법 5선을 추려보았어요.

1. 물놀이
단언컨대 물놀이만큼 아이를 쉽게 뻗어버리게 하는 것은 없습니다. 바닷물이건 계곡물이건, 수영장물이건, 목욕탕물이건, 아이를 그 속에 충분히 빠뜨려보세요. 제 경험에 의하면 물에서 한 시간 놀았다면 그날 저녁은 한 시간 일찍 곯아떨어지는 아이를 볼 수 있더군요.

2. 숨넘어가게 웃기기
적당히 웃는 게 아니라 아주 많이 격렬하게 웃겨보십시오. 온몸으로 웃어 땀이 흠뻑 난 아이가 잠을 잘 자는 좋은 추억을 가지게 될 겁니다. 반대로 숨넘어가게 울고 난 후에도 아이가 잘 자더군요. 이것은 놀이가 아니니 참고만 하시고요.

3. 새로운 장소, 상황에 노출시키기
아이도 새로운 환경에 적응하는 데 많은 에너지를 쏟나 봅니다. 오늘은 왠지 아이를 빨리 재우고 내 할 일을 해야겠다 싶으면 아이를 한 번도 데리고 가지 않은 장소에 가서 새로운 친구를 사귀게 해보세요. 단, 엄마도 같이 뻗어버릴 부작용이 있을 수 있습니다.

4. 엄마는 심판, 아이들끼리 신체 놀이 시합시키기

아이가 둘 이상 되어야 하는 조건이라 형제가 없다면 아이 친구라도 불러서 합니다. 마땅찮으면 아빠, 이모, 삼촌 등 어른도 아이의 상대가 될 수 있습니다. 놀이는 누가 더 빨리 달리나, 누가 더 훌라후프 잘 돌리나, 누가 더 공 잘 던지나 같은 게임 형식으로 진행되고 아이의 승부욕을 불태워야 합니다. '10점 먼저 달성하기'를 최소 5세트는 해줍니다.

5. 차에 태워서 이리저리 끌고 다니기

정말 반환경적이고 교통 흐름에도 좋지 않은 영향을 미치지만 이왕 마트에서 장볼 거 있고, 그밖에도 여기저기 다른 볼 일이 있다면 아이를 태우고 그 일들을 해보세요. 다만 피곤해진 아이가 차에서 잠들지 않도록 수시로 이름을 불러 깨우셔야 합니다. 차에서 잠든 아이가 피로를 풀고 일어나 체력이 재충전되는 경우가 있으니까요.

모유수유아
선발대회 출전기

　모유수유아 선발대회라고 아시는지. 매사 정보에 어두운 나는 세 아이를 모유로만 키웠음에도 그런 것이 있는지 도통 몰랐다. 그 옛날 나와는 한 살 터울 첫째 동생이 출전해서 상을 탔다는 분유회사 주최 우량아선발대회는 들어봤지만 말이다. 얼마 전 K시 보건소에서 문자알림이 왔다. 4개월에서 6개월 사이의 완전 모유수유로 자라고 있는 아기에게 참가자격이 있으며 수상자에겐 소정의 상품과 상장이 지급되는 대회가 매년 열리고 있는 바 귀하의 아기가 이에 해당된다면 제발 참가해서 멋진 추억을 만들어가라는 내용이었다.

　나는 '소정의 상품'에 눈이 멀어 '멋진 추억'을 핑계 삼아 대회참가 신청을 하고 말았다. 그리고 나는 줄곧 '**전국천하장사 씨름대회**'의 환영에 사로잡히는데….

로와 함께 참가한 그 대회에서 멋진 추억을 쌓다가 그만 상으로 황금송아지를 받는다. 그리고 그 송아지 등에 역시 상으로 받은 쌀 한 가마를 싣고 꽃가루가 날리는 가운데 등장하는 로와 나. 토실토실한 아기 씨름꾼 로를 안고 에헤야디야 어깨춤을 추는 내 모습이 보인다. 겸손해지려 아무리 애를 써봐도 젖을 먹고 뭉실뭉실 살이 올라 얼굴이 '물고구마'가 된 로를 바라보면 언제나 내 머릿속엔 꽃가루가 휘날리곤 했다.

욜라도 이맘때쯤 체격이 월등히 우량하고 힘이 장사여서 당시 그 아일 누가 일본의 스모 영재로 스카우트해 간다 해도 어쩔 수 없다 생각했던 판에, 그런 형의 동생이라면 천하장사 백두장사는 해먹어야 마땅하지 않은가. 내 승부욕을 불타오르게 한 데는 대회 접수 담당자의 마지막 말도 한몫하였다.

"셋째 아기라구요? 와~ 그럼 가산점 있어요, 가산점!"

로는 그날부터 대회출전 대비 특훈에 들어가게 되었다. 대회까지는 고작 닷새가 남았다. 몇 개의 심사기준 중 '성장발달 영역'을 보강해야 했다. 뒤집기와 배밀이로 전진 후진 능하고, 잠깐 혼자 앉아 있을 수 있는 것만으로는 부족하다. 심사위원들에게 어필할 수 있는 남다른 개인기가 필요하다고 판단한 나는 로에게 잼잼, 곤지곤지, 도리도리, 윙크, 만세, 빠이빠이를 가르쳐 보았다. 하지만 로는 머리로는 되는데 몸으로는 안 된다는 눈빛으로 그 어느 것 하나도 마스터하지 못하고 만다. 어쩐지 내 환영 속 황금송아지가 **음매음매** 멀어져가는 것 같다.

그런 상태에서 우리는 바닷가로 2박 3일간의 여름휴가를 떠났고 그곳에서 습하고 차가운 바닷바람을 사정없이 쐰 로는 난데없이 콧물을 줄줄 흘렸다. **아차**, 콧물감기에 걸리고 만 것인가! 모유수유의 어마어마한 장점 중 하나인 아기의 최강면역력을 보여줘야 할 시점에 이 무슨 실책인가. 로의 콧물이 대회 심사위원들에게 발각되는 날에는 심사기준 중 하나인 '건강상태'에서 감점을 당하고 말 텐데…. 이젠 황금송아지가 쌀가마니까지 짊어지고 다른 이에게 팔려가고 있다. 크흑.

그래도 로의 물고구마 얼굴이 건재한 이상 실낱같은 희망이라도 버릴 수 없다! 여행에서 돌아와 여독이 채 풀리지도 않은 다음날이었지만, 오후에 있을 대회준비에 온 신경을 집중했다. 난 알프스의 하이디처럼 꾸며 보았다. 예전에 아주 가끔 살며시 꺼내 입곤 했던 비밀의 멜빵치마를. 별로 어울리지는 않지만 이제껏 버리지 못하고 간직해왔던 나의 로망, 순수한 소녀 같은 이 옷을 입은 것으로 보아 그날의 내 정신 상태는 사리분별이 불분명할 만큼 흐릿했던 것으로 보인다. 그 옷을 입고 네덜란드 나막신을 오마쥬한 고무 슬리퍼를 신고 남편에게 물었다.

"어때?"

남편은 한참 동안 말이 없었다. 불안에 휩싸인 나는 **"왜? 이상해?"** 하고 물었고, 남편은 "어? 아니, 어…." 하더니 힘겹게 말을 이었다.

"신기해."

내 참, 평생에 내 외모가 신기하다는 평가는 그때가 처음이자 마지막이었길 빈다.

대회장은 50쌍이 넘는 엄마와 아기, 그리고 그 가족으로 북적북적 축제장 같았다. 아기들은 하나같이 튼실하고 귀엽고 예뻤다. 그중 완전모유만으로 크는 아기들은 27명이었는데 로가 마지막 참가번호 27번으로 '모유수유아 선발대회'의 최종심사대상이었다.

'이중에서 특별상과 장려상, 우수상, 그리고 대망의 최우수상을
가리는 거라니 실망인데? 적어도 100명은 되야 상타는 보람이 있지.'

생각보다 낮은 경쟁률에 김이 빠졌지만 그만큼 황금송아지가(실제 최우수상은 약 10만 원권 상품권으로 알고 있다만 아무튼 나한텐 그게 황금송아지다) 나에게 점점 가까워지고 있었다. 참가번호대로 차례차례 아기들을 심사하는 동안 대기자 홀에서는 외부강사들의 강의가 진행되었다. 그런데 음악놀이 수업에서 선생님이 자꾸만 노래에 맞춰 아이를 안고 서서 하는 율동을 시켰다. 문화센터 음악수업이 이런 거였다면 그동안 멀리하길 잘했다는 생각이 들었다. 평소엔 허리나 엉치 나

간다고 오래 안아준 적이 없는데, 오감발달이 뭔지 추억이 뭔지 나는 자꾸 흘러내는 치마의 멜빵끈을 주어 올리며 로를 안고 춤을 추느라 혼이 다 빠질 지경이었다.

'둘이 살짝 손잡고 오른쪽으로 돌아요 (오른쪽으로 회전)
둘이 살짝 손잡고 왼쪽으로 돌아요 (왼쪽으로 회전)
내 무릎 치고 네 어깨 치고 내 손뼉 치고 네 손뼉 치고~
(한 팔로 아이를 안고 한 팔로 해당 동작) ~ repeat~'

심사받기도 전에 쓰러질 것 같았다. 그 와중에 로는 음악이 나올 때마다 주위사람들이 쳐다볼 정도로 굉장히 큰 소리로 노래를 불렀다. 정말 남다른 목청과 흥이 아닐 수 없었다. 나는 이런 모습이 심사에 반영이 되면 좋으련만 했지만 그건 알 수 없었다. 네 명의 심사위원들은 두 개로 나뉜 방에서 각자 공정한 심사를 한다고 했다. 참가번호대로 한 명씩, 한 명씩 아기들이 심사를 받는 사이 음악수업이 끝나고 경혈 선생님이 등장하셨다. 아기들 성장발달에 좋은 복숭아뼈 뒤쪽의 위중혈이라는 혈 자리를 짚어주시러 온 선생님께 질문을 했다.

"선생님, 아이가 신경이 날카롭고 짜증도 잘 내고 너무 울어요. 이럴 때 좋은 혈자리는 어딘가요?"

나는 메리와 욜라를 떠올리고 있었던 것이다. 그런데 경혈 선생님

외 마이 칠드런

은 내 예상과는 전혀 다른 대답을 하셨다.

"엄마 마음이 불안하고 힘들면 그게 다 아이들한테 가는 거예요.
그러니까 엄마가… 음… 알겠지요? (내 말이 무슨 말인지)"

엄마의 마음을 안정시키고 행복하게 가지는 것이 그 어떤 경혈보다 중요한가 보다. 설마 사람을 꿰뚫어보고 하신 말씀은 아니겠지?
그 사이 우리 순서가 다가왔다. 여기는 모유수유아 선발대회. 얼른 로의 콧물 흔적을 지우고 심사대에 올랐다. 그런데 심사위원들도 나처럼 조금 지쳐있는 듯했다. 엄마와 아기의 애착 정도와 모유수유하는 모습을 심사하는 전문가 두 분은 심사보다는 아예 그 방에 함께 앉아 젖을 주는 엄마들과 이런저런 수다를 떨고 있었다.
모든 심사가 끝나고 대망의 수상자 발표시간이 다가왔다. 나는 우리 로만큼 적당히 건강미 넘치는 신체에 파닥파닥 힘이 넘치는 아가를 보지 못했다. 풍성한 머리숱도 최고였다. 딸랑이를 흔드는 심사위원을 보고 함박웃음을 아낌없이 보여주었기에 추가 가산점이 예상되었다. 그래서 일등상만을 남겨두고 다른 상 발표가 끝났을 때 나는 '기어이 일등을 하는구나. 그럼 다음 주에 있을 도 대회에 K시 대표로 출전해야 하는데…. 이것 참 일등인데 안 간다고 할 수 도 없고.' 뭐 이런 생각을 했던 것 같다. 그런데,

"최우수 아가는 참가번호 23번 ○ ○ ○ 아기!"

이럴 수가! 로의 번호가 불리지 않다니! 로가 일등이 아니라니! 말도 안 돼. 쉽게 받아들일 수 없는 결과였다. 대체 셋째 가산점은 어디로 간 거야. 심사위원들은 각자 최고의 점수를 준 게 분명한데! 점수 누락이 있었나? 다문화 가산점이 더 큰 거였나? 난 이제 어쩌면 좋지? 아이구 머리야, 아이구 허리야, 아이구 배고파~ 대회장 가까운 매점 앞 파라솔 의자에 쓸쓸히 걸터앉아 지는 해를 바라보다 쫀드기라도 사 먹어야겠다 생각하며 지갑을 뒤적이고 있는데, 우리를 데리러 온 남편의 모습이 멀리 보였다.

나는 남편에게 참가상 수상 소식을 전하며 차를 타고 집으로 가는 내내 '이것은 주최측의 실수'라고 떠들어댔다. 그리고 로를 보며 물었다. **"로! 뭔가 잘못된 거야. 그렇지?"**

그런데 로는 전혀 아랑곳하지 않는 얼굴이었다. 오히려 오늘따라 유난히 자신을 오랫동안 바라봐주고 안고 춤까지 춘 엄마를 더 사랑하게 된 얼굴이었다. 나는 그만 피식 웃음이 나왔다. 황금송아지를 우러러 보느라 내 품 안의 로를 제대로 보지 못했던 나에게 로의 사랑스러운 물고구마 얼굴이 가까이 다가왔다.

"그래~ 이렇게 건강하고 예쁘게 잘 크고 있는 로,
   넌 누가 뭐래도 엄마한텐 틀림없는 최우수 아기란다!"

보드라운 로의 머리카락이 석양의 오렌지빛 속으로 사라락 흘러내린다. 골든 타임! 실로 황금같은 시간이 바로 우리 곁에 있었다.

♣ 미세스 K, 도와주세요 ♣

어린 아이랑 놀아주는 게 너무 힘들어요

엄마는 아이의 놀이상대가 되어주어야 하는 운명에 처해 있습니다. 생각보다 만만치 않은 운명입니다. 우선 말 못하는 아이를 볼까요. 누워있는 아이에게 우루루 까꿍하고 말을 붙이며 그 귀여운 얼굴을 보고 있으면 한두 시간은 금방이에요. 하지만 이걸 하루이틀이 아니라 꼬박 하루 12시간씩 일 년 동안 계속해야 한다면요? 보통일이 아니죠. 강인한 체력뿐 아니라 넘치는 창의력, 끝없는 인내심을 발휘해야 해요.

그럼 아이가 말을 하게 되어 말상대가 되면 상황이 나아질까요? 전 차라리 12시간 옹알이가 나았어요. 아이 수준에 맞춰 놀아주려면 공을 던지고 술래잡기를 하고 숨바꼭질을 하고 로봇을 출동시키고 나팔을 불고 춤을 추어야 하는데 그걸 때론 무한반복해야 하거든요. 그런 생활은 적게 잡아도 3~4년입니다. 물론 엄마의 체력과 정신력은 그 사이 한계를 맞이해요. 특히 아이를 홀로 양육하다시피 하는 독박육아 중인 엄마들은 얼마나 힘거울까요.

이 어려움을 해결하는 세 가지 키워드가 있습니다. '다른 엄마', '형제', '남편'!

첫째, 우리는 나와 비슷한 처지의 '다른 엄마'를 만나야 합니다

동네 마실을 가거나 놀이터 벤치에 무조건 앉고 보세요. 내가 파고다공원에 나온 어르신 같다는 생각이 들 만큼요. 그러면 의외로 곳곳에서 아이를 안고 외로운 섬처럼 떠 있는 많은 엄마들을 만날 수 있답니다. 자, 이제 그 섬들 간에 다리가 놓일 텐데 그럼 혼자서 버티던 무거운 시간들이 솜털처럼 가벼워진다고 장담하지요.

둘째, 우리는 아이에게 '형제'를 만들어줄 수 있습니다

물론 투입비용(임신 · 출산 · 양육)이 상당하지만 형제끼리 놀게 되기만 한다면 그 효과는 비용을 상쇄시키고도 남습니다. 하지만 무리할 필요는 없어요. 다둥이 엄마인 제 스스로에게 힘내라고 한 마디해본 거예요.

셋째, 우리는 아이의 놀이상대로 '남편'을 놓치면 안 됩니다

우선 남편에게 '아빠와 많이 논 아이일수록 사회성이 뛰어나다'는 연구결과(각자 찾아보세요)를 읽어주세요. 그리고 남편이 아이와 놀아줄 때마다 크게 칭찬하세요. 놀아준다는 게 가만 보면 맨날 아이를 놀려 먹기나 하고, 아이를 거꾸로 잡아 흔들고, 내기에서 아이한테 이기고선 좋아하고, 허구헌날 아이를 울리는 거예요. 그래도 간섭 말아요. 지금 남편은 엄마는 못하고 아빠만이 할 수 있는 특별한 놀이수업 중이니까요. (왜 특별한지는 각자 전문가의 견해를 찾아보시기를).

욜라는 외갓집에

지금 욜라는 홀로 외할머니 집에 있다. 외갓집 소식통에 따르면 욜라는 막내이모랑 죽이 맞아 즐거운 나날을 보내고 있으며 이모 친구들로부터는 아이언맨, 또봇 등 각종 아이템들을 획득하면서 이모들 주머니를 털고 있다고 한다. 하지만 정작 본인은 뭘 구체적으로 조른 적이 없으며 오히려 이모들의 시선을 부담스러워하며 탁자 밑에 숨기 바쁜 부끄럼쟁이일 뿐. 마성의 꼬마 상남자 같은 면모의 욜라에게 매료된 이모들이 자꾸만 지갑을 술술 열고 있다는 후문이다.

그런데 어떻게 하다 욜라가 외따로 있게 되었을까?

마트에 가면 욜라는 꼭 수산 코너에 들른다. 어느 날은 "엄마, 이거 뭐야? 이거 먹고 싶어." 해서 보니 아주 커다란 랍스터가 아닌가. 남편 이랑 연애할 때 딱 한 번 먹어보고 다시는 안 먹는, 생각보다 맛없는 랍스터. 나는 랍스터에서 눈을 떼지 못하는 욜라에게

"이게 진정 먹고 싶니? 우와~ 이 집게발좀 봐! 무섭다앙~ (내겐 비싼 가격 이). 랍스터는 다음에 크면 (니 돈으로 사) 먹을 수 있을 거야."

라고 하였다. 그리고 얼른 그 옆 코너로 걸음을 옮겼다. 그러나 욜라는 여전히 수산코너에 서서 흥분된 목소리로 나를 돌이켜세운다.

"으앗! 엄마! 일루와 봐! 여기... 여기... 물고기 피나!"

원양어선에서 잡히자마자 급랭되었다 녹으며 다소 핏기를 띤 동태를 본 것이다.

"응, 얘는 동탠데, 원래 이렇게 생겼어.
멀리서 잡혀서 여기까지 오다 보니 피부가 좀 까지기도 했을 테고...
어쨌든 아픈 건 아니야. (이미 죽었으니 뭐) 괜찮아... 흠, 괜찮을 거야."

얼른 자리를 뜨려는데 욜라가 말했다.

"엄마, 나 이거 먹을래."

오! 마이 칠드런

그런 식으로 수산 코너에 붙어 서서 문어며 낙지며 갈치, 고등어, 전복 등을 구경하고 입맛을 다시던 욜라가 외할머니 생신을 축하드리러 외갓집에 갔다가 외할비랑 물고기 시장에 가보지 않겠냐는 제안을 받았던 것이다. 할비 말에 따르면 물고기 시장은 마트 한 귀퉁이의 수산 코너에 비할 바가 아니라고 했다. 별의별 물고기가 다 살아 움직이고 특히 꽃게가 나와 있을 거라고 강조했다. 살아있는 꽃게를 꼭 한번 보고 싶었던 욜라는 혼자 남겠노라 결심이 선 것 같았다. 내 마음은 욜라가 없으면 그만큼 편하겠지? 얼씨구나 지화자! 하는 마음과 2주 뒤 다시 만날 때까지 욜라가 얼마나 보고 싶을까, 벌써부터 그리운 마음이 일어 선뜻 결정을 못 내렸다. 그러나 딸의 육아부담을 덜어주려는 부모님 뜻을 겸허히 받아들여 욜라를 남겨두고 집으로 오는 길. 어두운 차 안, 차창 밖을 바라보며 말이 없던 메리가 불쑥 말했다.

"엄마, 나 지금 우는 거 아냐, 하품해서 눈물 난 거야."

대놓고 울기는 멋쩍고, 그래도 두고 온 동생이 보고 싶어 마음이 쓰이는 메리였다. 그러나 그렇다고 고속도로를 역주행할 수는 없으니 집까지 오긴 왔는데, 욜라의 부재가 여간 실감이 나지 않는다. 욜라도 지금쯤은 엄마 아빠 보고 싶다고 울고 있지 않을까? 울면서 집에 간다고 떼쓰진 않을까? 하는 걱정이 들었다. 하지만 혹시나 하는 우려와 달리 욜라는 매우 씩씩하게 밥도 잘 먹고 잠도 잘 자고 자다가 오줌도 안 싸고 심지어 이도 고분고분 잘 닦는다고 했다. (집 떠나야 사람 되는 체질인가?) 다만 그 외 말은 지지리 안 듣는다고 한다. (그럼 그렇지.) 욜라더러 머리핀으로 장난치지 말라고 열 번도 넘게 말하다 기어이 그 머리핀에 눈을 찔리고 만 막냇동생이 아파 울부짖으며 욜라 엉덩이를 후려치려는 순간, 일이 어찌 돌아간 건지 갑자기 둘은 서로를 부둥켜안은 채 울음바다가 되었다고 하는데… 욜라가 이모를 '심쿵'하게 한 전말은 다음과 같다.

개구짐을 넘어 작은악마처럼 **킬킬**대던 욜라가 갑자기 진지해지더란다. 그러고는 눈을 감싸 쥐고 고통을 호소하는 이모에게 다가가 "이모… 미안해. 내가 잘못했어. 엉엉엉." 하며 제 양팔을 벌려 이모를 꼬옥 안아주었다는 게 아닌가. 반전도 그런 반전이 없었단다.

다른 집 아이들은 엄마한테 혼날 때마다 반성하고 공손한 사과를 하는지 모르겠다. 하지만 누군가에게는 일상이라도 우리에게 욜라의 깜짝 사과는 기적과도 같은 일이다. 이를 두고 젊은이들이 쓰는 말, 감동을 넘어서는 감동, '개감동!'이라는 표현을 빌리고 싶다.

하루는 막내 이모가 욜라에게 물었다.

"이모한테 무슨 선물 줄 거야?"
"선물 안 줘!"
"으응? 이모는 선물 받고 싶은데~ 욜라가 선물 안 주면 이모가
  슬퍼할 거야."

욜라가 그렇다면 하는 수 없군 하는 투로 선물을 약속했다.

"그럼 이모한테 나는 별 줄게."

"응? 뭘 준다고?"

"별. 하늘에 반짝이는 별 줄게. 달도 주고."

"뭐? 하늘에 별도 달도 다 따 준다고?"

"응. 별이랑 달이랑 이모 많이 줄게."

자, 여기서 이모는 '감동을 넘어서는 감동'을 받고 말았다는데… 욜라는 슈퍼에서 과자 하나를 골랐을 뿐이라는 투의 지극히 일상적이고 무심한 표정이었다고.

들자 하니 시간이 갈수록 욜라는 엄마 아빠를 그리워하는지도 의문이며 몇 밤만 더 자면 엄마 아빠가 오냐고 묻기는 하나, 그 뉘앙스가 외할머니집에 더 있을 수 있어서 기뻐하는 것 같다고 동생은 전했다. 욜라와 짝꿍이 되어 사방천지로 놀러다니는 동생의 이기적인 해석이겠지 싶다가도, 엄마 아빠가 아닌 자기가 사귄 이모들하고 화상통화하는 걸 선호한다니 그 말도 영 틀린 말은 아닌 것 같다.

오늘 오랜만에 욜라와 전화 통화를 했다. 옆에서 제 외할머니가 속살속살 일러주는 대로 말을 한다.

외할머니 : (엄마, 욜라 씩씩하게 지내요)

욜라 : "엄마, 욜라 씩씩하게 지내요."

외할머니 : (엄마, 사랑해요)

욜라 : "엄마, 사랑해요."

오! 마이 칠드런

갑자기 외할머니가 끼어들며 "이제 욜라, 대답도 잘한다. 욜라야~ 부르면 네~ 한다. 자 해보자, 욜라야~"

욜라 : "네~"

너무 모범적으로 변모한 욜라의 모습에 가슴이 먹먹해진다. 그런데 갑자기 무리수를 두시는 외할머니.

외할머니 : (엄마, 저는 사나이 대장부예요)
욜라 : "…"
외할머니 : (욜라야, 엄마, 저는 사나이 대장부예요~ 해야지)
욜라 : "…이, 싫어!!" (횤, 달아나는 소리)

"하하하, 엄마~ 사나이 대장부가 거기서 왜 나와? 그리고 말을 왜 계속 옆에서 가르쳐줘~ 욜라도 다 할 줄 아는데." 딸만 넷을 키운 우리 엄마는 그렇게 오늘 사나이 대장부를 키우시며 못다 한 꿈을 이루시는가.

욜라의 모습이 가족 카톡방에 올라왔다. 할머니랑 장난치며 웃는 얼굴을 자꾸 들여다보았다. 아이는 엄마 품을 벗어나서 훌쩍 크게 자라고 있는 중이다. 그리고 또 다른 한 아이가 제 마음주머니를 넉넉히 넓히고 있다.

며칠 전 유치원 갔다 온 메리가 현관문에서 신발을 벗으며 툭 던

지듯 말했다.

"엄마, 지금 가서 욜라 데리고 와."

그러더니 유치원에서 욜라에게 쓴 편지를 부치러 우체국에 가야 한단다. 그래, 얼마든지 같이 가 주마. 봉투에 외갓집 주소를 적고 받는 이엔 욜라 이름을 적어 우표도 한 장 붙여 편지를 부치자. 너는 물었지. 이 편지가 밤새도록 욜라에게 가는 거냐고. '응, 그래. 밤새 편지가 분류되어 우편차에 실려 가는 거지. 다음날 우체부 아저씨가 외갓집 우편함에 네 편지를 넣어주실 거고.'

"히힛, 욜라가 편지 받고 깜짝 놀라겠다. 아~ 어서 빨리 내일이 됐으면."

메리야, 그것이 그리움이고 사랑의 마음이란다. 며칠 뒤 메리와 욜라 두 아이가 만나는 날, 이 녀석들 바짝 당겨 한꺼번에 안아줘야겠다. 그때 나도 달라진 아이들만큼이나 한결 넉넉해진 엄마 품을 내줄 수 있다면 좋겠다.

오! 마이 칠드런

어른들과의 육아충돌, 어떻게 해야 할까요?

어른들과의 육아충돌은 피하기 어렵습니다. 그들과 나 사이 엄연히 흐르는 세월의 강물처럼 육아방식에 있어서도 굉장한 차이가 있기 때문입니다.

저도 아이를 키우는 데 최선을 다하고 있지만, 어른들이 보시기엔 유별나고 어설 프기 짝이 없나 보더라고요. 지지까지는 아니더라도 그냥 내버려두면 좋겠는데, 어른들은 꼭 '한 말씀' 하시지 않나요? 대체로 맞는 말씀이지만 또 꼭 그런 것도 아닌데 말이에요. 경험과 연륜의 위대함 이면에는 명백한 오류와 한물간 구식도 함께 존재하는 법이니까요.

그러니 갈등과 싸움이 벌어지는 것이 당연하지요. 하지만 우리는 싸움에서의 승리 만큼이나 평화 또한 원하고 있으며, 경험으로 보건데 때로는 승부를 가르기보다 함께 가는 것이 옳다는 것을 알고 있습니다.

그러면 엄마인 우리는 오늘도 잔소리를 늘어놓는 친정부모님 혹은 시부모님(때로는 옆집 아줌마, 지나가는 할머니까지도)께 어떻게 대하는 것이 좋을까요?

첫째, 절대 '당신이 틀렸다'는 말을 하지 않습니다

표정 또한 굳어지거나 구겨지지 않도록 신경 씁니다. 목에 가시가 걸린 듯이 불편 하고 심박 수가 상승하는 느낌이 들어도 입꼬리를 한쪽만 올리며 비뚤게 웃거나 한숨을 푹 내쉬는 것은 위험천만한 행동입니다. 그 자체로 부모님은 노여워 온몸 을 부르르 떠실 테니까요.

둘째, 부모님 말을 한 귀로 듣고 한 귀로 흘립니다

현대의학의 발견이 어쩌고 소아과의사가 어쨌고, 책에서 뭐라 했고, 다른 엄마들이 어쩌더라는 말은 해봤자 독입니다. 그저 부모님 말씀을 듣고, 그 말씀이 도저히 납득이 되지 않으면 그냥 흘리버리고 나 또한 부모님을 설득하려 하지 마세요. 부모님은 누가 뭐래도 과거 당신들이 그렇게 아이를 잘(?) 키웠기 때문에 그 방법에 문제가 없다고 확신하고 있습니다.

셋째, 어른이 아이를 보는 경우엔 부모님의 양육방식을 따릅니다

그것이 내 아이에게 해가 되고, 아이의 인생을 망치는 것 같다는 생각이 들더라도 그것은 대체로 과대망상입니다. 아이가 가장 영향을 많이 받는 사람은 가끔 만나는 조부모가 아니라 매일 부대끼는 엄마니까요. 부모님이 아이를 맡아 키우는 경우라면 많은 것을 내려놓아야 합니다. 이왕 사정이 이렇게 된 거 내가 생각하는 최선은 아니지만 누군가의 최선으로 키워진다는 걸 믿는 게 낫습니다. 그렇게 하고도 도저히 물러설 수 없는 부분이 있다면

넷째, 힘든 부분에 대해 서로 대화를 합니다

이미 첫 번째, 두 번째, 세 번째 트레이닝을 거친 당신이라면 충돌도 불가피할 때가 있을 것입니다. 건투를 빌어요.

메리는 메뉴얼 영재?

어릴 땐 무서운 것도 얼마나 많았는지… 지금이야 무서운 건 나의 어리석음과 게으름뿐이지만, 어릴 때는 할머니가 들려주신 옛 이야기가 불 꺼진 방 천장에서 살아나 아이 잡아가는 멍태 할아버지가 되어 서성이고, 늑대니 여우니 호랑이니 하는 것들이 마당 밖에서 울어대지 않았던가.

아이의 마음을 헤아릴 줄 아는 어른이라면 이런 아이들의 온갖잡다한 괴물들을 용맹스럽고 깔끔하게 처리하는 데 신경을 써야 한다. 그런 의미에서 나는 밤마다 아이들이 "엄마, 괴물 나타날까 봐 무서워." 하고 벌벌 떨 때 대응할 수 있는 매뉴얼을 만들어보았다.

첫째, 바로 괴물 없어! 하면 웬일인지 아이가 실망할 수도 있고, 못 믿을 수 있으니 우선 괴물이 있다고 인정해준다.

울라 즐거운 육아, 미세스K와 세 아이들의 집

'아~ 그래. 괴물은 밤 10시까지 자지 않고 노는 아이에게 나타나긴 하는데~'

그런 다음 '괴물 따위! 별거 아냐'라는 확신에 찬 표정으로 아이를 안심시킨다.

"그런데 엄마는 하나도 안 무서워. 왜냐면 괴물은 어른한테는 지거든? 그걸 아니까 엄마 아빠가 있는 집에는 절대 못 들어와."

그래도 엄마 아빠 없는 방구석에 괴물이 숨어 있을까 봐 기저귀 갖고 오라는 심부름을 아이가 거부할 때는 용기를 불러 일으켜 줘야 한다.

"그거 아니? 괴물은 용감한 아이한테는 안 나타난다? 자기를 무서워하는 아이한테만 나타나. 왜냐면 자기 보고 깜짝 놀라는 게 재밌어서.
그러니까 자아~ 용감하고 씩씩하게!"

그래도 자기 안의 용기보다 무서움을 보려 한다면 다른 접근법을 제시한다.

"만일 괴물이 나타나거든 괴물한테 친구야
안녕? 하고 말을 해봐. 아무리 괴물이라도
친구는 괴롭히지 않을 테니까."

친구조차도 안 내켜 한다면 이쯤에서 괴물을 무시한다.

'괴물? 괴물은 동화나라나 꿈나라에서만
나오지 실제로는 안 나타나. 원래 괴물 같
은 건 없단다, 없어~"

　그런데 매뉴얼이라는 말이 나왔으니 말
인데, 위의 '괴물대처 5단계'는 우리 메리의 기준으로 보자면 허술하기
짝이 없다. 왜냐하면 메리는 매뉴얼 분야에 있어(서만큼은) 아무래도
'영재'인 것 같기 때문이다! 영재란 누구인가?! 흔히 천재를 넘어서
는 인재 중의 인재요, 인간 만 명 중에 신이 허락한 걸출한 단 한 명
이 아니던가.
　수학 영재, 과학 영재, 영어 영재, 노래 영재, 피겨스케이팅 영재,
골프 영재도 아니고 매뉴얼 영재라니. 듣도 보도 못한 영재 분야이긴
나도 마찬가지다. 왜냐면 방금 내가 생각한 것이기 때문이다.

올라 즐거운 육아, 미세스K와 세 아이들의 집

메리의 특별한 능력을 감지한 건 어느 여름날이었다. 마당에서 놀다 들어온 메리에게 나는 손을 씻을 것을 권했고, 메리 혼자 손을 씻는 것이 미덥지 못해서 곧 뒤따라간 나는 그만 눈이 휘둥그레지는 광경을 보고야 말았다. 메리는 자그마치 '손 씻기 8단계'에 따라 손을 씻고 있었다. 일단 물에 적신 손바닥에 비누칠을 골고루 하더니 두 손바닥을 서로 문지르고 양 손등을 비벼 거품을 내었다. 그리고는 손가락 하나하나를 뽑듯이 거품을 꼼꼼하게 바른 다음, 한쪽 손바닥에 다른쪽 손의 다섯 손톱을 세우고 원을 그리며 씻은 후 손깍지를 꼈다 풀었다 한다. 그리고 나서 손목을 손으로 감싸듯 잡고 회전하듯 돌려가며 문질러 씻었다. 공공 화장실에 가면 붙어있는 손 씻기 방법이구나 싶었다. 일련의 동작들은 망설임이 없었고 군더더기가 없었다. 나중에 알게 된 것이지만 대중적으로 배포된 손 씻기 단계는 6단계에 불과(!) 했고 메리의 것은 그것보다 적어도 2단계가 더 많았다. 인터넷을 다 뒤져도 메리만큼 깨끗하게 손을 씻는 사람을 찾아볼 수가 없었기에 나는 메리의 손 씻기 방법을 8단계로 자체 공인하였다.

벌에 쏘였을 때 대처법, 지진 발생 시 대처법, 화재 발생 시 대피법, 민방위훈련 매뉴얼, 물놀이 전 준비 운동, 유괴 대처법 등 특히 안전교육 분야는 빠삭하게 꿰고 있다. 유치원생 수준이 어느 정도겠지 하고 들어 보면 메리가 정리하는 매뉴얼은 항상 어떤 인터넷 정보보다 자세하고 정확했다. 바로 그런 아이! '낙뢰 방지법'에 대해서는 소책자를 한 권 낼 정도로 소상히 말하는데 나는 듣는 즉시 반을 잊어버릴 정도다. 메리의 매뉴얼 지식은 동생 욜라에게도 영향을 주는 것 같다.

메리가 욜라에게 퀴즈 하나를 내고 있었다. 메리가 욜라에게

"욜라야, 사람 몸에 불이 붙으면 어떻게 하게?" 하고 묻는다.

난 '불을 끄려면 물이지! 물을 부으면 되겠네 뭐' 하고 있는데, 욜라는 잠시 생각하더니,

"뒹굴어야 돼." 한다.

나는 그 답이 왠지 맞는 것 같아서 메리 얼굴을 쳐다보았고 메리는 담담한 어조로

"응, 맞아." 하는 게 아닌가.

뭐지? 나도 확실히 모르는 걸 왜 둘이 알고 있고 그걸 퀴즈로까지 즐긴단 말인가? 메리는 욜라에게 **'화재 발생 시 대처법'**에 대해 이야기한 적이 있었고, 욜라가 그걸 기억한 것이다. 메리는 몸에 불이 붙었을 경우 손으로 얼굴을 가린 뒤 바닥에 뒹굴어 불을 끄는 시범을 보여주면서 불이 붙은 옷을 무리해서 떼어내면 어째서 위험하며 가위

나 칼로 어떻게 잘라내야 하는지까지 부연 설명했다. 하지만 그렇게 철두철미할 것만 같은 메리에게도 구멍은 있다.

"메리야, 너 저번에 해일 났을 때 어떻게 해야 하는지 말해줬던 것 같은데?" 하고 기대를 갖고 물으니 "그건 생각 안 나." 한다. 영재가 왜 이러나 약간 당황했지만 계속해서 영재 테스트를 진행했다.

"그럼 메리야, 산사태가 일어났을 때는 어떻게 하지?" 하고 물었다. 그러자 메리는 "모르겠는데." 한다. 아주 성의가 없다.

흠, 이로써 메리의 매뉴얼 영재 굳히기는 실패로 돌아간 것 같다.

하지만 그래, 나는 메리가 영재가 아니라도 좋다. 메리가 지금의 메리인 것으로 만족한다. 다 큰 것 같았는데 유치원 가방을 메고 탈래탈래 달음질쳐 가는 메리의 욕심 없는 뒷모습이 눈에 들어온다. 그리고 그것을 자칫 못 보고 지나칠 뻔한 '오늘 이 순간' 내 옆의 이들에 대한 소중함을 일깨운다. 앞 머리카락을 쓸어 올리면 드러나는 메리의 백만불짜리 이마의 그 사랑스러움에 대해서도!

조기교육에 대한 생각

아이의 인생이 초등학교 때까지의 성과로만 결정되는 것이라면 무리해서라도 조기교육을 해야겠지요. 하지만 아이의 인생 레이스는 엄마가 통제권을 행사할 수 없는 순간부터가 본격적입니다. 저는 조기교육으로 아이의 인생에 탄탄대로가 열려서 성공적인 삶을 살게 된다고 생각하지 않습니다. 과도한 조기교육은 가정경제와 가족관계에 악영향을 줄 뿐 아니라, 소아정신 심리학적으로도 많은 부정적인 사례를 낳으며, 조기교육을 받은 실험군과 받지 않은 대조군 간에 괄목할 만한 성과차이가 보이지 않는다는 통계조사도 있고, 뇌과학적으로 볼 때도 뇌영역의 발달순서를 무시하는 위험한 시도인 데다, 무엇보다 조기교육을 받는 아이가 그다지 행복하지 않다는 수많은 연구결과가 버젓이 나와 있으니까요.

하지만 아이의 잠재력을 믿는 엄마라면 그래도 할 말이 있지요? 말하자면 내 아이가 어느 분야의 영재인데, 나의 실수로 그 영재성을 썩히는 것이 아닐까 걱정하는 경우가 그러하지요. 하지만 내로라하는 음악 영재들을 수십 년간 가르치고 있는 한국예술종합학교 김대진 교수는 영재에 대해 "못 알아봐서 묻히는 영재는 이 세상에 없으며, 영재는 어떤 상황에서든 그 존재를 드러낸다."고 했으니 우리 그만 고민하도록 해요. 다만 언어학자들에 의하면 영어 등 언어 관련한 조기교육은 적기에 해주면 아이가 이중(다중)언어를 구사하는 데 효과가 있다고 하는데, 그것 또한 놓쳤다고 한들 아이가 추후 외국어를 일정 수준 이상으로 구사할 수 없다는 이야기는 아닙니다. 우리는 차라리 아이에게 새로운 것에 대한 도전정신과 용기, 어려움에도 포기하지 않는 끈기, 무엇이든 꾸준히 해내는 근성을 조기교육해주면 어떨까요?

욜라의 유치원 적응기 1

    욜라에게 유치원은 애초에 놀이 동산 같은 곳이었다. 메리의 유치원 가방 속에 가끔 들어 있는 사탕과 캐러멜을 얻어 먹으며 유치원에 대한 꿈을 키워나가던 욜라는 제 누나가 유치원에서 가져오는 온갖 진귀한 신문물(정체불명의 공작물들, 그림들, 종이딱지 같은 것)에 매혹당했고 그럴 때마다 유치원에 다닐 수 있는 날만을 고대해왔던 것이다. 언제는 어린이집이라도 보내줄 것처럼 하던 엄마마저 마음을 바꿔, 다섯 살까지 기다렸다가 유치원에 보내주겠다고 선포했던 탓에 욜라는 갈수록 유치원에 가고 싶어 애를 태웠다.

    집에서 늘 빈둥거리며 마당에서 흙 파고, 물 뿌리고, 불장난하며 놀던 욜라는 올해 드디어 유치원에 다니게 되었다. 유치원 첫날, 나는 유치원에 간다고 들뜬 욜라를 위해 유치원 에이스들이 입을 법한 패션을 제시해보았다. 블랙 앤 화이트로 모던하게 가되, 북유럽스타

일하면 빠질 수 없는 큼직한 별 문양이 그려진 티셔츠로 톡톡 뛰는 감성을 가미하였고, 머리는 고데기로 곱슬하게 말아 번듯한 귀공자 같이 꾸며 주었다. 부쩍 출중해진 욜라 외모를 접한 직계 방계 가족들은 '강원도서 원빈 났듯이, 충청도서 욜라 났다'며 감격해했고 내가 봐도 맨날 흙만 파던 욜라가 키즈카페에서만 노는 아이 같아 보여서 깜짝 놀랐다.

그러나 거기까지면 좋았을 것을, 욜라는 그날의 패션에 화룡점정을 찍듯 붉은색 렌즈의 패션 선글라스를 꺼내왔고, 나는 아이들은 아무렇지 않게 한겨울에 여름 샌들을, 한여름에 털장갑을 끼는 족속인 것을 알고 있기에, 그대로 욜라를 유치원에 데려다주었다.

'강남스타일'이 된 욜라는 뒤도 안 돌아보고 아이들과 섞여 유치원으로 들어갔다. 무슨 괴물 뱃속으로 들어간 것도 아닌데, 욜라와 아이들을 꿀꺽 삼키고 잠잠해진 유치원 건물을 보자니 가슴이 콕콕 쑤셨다. 이렇게 아이들은 조금씩 엄마 품을 떠나나 보다. 엄마가 없는 그곳에서 아이는 아마도 무수히 넘어지고 길을 잃고 헤매겠지. 그러나 어쩌겠는가. 그것은 아이가 자신의 왕국을 짓는 일, 그 속의 온전한 주인이 되는 과정인 것을. 엄마는 그저 아이 내면의 힘을 믿으며 응원해줄 뿐이다.

그날 유치원을 마치고 집에 온 욜라는 의기양양했던 아침과는 달리 뭔가를 사색하는 듯한 얼굴이었다. 마침 유치원 선생님이 전화를 주셨다.

"어머니, 가방 보시면 아시겠지만, 오늘 욜라가 바지에 오줌을 쌌어요.
오줌 누고 싶다고 해서 화장실로 가서 오줌을 누이고 보니
바지에 오줌이 조금 묻었더라구요. 그래서…"

혁. 욜라를 돌아보니 자기는 모르는 일인 양 시치미를 떼고 있다.

"그리고 어머니, 욜라가 원래 과묵한 편인가요?
말을 거의 하지 않더라구요."

또 혁. 욜라가 재잘재잘 아기 참새같이 떠드는 모습을 보여 드리고 싶었다.

"그리고 욜라가 점심 시간에 밥 안 먹고 집에 간다고 해서
제가 엄마한테 전화 거는 척을 했어요.
일부러 들으라고 큰소리로 '욜라 엄마~ 유치원에 오세요~
그런데 급하게 오시면 자동차 사고 나니까 천천히 오세요.
욜라는 그 사이에 밥 먹고 놀면서 기다릴게요.' 했어요.
그랬더니 잘 놀더라구요."

그랬구나, 욜라. 아무리 기다리고 기다리던 유치원이었어도 처음 보는 선생님과 친구들이 낯설고 부끄러웠을 테지. 급하게 화장실로 가다가 오줌까지 지린 욜라는 친구들 앞에서 체면이 말이 아니었을

것이고 집에 있는 엄마가 보고 싶었을 것이다. 욜라는 그날 저녁밥을 거의 먹지 않았고 일찍 잠자리에 들었다.

다음 날 유치원에서 돌아온 욜라는 이번엔 약간 상기된 얼굴로 집을 박차고 들어와서는 내 발을 걸어 쓰러뜨리더니 "으하하하. 이 겁쟁이들아! 까불지 마라." 소리친다. 유치원에서 친구가 한 말을 따라하는 것 같은데 대체 누가 저런 말을?

궁금해하는 찰나, 메리가 옆에서 "엄마, 욜라 반에 뚱뚱한 동생이 있는데 나보다 더 커! 그 애가 욜라 괴롭혔대." 하고 제보를 한다.

나는 바로 유치원 사이트의 사진 게시판을 열어 보았다. 과연… 한 아이가 있었다. 몸집이 다섯 살 아이 두 명을 합친 것 정도 되는 우량한 사내아이로 파르라니 짧게 자른 잔디 머리와 강한 눈빛이 인상적이었다.

그 아이는 한때 씨름판의 황제, 강호동을 연상케 했다. 아이 사진을 본 남편도 부모가 호적에 늦게 올린 일곱 살 아이가 아닐까 하는 의혹을 제기하였는데 운명의 장난인 듯 찍힌 사진마다 욜라의 바로 옆에 리틀 강호동이 있었다. '친구를 안아주어요' 제목의 사진에선 표정이 언 욜라가 리틀 강호동의 품에 폭 안겨있었다. 유치원에서 욜라를 지켜주도록 임무를 받은 메리조차도 리틀 강호동에겐 감히 범접을 못하고 있으니 과연 욜라의 앞날은 어찌될 것인가!

욜라의 유치원 생활적응기 to be continued!

♣ 미세스 K, 도와주세요 ♣

아이가 어린이집에 적응하도록 돕는 방법

무엇보다 '우리 아이가 잘 적응할까? 적응하지 못하고 힘들어하면 어떡하지?' 하는 걱정을 버리는 것이 아이에게 이롭습니다. 엄마가 주구장창 걱정만 하고 있어도 아이는 결국 적응을 해내요. 사실 어린이집에 적응하려 애 쓰고 있는 아이를 힘들게 하는 것은 낯선 환경만큼이나 근심어린 엄마의 눈빛이라고 하죠.

아이가 어린이집에 잘 적응하기를 바라는 엄마라면 시시콜콜한 문제해결 방법에 골몰하거나 해도 해도 답이 안 나오는 걱정일랑 밀쳐두고 '아이가 잘할 것이다'라는 긍정적인 믿음을 적극적으로 끌어당기는 쪽이 한 일곱 배쯤 낫습니다. 또 사실이 그렇거든요.

이미 우리 아이는 세상에서 제일 어려운 적응을 성공적으로 해낸 경험자입니다. 태어나면서부터 탯줄을 통해 산소와 영양분을 공급받던 뱃속 환경을 벗어난 아이가 직접 폐로 숨을 쉬고 자기 입으로 먹을 것을 삼켜야 하는 환경에 적응한 것이 그 예입니다. 또 젖만 먹던 아이가 어느 날부터 브로콜리죽이나 시금치죽을 먹으려고 입을 벌리던 모습을 생각해보세요. 아무런 간도 안 된 그 푸르뎅뎅한 죽의 맛이 끝내주게 좋았을리 없었겠지만 아이는 살기 위한 본능으로 기꺼이 죽을 삼키기로 했을 거예요. 아이들은 '최고'의 환경이 아니더라도 어떤 상황에서 주어진 환경이 '최선'이라면 아무리 척박한 곳에서도 싱싱한 꽃을 피우는 존재들인 것 같아요. 아이는 생각보다 강합니다. 그러니 너무 걱정하지 마세요. 다만 아이에게는 자신이 처한 상황을 잘 일러주세요. 걱정하는 눈빛이나 미안해하는 얼굴이 아니라 다정하면서도 단호하게 사랑과 신뢰의 마음을 담아서.

"너는 어린이집에 가야만 해. 어쩔 수 없는 사정이란 게 있거든. 그것이 네 마음에 쏙 들지 않고, 너를 힘들게 하더라도 받아들여야만 한단다. 넌 아기였을 때 이보다 더 어려운 것도 잘해낸 적이 있어. 그래서 이번에도 엄마는 네가 시간이 지나면 어린이집에 가는 걸 좋아하게 될 거라고 믿어. 나중엔 친구들이랑 노는 게 너무 재밌어서 어린이집에 빨리 가고 싶다고 아침마다 엄마를 조르게 될 거란다."

아이가 말귀를 알아듣든 못 알아듣든 상관없어요. 엄마의 진심은 아이에게 어떤 방식으로든 전해지는 법이니까요. 그럼 이제 아이가 어린이집에 적응하기까지 엄마가 할 일이라고는 믿음이 철철 흐르는 눈으로 아이를 바라봐주며 시간이 흐르길 기다리는 것뿐입니다.

p.s 물론 그래도 잘 안 되는 경우가 있습니다. 아이가 특별한 경우죠. 그럴 땐 아이가 준비될 때까지 어린이집에 보내는 것을 보류하고 엄마가 아이를 한동안 봐야 할 수도 있습니다. 제겐 첫 아이가 그랬어요. 그래도 그 아이가 일 년을 채 참지 못하고 제 발로 유치원에 뛰어들어가더라는 소식을 전하지 않을 수 없네요.

욜라의 유치원 적응기 2

욜라는 누나 따라 발레를 배우고 싶다고 했다. 나는 우리 가문에 '빌리 엘리어트'가 나오려나 생각도 해보았지만 돌연변이가 아닌 이상 유전적으로는 거의 불가능한 일이다.

발레가 바른 자세를 몸에 익히는 데 좋다는 것, 특히 멋진 다리 라인과 유연함을 선사한다는 것을 익히 알고 있던 남편은 '뭣 모를 때 어서 보내자'고 서둘렀다. 하지만 아~! 신중함도 병이려니! 나는 욜라의 발레 시작 시기를 미루고 미루어 유치원 들어가는 때와 맞추기로 했고 그것이 결국 모든 일을 어그러지게 만들고 말았던 것이다.

발레가 다 무어냐, 유치원도 안 다닐 판인 욜라는 발레리노 쫄바지 한번 입어보자고 애원하는 엄마를 피해 발레학원 첫날부터 도망을 갔다. 그리고 뜬금 없이 자기는 발레 말고 아이언맨이 될 거란다. 그러자 나와 함께 욜라를 쫓던 발레 선생님이 아이언맨도 처음엔 발레부터 시작했다고 하며 레이저 광선 쏘기 스트레칭을 선보이며 욜라를 발레의 세계로 끌어들이려 했다. 그러나 결국 나는 욜라의 블랙 토슈즈를 끌어안고 넋두리를 해야 했다.

"욜라야... 지금까지 발레하겠다고~ 하겠다고 엄마한테 말했잖아.
그래서 너만 믿고 옷이며 신발이며 다 샀더니
이제 와서 안 한다고 하는구나. (울먹) 그럼 이제 이건 다 어쩌지?
이걸 다 버려야 한다니 엄만 너무 슬프다~~ (울먹울먹)"

이내 심경의 변화를 느낀듯 욜라가 내게 다가와 나직이 "엄마..." 하고 불렀다. 나는 "웅? (이제 발레하려는가 보다.)" 하고 눈물을 훔치며 반색을 했다. 그러나 "엄마! 힘내!" 하고 말하고는 쏜살같이 도망을 가는 욜라. 발레리노 옷을 부여잡고 부들부들 떨며 분해하는 내게 발레 선생님이 말씀하셨다.

"지금 다섯 살 아이들 심정이 말이 아니에요~
엄마랑 떨어져서 유치원 다닌다고~ 마음이 다들 허할 거예요.
(그러니 지금 안 하겠다고 버티는 것도 다 이해해요.)"

어쩜 나는 복도 많다. 아이의 마음을 살펴보는 눈을 가진 훌륭한 선생님을 만났으니. 나는 그런 선생님께 욜라의 매끈한 각선미와 곧게 뻗은 척추기립근을 부탁하고 싶은 마음이 더욱 간절해졌다. 그러나 그 후로도 마음 허한 욜라는 하루는 발레를 하겠다고 했다가 다음 날이면 발레를 하지 않겠다고 약을 올리며 허송세월을 보냈고 발레 선생님과는 사제지간이 아닌 서로에게 아이언맨 파워 공격을 날리는 사이로만 남고 말았다.

문제는 상표도 떼기 전 내팽개쳐진 발레 옷과 신발이 아니다. 당면 과제는 어떻게 하면 아침마다 욜라를 유치원에 제 발로 가게 할 것인 가였다. 이번엔 한 치의 양보도 없다. 리틀 강호동을 핑계로 유치원 가기를 거부하고 있는 욜라. 유치원 선생님께 실상을 여쭈니 리틀 강 호동은 워낙 덩치가 좋아 모든 행동이 크게 보여 조금 부딪힌 것도 마치 때린 것으로 아이들이 느낄 수는 있지만 실제로 다른 아이를 괴 롭히려는 악의는 없는 착한 친구라고 했다.

유치원 안 가겠다고 우는 욜라를 유치원에 데려다주고 온 남편이 말했다.

"오늘 보니까 리틀 강호동이도 유치원 오면서 울고 있던데?"

아! 정녕 우리의 리틀 강호동은 샅바를 잡고 모래 바람을 일으키 는 씨름판의 황제가 아닌 귀여운 '아기 곰돌이 푸'였단 말인가! 그러나 아이들에겐 아이들의 세계가 있는 법이다. 아무리 곰돌이 푸가 다정 하게 안아주는 유치원이라도 욜라에게는 자기를 괴롭히고 못살게 구 는 악당이 있는 곳이라는 것인데, 나를 비롯한 온 가족은 욜라의 '**유 치원 악당 존재설**'을 존중해주기로 뜻을 모았다. 그런 취지로 무도에 조예가 깊은 남편(그는 스무 살 젊은이 시절 〈태권도 신문〉에 칼럼을 연재한 바 있고, 〈택견의 전통 무술에 대한 고찰과 계보〉와 같은 논문도 호평을 받은 적

—*249*—
외 마이 칠드런

이 있으며, 그의 인생 최종 목표는 청바지를 입고 장작을 패는 머리 하얀 노인이다!)은 욜라를 데리고 동네 유도장을 방문했다. 재래시장 안 허름한 건물 3층에 자리 잡은 유도장엔 시시껄렁한 농담을 주고받는 중고등학생이 서너 명 있을 뿐 곧 오마 하던 관장은 한참동안 나타나지 않았다(관장님은 아직 출근 전). 남편은 몸소 도장을 가로지르며 앞구르기와 회전 덤블링 시범을 보여주어야 했는데, 그때 욜라의 눈이 반짝하고 빛나는 게 보였다.

자, 다음은 킥복싱이다! 이번엔 복싱체육관 관장님이 버젓이 자리에 계셨다. 내가 관장님과 '7세 미만 아동의 신체적 사회적 발달에 따른 가정에서 부모의 역할'에 대해 심도 있는 대화를 나누는 동안(관장님은 세 아이의 아버지로 유아체육에 무척 조예가 깊은 분으로 나에게 당부하고픈 말씀이 많으셨다. 어쩐지 조예가 깊다는 것은 피곤한 것이구나를 깨닫게 된 장장 30분이었다.) 남편은 아이들과 글러브니 샌드백, 펀치볼 같은 것을 구경하며 놀았다. 내친김에 우리는 그후로 이런저런 체육관을 두어군데 더 들러보았는데 어딜 가나 다섯 살 욜라는 제대로 된 격투 무술을 배우기엔 나이가 어리다는 평을 받았다. 하지만 아빠와 함께한 체육관 순례는 욜라에겐 나도 강해질 수 있다는 자신감을 가지게 하는 경험이었을 것이다. 그러나 마음은 지구를 지키는 영웅인데, 현실은 비루하기 짝이 없다. 욜라도 그것을 알고 있다. 신발 신다 잘 안 돼 울고 있는 욜라에게 이 한 마디만 건네 보자. "욜라야? 너~ 아이언맨이 신발 잘 안 신겨진다고 우는 거 봤어?" 그러면 욜라는 "아니, 아니." 하고 고개를 마구 흔들면서 징징 우는 아이언맨이라니 가당치도 않다는 표정으로 픽 웃고 말 것이다.

그런데 그토록 용사로서의 품격을 갖추려고 몸과 마음을 추슬렀던 욜라건만 아침이면 유치원 신발장 앞에 서서 꼼짝도 하지 않았다. 무시한 총구 앞에서도 굴하지 않고 "공산당이 싫어요." 했다는 반공 소년처럼 "나는 유치원이 싫어!"라고 외치며 천사 같은 유치원 선생님 가슴에 대못을 박고서 말이다. 이럴 때 욜라를 움직이게 하는 방법은 논리정연한 설명도 감정에의 호소도 아니다. 그건 유아교육학 박사로 대학에서 후학을 양성하고 계시며 현장 경험이 풍부한 원장 선생님까지 달려 나와 욜라를 설득했지만 소용없었다는 데서 잘 드러난다.

욜라는 '유치원에 가야 하는 이유 101가지'와 '유치원에 가지 않으면 후회할 이유 99가지'에도 별 반응을 보이지 않았지만 "어머! 욜라야! 너 왜 꼼짝도 안하고 있니? 신발에 본드가 붙은 거 아니야? 이런~ 본드를 떼야 하는구나. 이영차, 어영차. (본드 떼는 시늉)"에 신발을 벗고 교실로 들어갔다.

그 다음날에도 유치원에 가야 하는 이유와 가지 않으면 후회할 이유를 추가로 대여섯 개 더 발굴했지만 소용없었고, 결국 "엄마 아빠가 호주머니 속에 들어가서 욜라가 뭐하고 노나 볼게."라는 말에 고개를 끄덕였다.

그 다음날에는 붙이고 있으면 용기가 샘솟는 터닝메카드 밴드를 손등에 붙이고 등원을 하였고, 그 주의 마지막에는 독수리가 그려진 티셔츠에 **〈독수리 오형제〉** 만화영화(언제적 독수리냐 싶지만) 주제가를 들으며 유치원에 갈 수 있었다.

나는 한동안 이런 느낌을 유지해야겠다고 생각했고 감을 잃지 않기 위해 엄마들의 커뮤니티에 '**아이를 유치원에 보내는 허를 찌르는 방법**'을 공모하기도 했다. 그 결과 지금 욜라는 '(오늘은 유치원 가지만) 내일은 유치원 안 갈 거야.' 한다든지, '(오늘도 유치원에 가지만) 아주 조금만 놀다 올 거야.'라는 말을 하며 유치원에 잘도 다니고 있다.

게다가 욜라는 유치원에 다니더니 인성이 날로 훌륭해지는 것 같다. 어제는 자기 전에 내 손을 꼭 잡고 "엄마, 힘내."라고 말하는 데 그치지 않고 메리에게 "미안해, 누나. (아까 누나 방해하고 괴롭힌 거) 정말 미안해."라며 **잉잉** 울기까지 하는 게 아닌가. 그간 욜라의 온갖 장난질에 지치고 피로했던 나와 메리는 눈시울을 붉혔고 우리는 사랑의 가족으로 거듭나는 속에서 잠에 빠져들었다.

내 그럴 줄 알았지. 우리 욜라 잘해낼 줄 알았어. 이렇게 조금씩 커나가는 아이들을 지켜보는 게 엄마의 지극한 즐거움 아니겠어? 그러면 나도 이 꼬맹이들에게 말하고 싶은 게 있는데, 고맙다고, 행복하다고, 사랑한다고 하는 말을 어떻게 전하면 좋을까? 그래, 내일은 유치원에서 돌아오는 아이들에게 '엄마의 깜짝 쪽지'를 전해줘야지. 작은 종이 쪼가리에 '오늘도 수고했어. 보고 싶었어.'라고 쓰고 그림도 그려야겠다. 맨 마지막에 **하트 뿅뿅**을 첨가하는 것이 중요 포인트다!

자녀교육서는 육아에 얼마나 되움이 되나요?

엄마들 중 일부는 우리나라 성인 연평균 독서량을 크게 웃도는 독서를 합니다. 그들이 아이를 낳고 갑자기 학구열에 불타오르거나 장편소설 읽기에 매료되었을 수도 있지만 아마도 그들의 관심은 자녀교육서에 편중되어 있을 테고 높은 독서량을 보일수록 마음이 편치 않을 가능성이 농후합니다. 아이가 큰 문제없이 잘 크고 있는 엄마들은 책 한 권 읽지 않는 반면 (딱히 읽을 이유가 없죠), 키우기 어려운 아이를 둔 엄마는 지푸라기라도 잡는 심정으로 책을 펼친다고 하더군요.

하지만 기대하면 할수록 책 한 권이 얼마나 엄마를 좌절하게 만들 수 있는지 저는 알고 있습니다. 저도 책 몇 꽤나 던졌거든요. 화가 나서 던지고 얼토당토 않아 던지고 너무 이상적이라 던졌습니다. "없다! 없어! 내 아이를 어떻게 키우는 것이 최선인지 나보다 더 잘 알고 있는 사람이!"

네, 박사 할애비라고 해도 내 아이에 대해 다 알 수는 없겠죠. 그래서 잠깐 독서광이었던 엄마는 수많은 자괴감 속에서 건져올린 몇 가지 조언에 만족하며 책을 덮습니다. 그리고 아이의 눈을 바라보고 아이의 말과 행동을 지켜보면서 엄마 자신의 내면까지 들여다봅니다. 아이는 고장난 기계가 아니라서 계속 움직이며 변화할 거예요. 그리고 마침내 엄마에게 힌트를 줍니다. 그럼 이미 내 아이에 관한 한 초능력의 경지로 들어선 엄마는 아주 작은 힌트로도 아이에게 필요한 것이 무엇인지 직관적으로 알아챕니다. 이때 엄마에게 믿음직한 조언을 해주는 선생님 중 하나가 바로 책인 거예요. 자녀교육서만으로는 정답을 찾기 힘들고 엄마 혼자의 힘만으로도 부족한 복잡다단한 육아라는 세계. 그래서 우리는 던져버렸던 책을 다시 주워드는 건가 봅니다.

디어 마이 칠드런 '로'

우리 집에서 제일 꼬마인 로! 맹세코 성령으로 잉태되어 이 세상에 나온 신비한 막내둥이!(성령으로 잉태되었지만 제 형과 누나와 똑같이 생겼다는 것이 아이러니) 나는 매일 봐서 잘 모르겠지만 가끔 보는 사람들은 로의 성장을 제일 놀라워할 만큼 하루가 다르게 자라고 있다.

도시에서 태어나 시골로 온 메리, 욜라와 달리 시골에서 나고 시골에서 자라는 로는 완전한 시골아이로 노는 물이 다르다. 흙탕물에서도 잘 논다. 수돗가에 놓인 큰 고무대야에 직접 물을 받고 그 물에다 흙을 푼다(사방천지가 흙이어서 어쩔 수 없는 조합인 듯). 그리고 그 물을 떠서 자기 몸에 붓는다. 머리에도 붓는다. 황톳빛 흙물이 머리카락에서부터 옷을 적시며 바닥으로 뚝뚝 떨어진다. 방금 새 옷으로 갈아입혀 보송보송한 병아리 같았던 로가 순식간에 물을 뒤집어쓰고 흙 위를 뒹군 강아지같이 되었다.

나는 로를 쳐다보며 "로!… 아… 음… (너무하는 거 아니니? 하고 싶은데 말이 안 나온다)" 하고 눈살을 찌푸린다. 그런데 나와 눈이 마주친 로는 움찔하기는커녕 평소보다 더 크게 웃어젖힌다. **까르르깔깔. 으헤헤헤헷.** 나는 해맑게 웃는 로를 도저히 탓할 수 없다. 케 세라 세라.

'휴… 그래. 괜찮아, 로. 버린 옷은 빨래하면 되고 더러워진 몸은 목욕하면 그뿐이야.'라고 생각하며 로에게 하던 거 계속하라고 손짓한다. 때로는 웃음이 문제를 해결하는 최선의 방법이라는 걸 로를 통해 배우며.

같은 상황에서 욜라라면 어떻게 했을까? 그리고 메리는? 욜라는 온몸을 던져 위기를 기회로 만들어 탈출하는 유형이다. 대를 위해 소를 희생(?)하는 건 아니고 그냥 오버하는 것 같다. 이런 경우 욜라는 엄마한테 혼날 것 같다는 눈치를 채고는 재빠르게 대야에 풍덩 뛰어들 것이다. 그리고 허우적거리며 울고불고 난리를 피우면서 자기를 (혼내지 말고) 일단 살려 달라고 **꽥꽥** 대겠지. 그러면 나도 혼내고 자시고 할 것 없이 일단 상황을 수습할 수밖에 없다.

반면 메리는 적반하장과 아전인수 전술을 펼칠 것이다. 내가 뭐라 하기도 전에 지금 매우 안 좋은 상황에 처했으니 가장 힘든 건 바로 자기라고 선수를 친다. 그래도 내가 이건 네가 한 일 아니냐고 반박하면 이 일로 엄마가 자신에게 화내는 것은 부당하다는 온갖 논리를 펼치며 도리어 내게 성을 낼 것이다.

그러면 지극히 평화주의자인 나도 가파르게 전투력이 상승하고 결국 나는 가정에서의 위치와 명예를 걸고 메리와 말싸움을 벌이게 된다. 하지만 베트남전의 승리를 확신했던 미국이 끈질긴 베트콩들의 게릴라전에 무릎을 꿇고 철수한 것과 같은 사건이 작게는 한 가정의 어머니와 자식 간에 일어날 수 있음을 아는 데엔 그리 오랜 시간이 걸리지 않는다.

처음엔 득의양양한 미소를 지으며 여유로왔던 내가 등에 식은땀을 흘리고 얼굴이 벌겋게 달아오르고 목소리가 격앙되어간다면 그때는 패색이 짙어진 것이다. 베트남전 때의 미국 꼴 나는 거다. 심판자는 없고 오로지 싸우는 두 상대만 있는 싸움은 각자에게 큰 고통만을 안겨주는 전면전까지 갈 수 있다는 것을 알고 있기에 서둘러 평화협정을 맺기로 한다. 어린 시절 엄마에게 혼날 때마다 싹싹 빌며 잘못을 뉘우치곤 했던 나는 커서 아이들한테 매번 지는 엄마가 되었다. 가끔은 '착하게 산 게 다 무슨 소용이야. 하나같이 연구 대상감인 아이 셋 키우면서 힘들게 사는 거 봐. 으흑' 하는 처량한 생각이 들기도 한다. 그래도 그런 와중에 로의 귀여운 웃음만큼은 나를 위로해주는 것이 분명하다.

그런데 어디선가 들리는 **호로록**하는 수상한 소리! 설마 하며 휙 돌아보았을 때 로가 흠칫 놀라며 '멋쩍게' 웃고 있으면 얘기가 달라진다. 로가 흙탕물을 마신 것 같다.

"오 하느님... 로! 그 물은 먹는 거 아니야. 더러워, 병 걸려, 에이 지지~~ 먹지 마!"

내가 머리를 쥐어뜯으며 팔짝팔짝 뛰면, 로 하는 것 좀 보소.

로는 '안 그래도 물맛이 영 별로야, 엄마.'라는 듯한 떨떠름한 얼굴로 들고 있던 물바가지를 사정없이 내팽개쳐버린다. 그리고 다시는 흙탕물 같은 거 입에도 안대겠다는 듯 손사래까지 친다. '엄마, 이건 실수야. 나 이젠 얌전히 물장구만 칠게.'라고 말하는 듯. 애가 저렇게까지 사태를 파악하고 있는데 내가 뭐라고 하겠나. 나는 로의 똑똑한 얼굴을 믿고 돌아서서 못다 넌 빨래를 마저 넌다. 그 사이 로는 '흙탕물 라떼'를 한 잔 더 떠서 홀짝 대며 마시다 걸리고… 결국 현행범으로 붙잡히고 만다.

🐾 🐾 🐾

우리 집 뒤편에는 산의 일부로 비스듬한 경사면에 있는 텃밭이 있다. 그곳을 어린 로가, 이제 돌이 지난 로가 포복자세로 암벽 등반하듯 기어 올라오는 것을 상상해보자. 내가 앵두 좀 따올 테니 아래에서 기다리라고 분명히 말했는데도 로는 말을 안 듣고 흙바닥에 배를 깔고 배밀이를 하며 산길을 올라온다. 누가 보면 〈진짜사나이〉 유격훈련 중인 줄 알 것이다. 아니면 산삼 캐러 가는 아기 심마니이거나. 몸 앞면 전체에 (얼굴 포함) 흙칠갑을 한 흙인간이 된 로는 욕실로 급히 이

송되는 와중에도 **깔깔** 웃고 버둥대며 귀여움을 떤다.

밭일 하는 남편이 지렁이를 보면 아이들에게 잠깐 갖고 놀라고 던져준다. 이때도 로는 거침없이 지렁이를 만진다. 그리고 맛을 본다! **지렁이를 먹는다고 로가!** 실제 광경을 본 남편과 메리, 율라가 증언했다. 메리와 율라조차 먹지 않는 지렁이를 로가 먹다니! 자연친화적으로 자라는 것이 좋다고는 해도 넘어서는 안 될 벽은 분명 존재하는 것! 남편은 몸이 조금 뜯긴 지렁이를 얼른 낚아채 땅으로 돌려보내며 다시는 로에게 지렁이를 주지 않겠다고 다짐하였다 한다. 하지만 그 순간에도 **깔깔** 웃으며 흙밭에 뒹구는 이 작은 악동을 우리 가족 모두는 아끼고 사랑한다. 그런 로가 나중에 마치 자기 혼자 큰 것처럼 굴 때가 분명히 있겠지.

'그래도 로~ 이것만은 알아주었으면 좋겠다.

엄마와 아빠는, 그리고 형과 누나는 로가 '어떤 아이'였기 때문에

사랑한 것이 아니라, '그저 로'였기 때문에 사랑했어.

말하자면 너와 나는 다른 존재여서 그래서 종종 이해할 수 없고

때로는 서로에게 화가 날 때도 있지만 네가 이 세상에 태어난 순간부터

너는 그 자체로 존중받아 마땅하다는 거야.

사랑하는 내 아가, 넌 삶을 네 방식대로 살아갈 권리가 있고

그것을 무엇보다 엄마는 중요하게 생각하고 있다. 그러니 어떤 순간에

도 굴하지 말고 이 빛나는 생을 살아가기 위해 앞으로 앞으로 나아가렴.

아무리 어려운 순간이라도 답은 자신의 내면에 있다는 걸 기억하면서.'

날이 갈수록 짙어지는 신록의 녹음은 그 속으로 뚜벅뚜벅 걸어 들어갈 수 있는 웅숭한 그늘을 만들고 있다. 그리고 나뭇잎이 야성적으로 뿜어내는 거친 숨은 초여름 향기를 머금은 바람이 되었다. 본격적인 여름을 맞기 전 이 계절의 길목은 짧아서 더욱 아름답다.

　오늘도 신발과 옷에 흙을 묻힌 채 흙탕물 라떼를 마시고 지렁이 간식을 먹으며 무럭무럭 크고 있는 로의 어깨 위에 소나기 지나간 뒤 걸리는 무지개가 떠 있다.

오! 마이 칠드런

셋째가 그렇게 예쁘다면서요?

인정합니다. 저도 셋째에게 '보는 것도 아깝다' '울어도 귀엽다' '못생겼는데 너무 예쁘다' 같은 찬사를 퍼붓고 있어요. 저는 원래 셋째에게 특별히 애정을 쏟을 의도가 전혀 없던 사람입니다. 먼저 태어난 아이들과의 신의를 소중하게 여기니까요. 셋째를 낳기 전 둘째를 보며 생각했어요. '남들은 그러지. 셋째가 태어나면 무척 예쁠 거라고. 아니, 지금 둘째보다 귀여운 애가 이 세상에 존재한다는 게 말이 돼? 셋째한텐 미안하지만 아무래도 나는 내가 가진 사랑을 이미 다 써버렸는지도 몰라.' 기억을 더듬어보면 둘째가 태어나기 전에도 첫째를 보며 비슷한 생각을 했던 거 같아요. '내 사랑은 이미 100퍼센트 꽉찼는데, 사랑할 대상이 또 나타난다니 대체 뭘 어쩌란 말이지.' 하는 심정이었다고 할까요. 왜 이런 일이 벌어지는 걸까요? 아이를 처음 키울 때와는 다르게 둘째, 셋째로 갈수록 엄마는 대범해진답니다. 잔 걱정이 없어요. 왜냐면 이미 첫째 아이를 키우면서 했던 수많은 걱정이 거의 다 쓸 없는 없는 것이었다는 것을 학습했기 때문이지요. 그러니 걱정 대신 아이가 보이는 거예요. 게다가 아이의 어린 시절이 매우 빠르게 지나버린다는 것을 알고 있거든요. 예뻐하는 것만으로도 시간이 모자랄 판에 어찌 셋째를 두고 딴 맘을 품을 수 있겠어요? 즉 셋째 사랑이 각별해 보이는 그 이면에는 셋째가 유달리 예뻐서라기보다 셋째를 바라보는 엄마의 눈이 특별해졌다고 하겠네요.

아이 셋을 키운 어느 엄마가 제게 말했어요. 셋째를 키우면서는 너무 행복해서 '내가 죽기 전에 이런 행복을 다 알고 가는구나'라는 생각을 했다고요. 셋째가 얼마나 예쁜지 느낌이 오시나요? 사실 그건 겪지 않으면 모르는 거랍니다.

나이 한 살 더 먹기,
그래도 촛불 엔딩

무척이나 바쁜 아침 시간이지만 오늘이 바로 12월의 첫날이라는 것은 놓치지 않았다. 메리의 유치원 가방에 여벌옷을 챙겨 넣고, 아이들의 밥그릇에 밥이 몇 숟가락이나 남았나 점검하면서 재빨리 달력 한 장을 넘겼다.

"얘들아~ 이제 12월이야, 12월! 아유~. 벌써 마지막이라니!"

마지막이라고 말하는 내 얼굴에서 아쉬운 표정을 읽었나?

"엄마, 왜 12월이 마지막이야?"

하고 욜라가 묻는다.

"그건... 12월 다음에는 13월이 없기 때문이야.

12월 다음엔 1월이 되어 다시 시작하는 거란다.

그럼 우린 모두 나이를 한 살 더 먹게 되지."

나는 나이를 한 살 더 먹는다는 부분에서 아까보다 더 아쉬운 표정을 지었지만 뭔가 멋진 것을 발견한 듯 얼굴이 환해지는 메리와 욜라는 이번엔 내 얼굴을 보지 못했나 보다. 아, 어째서일까? 그 해의 달력 한 장만을 남겨두고 이토록 섭섭해지고 마는 것은? 그런데 이런 나이듦에 대한 자각은 달력을 넘길 때만 하는 것이 아니다. 그것은 마치 세수도 안하고 목욕탕에 가는 길에 하필 옛사랑과 마주치는 것처럼 방심한 사이에 찾아온다.

아이들을 부모님께 맡기고 나온 어느 날, 꽤 어두워진 저녁 무렵이었다. 모처럼의 자유시간에 홀가분함과 설렘을 달랠길 없었던 나와 남편은 버블티나 한잔하자며 카페에 갔는데, 그곳은 젊은이들로 우글우글했다. 카페 안은 물론이고 서너 개의 테이블이 놓인 테라스 쪽도 사람들로 꽉 차 있었다.

남편이 주문을 하는 사이 나는 카페테라스 난간에 기대어 서 있었다. 그러다 기대 서 있는 것도 힘들어 땅에 쪼그리고 앉게 되었다. 이렇게 길에 쪼그리고 앉은 게 얼마만인지!

나는 이럴 때의 습관처럼 돌을 주워 땅에 그림을 그릴 뻔하였으나 다행히 적당한 땅도 적당한 돌멩이도 없었다. 거리를 응시하던 나는 무릎 위 팔둥지 속에 고개를 파묻었다. 은은한 카페 조명에도 불구하고 웅크리고 앉은 몸은 어둠 속에 반쯤 잠겨있다. 여기는 젊은이들이 몰려다니는 청춘의 밤거리. 멀리서 보자면 집에는 들어가기 싫고 딱히 할 일은 없어 거리를 쏘다니다 세상의 부조리에 고뇌하는 젊은이인가 싶겠지만, 가까이 와서 보면 그저 '불혹'이다. 검버섯이 필락 말락한 얼굴, 손질 안 한 5대 5 가르마 머리, 유행한 지 5년도 넘은 옷을 걸친 나이든 여자가 오늘 하루 아이가 적신 기저귀 개수를 머리로 헤아리고 있다.

그녀에게 일행인 듯한 한 남자가 주문을 마치고 다가온다. 자리를 털고 일어난 그녀에게 가까이 다가갈 듯 말듯 하는 그. 그들은 이제 작정하고 비뚤어지기로 했나 보다. 카페 테라스가 그들의 몸을 아슬하게 받치고 있는 사이 거리를 쓸어올리던 그녀가 풉하고 웃는 것 같다. 숨을 크게 들이쉬어 가슴이 부풀어 올랐던 남자는 기지개를 켜며 짐짓 무심한 척한다. 둘은 얼핏 보면 그리 친밀하지는 않지만 야간의 로맨틱한 분위기에서 썸을 타는 젊은 커플이다. 그러나 자세히 보면 아니나 다를까 또 '불혹'이다. 서로에게 여유 있는 거리를 견지하는 '불혹의 커플' 말이다. 그런데 이 아저씨 아줌마는 왜 집 나온 청년들처럼 껄렁하게 테라스에 기대어 있고 난리야, 하고 생각할 테지. 온종일 계속된 가사노동과 육아와 바깥 일로 지쳐서 똑바로 서있기 힘들어서 그런 건데. 아아, 나이가 든다는 것, 그것은 서글픈 일임에 틀림없다. 내가 너무 예민하게 구는 것이 아니냐고? 아니다. 나는 그저 내가 지금 몇 살이고, 오늘이 몇 월 며칠인지 잘 알고 있으려 하는 것뿐이다.

오! 마이 칠드런

그러지 않으면 지금이 언제지 하고 고개를 들었을 때 훌쩍 지나가 버린 시간들이 마치 놓쳐버린 풍선처럼 느껴지기 때문이다.

그러나 하루 종일 내가 하는 일이란 오늘이 어제와 같고, 그저께와 그끄저께가 같다는 것이 함정이다. 이번 주와 저번 주가 유사했으며, 이번 달과 저번 달이 구분이 안 된다. 나는 이제나저제나 똥 기저귀를 빨았고, 이유식을 정성껏 만들어 팔할을 내버렸으며, 언제나 급할 것 없는 메리를 아침마다 협박해 유치원에 보냈고, 욜라에게 소리 지르기를 반복하다 득음을 하고, 분명 5분 전에 싹 치웠는데 5분 만에 더러워지는 방바닥에 5분마다 주저앉아 '엄마가 곁에 있어도 엄마가 그리운' 로의 그리움을 종일 달래주었다.

나의 일 년은 이렇게 집안일과 육아라는 두 행성 사이의 알력으로 멈추지 않고 끝없이 공전하는 피로한 별과도 같았다. 그러나 내가 느끼는 시간과는 달리 아이들의 하루하루는 천천히, 그리고 언제나 특별하게 흘러갔다. 메리가 작년에 입던 겨울 내복이 짤막해져 새 옷을 사야 할 때면 시간의 흐름이 준 변화에 기쁨을 느꼈고, 작년 이맘때 말문이 터져서 말을 시작하던 욜라가 제 누나와 말싸움을 하는 것을 볼 때면 지난 시간이 제 몫을 했구나 싶고, 작년엔 세상에 없던 로가 명백히 존재하며 나에게 묵직하게 안길 때는 이 아이들의 시간에 기대어 나의 일 년도 의미를 찾는다.

시골에 와서 살게 된 지도 어언 몇 해런가. 원체 가진 것이 없는 우리 부부는 시골집으로 이사 오고서도 항상 더하기보다 뺄 것을 생각했다. 방은 한 개만 남기고, 김치냉장고를 없애고, 전기밥솥도 없애고, 가스레인지도 작은 걸로, 덩치 큰 옷장은 아예 별채로 보내고 당장 입을 옷만 갖다놓고 살았다. 자발적 가난을 사랑하는 우리는 '없이 지내는 것'에 마음이 편하였고, 없는 것에 대해 불편한 마음을 가지려 하지 않았다.

그러나 본의 아니게 우리 집은 많은 이웃들이 보내주시는 아이들 책과 옷, 각종 선물꾸러미로 언제나 넉넉했고 식구가 늘면서 살림도 더 늘어났다. 이 집으로 이사 올 때 가장 큰 도움을 주신 신부님이 한 분 계신데 그간 마음으로만 고마움을 곱씹다 오늘에서야 만나 뵈었다. 우리에게 대가 없이 주신 도움을 돌려드리는 게 마음처럼 되지 않아 죄송스럽다는 말을 꺼내야 하는 자리이기도 했다. 그러나 점심 밥상 위의 갈치조림을 다 먹을 때까지 차마 입이 떨어지지 않았던 남편은 집에 와 장탄식을 하였다. 아, 실로 서글픈 가난뱅이의 시절이어라!

시절이 그러해도 온 가족이 모여 앉아 잠들기 전 기도를 드린다. 기도하는 시간을 매우 좋아하는 율라가 장식장에서 촛대와 초, 성가정상과 묵주 등을 가져와 바닥에 배열한다. 그런 뒤 촛불을 켜고 저녁기도를 한다. 기도의 마지막은 **'오늘 감사한 일 찾기'**다.

남편 : "우리 오늘 하루 재밌고 감사했던 일을 말해보자. 아빠는 음,
　　　오늘 신부님 잘 만나고 돌아온 것이 감사합니다. 메리는?"
메리 : "난 유치원에서 훌라후프 돌린 거랑 집에 와서 모래놀이 한 거."
욜라 : "나는 마당에 나가서 난로에 흙 뿌린 게 재밌었어!"
나　 : "엄마는 오늘 아침에 보일러에 기름을 넣어서 따뜻하게 지낼
　　　수 있어서 감사하고 아빠가 일찍 들어와서 감사하고, 메리,
　　　욜라, 로가 건강하고 즐겁게 지내서 감사합니다!"

　한 해가 저물어가는 이때, 오늘 우리 앞에 걸려있는 달력은 곧 불
쏘시개가 되어버리고, 나와 당신은 나이를 한 살 더 먹을 수밖에 없
지만, 매일 밤 둘러앉아 감사기도를 올릴 일이다. 거기에 내 이웃을
위한 기도를 조촐하게 더한다.

'오늘 내 집에 촛불 하나 일렁이듯이
그(그녀)의 집에서도 따스한 불빛 흘러나오기를.
제마다의 밝은 기운으로 반짝이기를.'

♣ 미세스 K, 도와주세요 ♣

엄마가 되고서도 아줌마 소리 안 듣는 방법 없나요?

정말 어려운 질문이네요. 저는 이미 20대 때 저랑 열 몇 살 나이차가 나는 막내동생을 데리고 마트에 갔다가 시식코너를 지날 때 "어머니~ 동그랑땡 드셔보세요."라는 소리를 들었어요. 그 뒤로 동그랑땡에 대한 트라우마가 생겼답니다. 그런 제가 애를 셋이나 낳고 아줌마라는 소리를 안 들을 방법을 연구하다니요. 하지만 아줌마라는 호칭에 묻어나는 여러 가지 부정적인 편견이 자신에게도 적용되는 것 같아 마음이 불편하다면 까짓 해보자구요. '아니, 애 엄마 맞아? 이모인가?' 하는 정도로만 목표를 잡으면 못할 것도 없지요.

그런데 아이를 키우고 있는 엄마들이 왜 자신의 외모 가꾸기에 소홀하게 된 걸까요? 엄마들은 자신의 모든 생활 패턴을 아이를 중심으로 바꿉니다. 아이 돌보기에 효율적이고 편한 복장을 찾고, 아이를 안아주고 업어주기 위한 체력을 보충하느라 밥을 많이 먹어 배가 나오고, 아이를 예쁘게 키우느라 미용실에 가는 것을 자꾸 미루게 되죠. 그래도 아이는 이 세상에서 엄마가 제일 좋대요. 엄마의 헤어스타일이나 몸무게를 가지고 뭐라 하지 않습니다. 그런데 말이에요, 어느날 거울 앞에서, 혹은 상점의 쇼윈도 앞에서 자신의 낯선 모습을 발견하고는 가슴이 쿵 내려앉는 날이 옵니다. 인생에서 아이를 제외하고는 자신의 가치를 상실한 것 같은 슬픔이 밀려오는 거지요. 네, 이럴 때 가장 빠르고 확실하게 자신의 외모를 이전으로 되돌릴 방법이 있어요. 아이는 유모한테 맡기고 자신에게 시간과 돈을 아낌없이 투자하는 겁니다. 하지만 저처럼 아이를 24시간 돌보면서 시간과 돈을 쓸 여력이 없으신 분은 아줌마라는 소리를 피해갈 속성 패션코드를 눈여겨보세요.

스타일 제안 1 얼굴을 가릴 선글라스를 쓰세요. 트레이닝복을 입되 모자가 달린 걸 추천합니다. 감지 않은 머리에 덮어씌워야 하니까요. 기저귀 가방 대신 집에 굴러다니는 에코백, 조카가 쓰다준 고딩가방, 그것도 구하기 어렵다면 비닐봉지를 들고 다니세요. 액세서리는 귀에 꽂은 이어폰으로 대신합니다. 매우 젊다고 볼 수는 없지만 애 엄마 같지는 않은, 일명 불량 젊은이, 백수 패션이 완성됩니다. 이 패션을 위해 우리가 별도로 구입할 것은 없으며, 준비 시간은 단 5분이면 된답니다.

스타일 제안 2 자신의 옷장에 아직 입을 수 있는 옷이 남아있는 분들이라면 그중 가장 심플한 디자인의 블랙 원피스를 골라보세요. (모유수유 중이라면 지퍼가 앞가슴 쪽이나 겨드랑이 쪽에 몰래 달린 수유 원피스가 있더군요.) 이 경우에도 얼굴을 가려야 하니 선글라스를 써주시고 머리는 한올 남김없이 아래로 묶고 기름진 머리엔 약간의 동백기름을 덧발라주세요(없으면 콩기름이라도). 그리고 기저귀 가방 대신 옷장을 뒤져 큰 숄더백을 찾거나 마땅한 게 없으면 여행용 캐리어를 끕니다. 방금 해외 비즈니스 업무를 마치고 갓 돌아온 일명 차가운 도시여자 패션이에요. 역시 추가비용은 없으며, 준비시간은 머리를 묶고 기름을 바르는 시간 정도겠네요.

스타일 3, 4도 준비되어 있습니다. 이들 패션의 핵심은 자기 자신을 포기한 것 같은 분위기를 풍기지 않는 것이죠. 하지만 아무리 속성 패션코드를 소화시켰다 하더라도 길에서 만나는 아기를 보고 "아, 귀여워."라는 발언을 넘어 "아기가 몇 개월이에요?"하고 묻는다든지, 아기를 5초 이상 응시한다든지, 자기도 모르게 아기 콧물을 닦아주려 휴지를 꺼내는 오지랖을 부린다면 당신은 어쩔 수 없이 아줌마라는 소리를 듣게 될 것입니다.

에필로그

마당을 가로지르는 빨랫줄에 옷을 탁탁 털어서 넌다.

제 주인의 실루엣을 오린 듯한 옷이 피터팬이 잃어버린 그림자처럼 제각
각 빨래집게에 붙잡혔다. 제일 큰 옷은 남편 옷, 중간 크기는 내 것, 작은 옷
은 차례차례 메리와 욜라와 로의 것이다.

그중에서도 손바닥만큼 작은 옷이 막내둥이 로가 벗어놓은 것인데, 하얀
색 바디슈트, 연한 오렌지빛 줄무늬 바지, 하늘색 별무늬 티셔츠가 빨랫줄에
깡총 올라가 있다. 로의 옷에서 나는 아득한 젖냄새, 달콤한 땀냄새가 오후
3시 대기 중에 흩어지고 있다.

어른이 되기까지 아이들은 자라고 아이들이 벗어놓은 옷도 자란다. 나는
아이를 키우면서 아주 작았던 옷이 점점 길어지고 커지는 것에서 기쁨과 함
께 슬픔도 느꼈다. 쑥쑥 크는 아이들이 거둬가는 아기시절의 순간은 지나고
보면 너무나 짧아서 아름답고 안타까웠다. 아이를 키우면서 언제나 마음으
로 쓰던 일기들도 그와 같았다. 시간과 망각이라는 파도는 내가 쓴 모래 위
글을 지우고 도망가면서 종종 하얀 조개껍데기 같은 추억을 한두 개씩 떨어

뜨려 주었을 뿐이다. 나는 허겁지겁 그걸 주워 담았지만 손가락 사이로 떨어뜨린 몇 개는 영영 잃어버리고 말았다.

그러던 중 우연히 '카톨릭뉴스 지금여기'라는 인터넷 매체에 육아일기를 쓰게 되었고, 바닷가 모래 위의 조개껍데기 같던 그것을 한데 모아 상자에 담았더니 '초록비책공방'에서 예쁜 목걸이로 엮어주셨다. 그러고 보니 일기는 마음속에 쓸 것이 아니라 일기장에 써야 하고 거기에 선생님이 쳐 주시는 '검' 동그라미 옆의 한 줄 말씀까지 있다면 더욱 신이나 보여주게 되는 마음으로 건네는 인사와도 같다. 혹여 그대가 이 책 어딘가에서 잃어버린 조개껍데기를 하나 찾는다면, 그리고 그 너머 당신의 바다를 만나게 된다면 일기장을 내민 처음의 부끄러움은 커다란 기쁨이 될 테다.

오늘도 나는 눈에 담아두지 않으면 금방 사라져버리는 신기루! 아이들의 지금 그대로의 모습을 쳐다볼 것이다. 그리하여 그들의 작은 어깨와 천진난만한 발자국, 애처로운 이마와 그 언저리, 아기 새 같은 머리카락에 대해 쓰려고 일기장을 펼칠 것이다.

**욜라 즐거운 육아, **미세스k와 세 아이들의 집

초판 1쇄 인쇄 2017년 1월 15일

지은이 김혜율
일러스트 김지연
펴낸이 윤주용

펴낸곳 초록비책공방
출판등록 2013년 4월 25일 제2013-000130
주소 서울시 마포구 월드컵북로 400 문화콘텐츠센터 5층 19호
전화 0505-566-5522 팩스 02-6008-1777
메일 jooyongy@daum.net

ISBN 979-11-86358-21-4 (03810)

이 도서의 국립중앙도서관 출판예정도서목록(CIP)은 서지정보유통지원시스템 홈페
이지(http://seoji.nl.go.kr)와 국가자료공동목록시스템(http://www.nl.go.kr/kolisnet)
에서 이용하실 수 있습니다.(CIP제어번호: CIP2016029304)